Différente est la couleur du ciel au Kenia

Isabel Keats

Différente est la couleur du ciel au Kenia

Illustration de couverture : Nune Martínez
Traduction : Maud Hillard
Disposition : soniarte.mvg@gmail.com

Http://www.isabelkeats.com/
Email : *isabelkeats@gmail.com*

Les panoramas étaient immensément vides.
Tout ce que l'on voyait était fait pour la grandeur et la liberté,
et possédait une noblesse inégalable.

Mémoires d'Afrique, Isak Dinesen

1

Elle avait refait le calcul du compte plus de quatre fois, mais même si elle changeait l'ordre des opérations ou comptait dans l'autre sens, le résultat restait le même. Béka passa une main sur son front légèrement en sueur, malgré la fin de la saison des pluies et la fraîcheur accrue des températures en juin.

Un sifflement retentit dans son oreille et, avec la rapidité des réflexes dus à la pratique, à la dernière seconde, elle arracha des lèvres avides de Twiggy la feuille de papier raturée.

— Non, Twiggy, tu ne peux pas manger ça, ce sont des choses importantes.

Les grands yeux noisette lui adressèrent un regard de doux reproche et, même si ses préoccupations étaient loin d'avoir disparu, Béka ne put s'empêcher de sourire tout en caressant le front de la girafe à la peau soyeuse, avant d'ôter des feuilles restées accrochées autour des ossicônes, les deux protubérances de cartilage recouvertes de peau, que la plupart des gens appelaient simplement « cornes », et qui servaient, entre autres choses, à distinguer les mâles des femelles.

Béka se leva et, d'une poussée affectueuse, força Twiggy à sortir la tête de la pièce et referma la fenêtre. Dès qu'elle se fut débarrassée de la girafe et de son éternelle faim, elle retomba sur sa chaise en soupirant et essaya de se concentrer de nouveau sur les comptes. À cet instant, on frappa à la porte et, sans attendre de réponse, une femme noire très grande, qui portait un foulard aux couleurs vives noué sur la tête, entra dans la pièce avec un petit plateau portant du thé et des toasts.

— Il ne reste plus de beurre.

— Merci, Njeri, tu es un ange. – Béka, soulagée par cette nouvelle distraction, lui sourit avant de se jeter sur un des toasts recouverts d'une légère couche de confiture et dit, la bouche pleine :

— Dès que j'en aurai terminé avec ça, je te promets de demander à Makori un peu de lait et de préparer le beurre.

La femme jeta un regard sagace sur le papier froissé et raturé que la jeune femme avait mis de côté et sur la lettre décachetée qui se trouvait à côté d'elle. Laborieusement – Béka avait insisté pour lui apprendre à lire en même temps qu'elle-même étudiait à l'école missionnaire, mais Njeri n'avait jamais réussi à maîtriser tout cet art difficile ; de même, elle ne venait pas à bout de l'anglais parlé et lorsqu'elle s'exprimait dans cette langue, elle ne pouvait s'empêcher d'égratigner les phrases en y mêlant des termes provenant du maa, la langue nilotique des Massaï, ou du swahili – elle réussit à déchiffrer les lettres du nom en dessous de la signature sans fioritures : M…A…TT… JAR…RE…TT. Matt Jarrett. Le nom de l'homme que sa chère Béka haïssait plus que quiconque au monde.

Les lettres de ce cabinet d'avocats arrivaient déjà à l'époque du père de Béka, mais ces derniers mois, elles étaient devenues menaçantes et n'étaient plus signées par Arthur

Jarrett, mais par Matt. Béka lui avait dit que le vieux Jarrett était décédé et que le cabinet était passé aux mains de son fils.

— Des problèmes ?

Sans cesser de mastiquer, Béka haussa les épaules.

— Ceux habituels.

— Je suis sûre que Kilima House se remplira bientôt, dit la femme sur un ton optimiste, avec le désir évident de l'encourager.

Béka acquiesça sans grande conviction ; cette crise économique de portée mondiale était loin d'être passée et les Anglais comme les Américains du Nord, leurs principaux clients, choisissaient depuis des mois des destinations moins chères et plus proches de leurs pays.

— Qu'en est-il d'Astrid ? Elle t'aide, comme je le lui ai demandé ? demanda-t-elle, changeant de sujet.

Njeri fit une grimace expressive.

— Dès qu'elle a terminé d'écosser les petits pois, elle part en courant. D'après elle, Makori lui avait dit qu'elle pouvait l'accompagner au pâturage.

Béka poussa un grognement furieux.

— Je l'ai prévenue que soit elle donnait un coup de main, soit elle reprenait l'avion pour Copenhague ; elle passe sa vie à harceler Makori.

— Je ne sais pas, elle me rappelle quelqu'un… – Les yeux noirs avaient une lueur malicieuse.

— Je ne courais après personne ! répliqua son interlocutrice, indignée. Je te rappelle que Makori a toujours été mon meilleur ami et je connais ces terres aussi bien que lui. Astrid n'est qu'une adolescente ignorante qui, cependant, croit tout savoir.

Njeri reprit le plateau avec la tasse vide et l'assiette dans laquelle il ne restait pas une seule miette.

— Et quel adolescent n'est pas comme ça – elle haussa les épaules. Ngai semble l'apprécier, Astrid s'est beaucoup améliorée depuis son arrivée.

Béka fit une moue, peu convaincue que Ngai, le dieu suprême de la tribu massaï, s'intéresse beaucoup à son insupportable parente. Un beau jour, elle avait reçu une lettre de Copenhague d'une cousine éloignée qu'elle n'avait jamais vue de sa vie, dans laquelle cette dernière lui racontait que sa fille Astrid, à peine âgée de quinze ans, avait de mauvaises fréquentations et que, si cela ne la dérangeait pas, elle aimerait l'envoyer durant les vacances faire un petit séjour. Avant que Béka ait eu le temps de sortir un crayon et du papier pour répondre à cette cousine quelque peu « profiteuse » qui n'avait ni le temps ni l'envie de s'occuper d'une adolescente problématique, elle avait vu apparaître la jeune fille à la porte de Kilima House avec une énorme valise et un visage renfrogné.

Cependant, elle devait reconnaître que, depuis un mois qu'elle vivait là, elle avait changé du tout au tout. Non seulement elle avait noué de très bons liens avec Njeri, qui l'avait prise sous son aile avec ce formidable instinct maternel que Béka lui connaissait si bien, mais elle éprouvait une intense adoration pour Makori, qu'elle suivait partout comme un petit toutou. Étonnamment, elle ne semblait pas du tout regretter la vie dans la grande ville, ni la compagnie de ces amitiés peu recommandables ; au contraire, apparemment, elle n'était pas pressée de retourner dans son pays. Béka soupçonnait que le nouveau compagnon de sa mère, qui, de toute évidence, vivait chez elle, avait également influencé la décision. Si cela n'avait pas été pour ça – et parce que cette cousine inconnue avait promis de lui envoyer un maigre chèque pour sa pension alimentaire tous les mois –, elle l'aurait déjà renvoyée au Danemark.

Soudain, un hurlement se fit entendre par l'autre fenêtre qui était restée ouverte. Elles se regardèrent quelques secondes, alarmées. Njeri reposa le plateau sur le bureau et, sans un mot, toutes les deux sortirent de la pièce en courant. Béka, plus jeune et plus agile, arriva la première à la porte principale où une foule de personnes âgées, de femmes et d'enfants massaï s'était rassemblée autour de deux jeunes Kikuyus qui tenaient les extrémités d'une civière improvisée avec une planche en bois, sans cesser de crier.

— Que s'est-il passé ? demanda-t-elle en swahili en regardant l'homme blanc qui se tordait de douleur sur la civière.

Les deux jeunes, vêtus d'un bermuda et d'une chemise kaki, commencèrent à parler tous les deux, très excités.

— *Jambo, miss !* Un accident ! *Mister* Harris a dit de l'amener ici.

— Et pourquoi ici ? Quand je verrai John…

Plusieurs anciens et quelques femmes du village intervinrent à ce moment-là, bien décidés à donner leur avis sur ce qu'il fallait faire ensuite, et l'agitation s'accrut considérablement.

— Vous pouvez tous vous taire et m'emmener à l'hôpital ! – La voix profonde, manifestant à la fois de la colère et de la douleur, réussit à imposer un silence immédiat.

Béka se pencha sur la civière, et le regard sauvage provenant de deux yeux furieux de la couleur de l'acier la fit sursauter.

— Je crains que même l'hôpital le plus proche ne soit trop loin, dit-elle en anglais, mais elle changea de langue en s'adressant à Njeri. – On l'emmène dans la chambre du lac.

En fait, appeler lac l'étang aux eaux brunâtres, dont les rives étaient un bourbier foulé par les sabots d'innombrables antilopes, gazelles de Thompson, zèbres et quelques autres éléphants qui descendaient boire en fin d'après-midi, était un peu pompeux, mais c'était la plus belle chambre de Kilima House, – à vrai dire celle de son père –, et Njeri, après avoir approuvé de la tête, indiqua aux deux jeunes Kikuyus de la suivre.

— *Pole, pole.* – Doucement, doucement.

— Matu – Béka appela l'un des enfants qui riaient et se donnaient des coups de coude, enchantés de la situation –, va prévenir Naserian. Dis-lui de venir rapidement.

— *Ka, miss !* – Le jeune garçon lui jeta un sourire d'un blanc éblouissant, heureux du rôle principal qu'il devait jouer dans ce drame, et sortit, pressé d'accomplir la tâche.

Béka tapa dans ses mains.

— Rentrez chez vous ! Allez ! – À contrecœur, les villageois commencèrent à dégager l'entrée.

Satisfaite sur le moment, elle retira une mèche de cheveux blonds qui s'était détachée de sa tresse et la passa derrière l'oreille. Puis elle remarqua le garçon brun au visage tremblant, dont le pantalon de camouflage était taché de sang.

— Viens avec moi, dit-elle en parlant de nouveau anglais.

Le garçon, qui ne devait pas avoir plus de dix-huit ans, parut soulagé qu'une personne lui dise ce qu'il devait faire et la suivit à l'intérieur comme un mouton.

Il ne manquait plus que ça, Béka poussa un profond soupir ; un autre adolescent désorienté dont il allait falloir s'occuper. Enfin, se dit-elle, résignée, elle monterait voir si elle pouvait faire quelque chose pour cet homme, dont les cris de fureur, de douleur et de malédiction résonnaient dans toute la maison.

— Peut-on savoir ce que vous comptez faire ? demanda l'homme en la voyant s'approcher de lui avec des ciseaux aiguisés dans la main. Les deux jeunes Kikuyus venaient de le déposer sur le lit, sans tenir compte de ses terribles jurons, avant que Njeri les fasse sortir de la chambre.

— Je vais couper votre pantalon et retirer votre botte, si je peux.

Ce « si je peux » ne dut pas le convaincre beaucoup.

— Je préfère attendre le médecin.

Béka était sur le point de dire quelque chose, mais elle remarqua que le visage brun de l'homme pâlissait de plus en plus et que son front était en sueur ; si bien qu'elle se tourna vers Njeri pour lui demander de l'aide, du regard. Cette dernière se borna à hausser les épaules et annonça qu'elle descendait pour faire bouillir un peu d'eau et qu'elle apporterait des chiffons propres au passage, ainsi que la trousse de secours. Puis elle se tourna vers le jeune garçon qui était sur le point de s'évanouir, et lui demanda de descendre avec elle. Quand ils sortirent de la chambre, Béka cria à Njeri de lui apporter un verre du cognac de son père qu'ils gardaient pour les urgences.

— Ne vous en faites pas, dit-elle quand elle se retrouva seule avec le blessé, esquissant un sourire un peu forcé, qu'elle espérait rassurant, ce n'est pas la première fois que je fais face à une situation d'urgence. À présent, ne bougez pas, s'il vous plaît.

Cependant, malgré son état de faiblesse, cet homme ne semblait pas disposé à collaborer et, voyant qu'elle s'approchait un peu plus avec les ciseaux bien en main, il essaya d'écarter la jambe. Le brusque mouvement lui arracha un autre hurlement et une nouvelle salve d'injures.

En entendant ces énormités, le sourire s'effaça immédiatement des lèvres de la jeune femme.

— Je vous ai dit de ne pas bouger ! – Le ton féroce, le même que Njeri utilisait avec elle quand elle n'était pas plus grande qu'une petite fille désobéissante, eut un effet immédiat : l'homme cessa de se débattre et la regarda, médusé.

Béka profita de la soudaine tranquillité pour couper avec précaution la jambe du pantalon taché de sang, depuis la cheville jusqu'à la taille et écarta le tissu souillé. En voyant la blessure, découvrant le blanc de l'os et qui n'arrêtait pas de saigner, elle pinça les lèvres et émit un soupir silencieux. Immédiatement elle se ressaisit, se redressa, prit un coussin posé sur un siège à côté et le plaça sous la jambe, sans oser lui retirer sa botte. Bien qu'elle ait essayé d'être aussi délicate que possible, la manœuvre arracha à l'homme un nouveau hurlement de douleur.

— Que diable faites-vous ?

— Qu'est-ce que vous croyez ? J'essaie de stopper l'hémorragie. Cela ne me plairait pas que vous vous vidiez de votre sang dans le plus beau lit de l'hôtel ; je ne peux pas me permettre le luxe d'acheter un matelas neuf.

Une fois de plus, il la regarda, incrédule, et Béka eut un remords de conscience pour lui avoir parlé si durement. Après tout, ce pauvre homme n'était pas coupable de ses problèmes économiques et il devait être en train de souffrir comme un damné. Elle lui lança un autre de ses sourires crispés et essaya de se montrer un peu plus aimable pendant qu'elle recouvrait la blessure avec un des tissus propres que venait de lui apporter Njeri – le garçon, qui était entré derrière elle, avait déjà repris des couleurs – et elle pressa légèrement autour de l'os pour essayer d'arrêter le sang. Bien sûr, elle ne put éviter le sursaut du patient, mais elle essaya de le distraire avec un peu de conversation.

— Je ne vais pas vous mentir, l'affaire ne se présente pas bien. C'est une fracture ouverte. Heureusement, ce n'est pas la première fois que je vois ça et j'ai un arsenal d'antibiotiques pour combattre une possible infection. En plus, d'ici peu vous serez dans les meilleures mains du monde.

L'homme, au fur et à mesure qu'elle parlait, devenait de plus en plus pâle ; en entendant la dernière phrase, il lui lança un regard qui, pour la première fois, laissa apparaître comme une lueur d'espoir.

— Le médecin est déjà là ? demanda-t-il d'une voix faible.

À cet instant, Njeri, qui était ressortie, entra de nouveau dans la chambre, accompagnée d'une vieille femme très maigre, vêtue de la traditionnelle *shuka* rouge et de plusieurs colliers de perles autour du cou.

— À l'instant, dit Béka avec soulagement en s'écartant un peu pour laisser de la place à l'ancienne. Je vous présente Naserian, elle a les mains les plus douces de tout le Kenya.

La femme sourit comme si elle comprenait ses paroles ; un sourire qui révéla l'absence de plusieurs dents.

— Ça doit être une plaisanterie, murmura le blessé avec une expression d'absolue incrédulité, qui aurait été comique dans toute autre situation. Cependant, il se ressaisit presque sur-le-champ et, malgré la grande quantité de sang qu'il avait perdue, il réussit à dire dans un rugissement furieux : Je veux un docteur, vous entendez, petite idiote !? Un vrai docteur ! Je ne vais pas vous laisser… !

Sans tenir compte de ses élucubrations, Béka planta son regard dans celui de Njeri et approuva de la tête :

— À la une, à la deux… et à la trois !

Comme un seul homme, elles se jetèrent sur le patient et chacune d'elles le saisit par un des bras.

— Toi, cria Béka au garçon, tiens-lui la jambe !

Il réagit immédiatement et s'assit sur la jambe saine de l'homme qui était étendu sur le lit. En quelques secondes, tous les trois avaient réussi à l'immobiliser complètement ; malgré tout, ils ne réussirent pas à contenir le flot d'insultes brutales et de jurons grossiers qui sortaient de la bouche de leur victime.

— Quelle grande gueule… – Béka fit au garçon un geste expressif avec ses sourcils et, pour la première fois, elle le vit esquisser un sourire tremblant.

La vieille femme, pendant ce temps, se mettait à l'œuvre. Elle nettoya d'abord les résidus de sable et de saleté au niveau de la blessure avec du linge propre et de l'eau bouillie que Njeri avait apportés, puis elle l'aspergea d'une généreuse quantité d'antiseptique. Quand elle s'estima satisfaite, elle étudia la fracture avec attention quelques minutes avant de poser ses mains autour du mollet. Ensuite, elle leva les yeux au ciel et prononça quelques mots en *maa* avant de reporter de nouveau son attention sur la jambe. Soudain, avec un mouvement précis de rotation de ses mains aux veines marquées qui, malgré leur aspect fragile, devaient posséder une force inhabituelle, elle remit l'os déplacé à sa place en un craquement sec.

Béka sursauta en entendant le bruit désagréable, accompagné d'un dernier cri déchirant du blessé, dont elle tenait le bras très fermement, et qui, à ce moment précis, s'évanouit.

— Beaucoup mieux ainsi, je n'avais pas entendu autant d'horreurs dans ma vie, dit-elle d'un ton désinvolte, même si, au fond, elle ressentait un soulagement indicible en sachant que ce pauvre homme ne souffrirait plus des manipulations de la guérisseuse.

Njeri et le garçon acquiescèrent en silence ; ce dernier redevenait très pâle. À ce moment-là, Naserian donna quelques ordres avec sa voix en cascade. Immédiatement, Njeri fit un signe au garçon de la suivre de nouveau dehors.

Béka et la guérisseuse contemplèrent le visage grisâtre de l'homme inconscient. La bouche masculine, aux lèvres fermes et minces, conservait un rictus de douleur.

— Tu crois que ça ira ? demanda Béka en langue massaï qu'elle maîtrisait à la perfection, en même temps que l'anglais et le danois que son père s'était engagé à lui faire apprendre, et bien sûr, le swahili. Quand quelqu'un admirait un tel savoir, Béka haussait les épaules sans lui accorder plus d'importance ; après tout, disait-elle toujours, le danois et l'anglais étaient respectivement les langues maternelle et paternelle, et le *maa* la langue de Njeri, sa seconde mère.

La vieille femme fit un geste vague des mains.

— Il n'y a que Ngai pour savoir ce que réservera l'avenir.

— Pauvre homme. – Béka le regarda avec pitié et retira du front une mèche brune du bout des doigts.

Soudain, Naserian lui tint la main dans l'une des siennes et la serra fort, puis prit une main de l'homme inconscient avec l'autre et fit de même.

— Hum.

Beka fronça les sourcils.

— Quoi ?

L'ancienne leva la main inerte.

— Il y a une puissante énergie qui se dégage de cet homme, dit-elle. Puis elle fit la même chose avec la main de Beka. – Il y a une puissante énergie qui vient de cette femme.

— Et alors, qu'est-ce que cela signifie ? demanda-t-elle, curieuse

— Ça veut dire : « Fais attention, petite *miss* ».

Beka fronça les sourcils et regarda l'homme inconscient.

— Tu crois qu'il pourrait être dangereux ? Comme *simba*, le lion ? Comme *mamba*, le crocodile ?

La vieille dame hocha la tête négativement.

— *Mamba et simba* sont dangereux pour tous. Cet homme n'est dangereux que pour toi.

En entendant cela, Beka éclata de rire, sans attacher plus d'importance à ces paroles apocalyptiques ; elle avait vécu ici toute sa vie et savait combien les Massaï pouvaient être superstitieux.

— « Qui écoute la voix du vieil homme est comme un arbre fort ; qui se couvre les oreilles est comme une branche au vent ». Bientôt tu ne riras plus, affirma très sérieusement la guérisseuse et, malgré son scepticisme, un frisson parcourut Béka.

2

Béka releva les yeux du livre qu'elle était en train de lire à la lumière de la lampe de chevet sur la table de nuit. Elle avait la sensation que le sommeil du blessé redevenait plus agité et, bien que le roman fût de son auteur favori, elle n'arrivait pas à se concentrer. Elle jeta un coup d'œil à l'horloge en acajou sur la cheminée : il était cinq heures du matin. Il s'était passé deux heures depuis qu'elle avait pris la relève de Njeri. La guérisseuse avait insisté pour qu'elles ne laissent pas le blessé seul, car au moindre mouvement brusque, l'os pouvait se redéplacer. Elle ferma le livre sans faire de bruit et s'approcha du lit. Elle ajusta soigneusement le coussin sur lequel reposait la jambe maintenue par une paire d'attelles grossières en bois qu'elles utilisaient pour réparer le hangar en les entourant de morceaux de chiffon en coton, avant de se pencher sur l'homme endormi et de lui poser sa main sur le front.

Il était brûlant.

— Oh, mon Dieu ! murmura-t-elle, découragée. Comme si je n'avais pas assez de problèmes comme ça… Quand je verrai John, je le préviendrai.

Le blessé marmonna quelques mots et secoua la tête de part et d'autre de l'oreiller. Béka lui donna quelques petites tapes sur les joues sur lesquelles commençait à poindre une barbe drue, pour tenter de le réveiller.

— Écoutez, écoutez. MJ, n'est-ce pas ? C'est du moins comme ça que le garçon vous a appelé. MJ, j'ai besoin que vous fassiez bien attention. Vous ne devez pas bouger. Vous m'entendez ? Il est très important que vous ne bougiez pas la jambe cassée.

Sa voix traversa enfin son cerveau embrumé par le sommeil et l'analgésique qu'elle lui avait administré quelques heures auparavant, et l'homme ouvrit les paupières. Comme l'autre fois, Béka réprima l'envie de se rejeter en arrière. Malgré la fièvre brûlante, les yeux couleur acier avaient un éclat glacé qui lui procura un frisson.

— Vous ! – La voix râpeuse sonna comme un coup de feu dans la chambre.

Béka essaya un sourire, mais sans grand succès.

— Oui, c'est… c'est moi.

— Je vais vous dénoncer. Vous et les deux femmes de couleur.

Cela ne résonna pas comme une menace, mais bien plus comme la constatation d'un fait futur inévitable.

— Bon, bon – surprise par la cohérence avec laquelle il s'exprimait malgré son état, Béka essaya de calmer le jeu –, pour l'instant, ce n'est pas le moment de discuter de ces choses-là. Je vais vous donner quelque chose pour la douleur et la fièvre.

Elle s'approcha de la table de nuit et versa un peu d'eau de la carafe en cristal dans le verre que Njeri avait laissé là. Elle ouvrit la boîte posée à côté de lui et sortit un comprimé effervescent. Elle le mit dans le verre et, dès qu'il fut dissous, elle s'assit sur le bord du matelas.

— Je vais vous aider à vous redresser, mais il faut faire très attention à ne pas bouger la jambe, vous comprenez ce que je vous dis ?

— Je ne suis pas idiot, grogna son patient âprement.

Béka passa un bras derrière son dos et réussit à le redresser un peu. Le juron brutal qui s'échappa de cette bouche aux lèvres desséchées lui heurta les oreilles. Elle porta le verre près de sa bouche.

— Buvez, le pressa-t-elle.

Elle voulait en finir avec cette tâche le plus tôt possible, ça ne lui plaisait pas d'avoir le visage de ce désagréable individu aussi près de sa poitrine ; mais, bien sûr, une fois de plus, le type ne paraissait pas prêt à collaborer.

— Qu'est-ce que vous me donnez ?

Béka fut sur le point de lui dire qu'il ne s'agissait que de quelques gouttes d'arsenic, mais elle se retint.

— Du tramadol avec du paracétamol. C'est ce que j'ai de plus fort dans la pharmacie, répondit-elle avec un calme qu'elle était loin de ressentir. Vous allez boire, oui ou non ?

Le type tourna un peu la tête jusqu'à appuyer sa joue contre sa poitrine et, sans détacher ses yeux gris inquiétants de son visage, écarta les lèvres. Ce regard et la chaleur de cette joue qui semblait lui brûler la peau la firent se sentir encore plus mal à l'aise. Désireuse d'en finir le plus tôt possible, elle approcha le verre de sa bouche et entendit le tintement du verre contre ses dents.

— Faites attention !

— Buvez, dit-elle en imitant son ton brusque.

L'homme but quelques gorgées et tourna la tête.

— C'est répugnant.

— C'est un médicament. Vous vous attendiez à quoi ? À du champagne ? Buvez tout d'un seul coup, répéta-t-elle impatiemment.

Durant un instant, elle pensa qu'il refuserait, mais finalement il but le contenu du verre.

— Bien, dit-elle, soulagée, et bien qu'elle eût aimé le laisser tomber et s'écarter d'un bond, elle l'aida à s'allonger de nouveau doucement sur l'oreiller. À présent, reposez-vous.

— Préparez-vous, vous n'imaginez même pas ce qui va vous tomber dessus. Je suis avocat.

Avant qu'elle ait pu penser à une réponse adéquate, il ferma les yeux et s'endormit profondément.

MJ ouvrit les yeux et sa première pensée ne fut pas trop originale.

« Où suis-je ? ». Il regarda autour de lui, déconcerté. À travers le voile de la moustiquaire qui entourait le lit avec des colonnes en bois ouvragé, il découvrit une chambre spacieuse et confortable. Par la fenêtre grande ouverte, entrait une douce brise qui jouait avec les rideaux. Avant de pouvoir regarder plus en détail, une douleur aiguë dans la jambe lui fit proférer un juron et, soudain, il se souvint des événements de la veille.

— MJ, tu t'es enfin réveillé !

La voix joyeuse de son neveu, qui s'était levé instantanément d'un fauteuil tapissé d'une cretonne fleurie que quelqu'un avait approché du lit, était la seule chose familière dans cet endroit.

— Peter ! Où diable sommes-nous ? – Les mots sortirent péniblement entre ses dents serrées.

— Nous sommes à Kilima House, la maison de la colline, précisa-t-il sans que cela soit nécessaire, et il ajouta, enthousiasmé : C'est un endroit incroyable ! Depuis la plupart des chambres, on peut voir une bonne partie de la réserve de Masaï Mara, presque à vue d'oiseau.

— Kilima House ? l'interrompit son oncle.

— Oui, la propriétaire est…

— Je sais bien qui est la propriétaire, trancha-t-il sèchement et il ferma les yeux, ressentant de nouveau un pic de douleur.

Son neveu resta silencieux quelques secondes, avant d'oser parler de nouveau :

— Tu dois avoir très mal. Je vais prévenir Béka.

Il sortit en courant de la chambre avant que son oncle ait eu le temps de l'arrêter.

MJ serra les lèvres. Malgré la terrible douleur qu'il ressentait, sa tête fonctionnait à plein régime. Kilima House. Ainsi, la femme à la longue tresse blond platine que son neveu avait appelée Béka était la fameuse Vibéka Darby… Sacrée coïncidence. Après l'échange de courriers épineux qu'ils avaient eu ces derniers mois, il l'avait imaginée comme une vieille fille aigrie d'âge mûr, mais la femme qui lui avait donné cette désagréable potion quand il s'était réveillé quelques heures plus tôt devait avoir à peine trente ans.

Au moins, se dit-il, se sentant animé pour la première fois depuis qu'il s'était réveillé dans cette chambre inconnue, ce malheureux accident allait servir à quelque chose. Il finirait enfin par régler le problème compliqué qui durait depuis des années et dont il avait hérité en se retrouvant à la tête du cabinet. Si Mlle Darby refusait l'accord qu'il pensait lui proposer, il n'hésiterait pas à la menacer d'une action en dommages et intérêts de plusieurs millions de dollars. Oui – il esquissa un sourire cruel qui, immédiatement, se transforma en une grimace de douleur –, aucun doute que Vibéka Darby se plierait à ses intérêts ; même si, d'un autre côté, ce serait dommage de ne pas la voir, elle et ses acolytes, devant un tribunal.

À ce moment-là, il entendit des coups frappés à la porte. MJ se prépara à la bataille et oublia durant quelques secondes la douleur latente de sa jambe. Il se redressa légèrement sur les avant-bras, prêt à faire face à la femme qui, ces derniers temps, était devenue un véritable casse-tête auquel il n'avait pu se consacrer jusqu'à présent, faute de temps.

— Entrez !

La porte s'ouvrit, mais, au lieu de la jeune femme d'une trentaine d'années, apparut une adolescente avec un verre rempli quasi à ras bord. Elle avança très lentement jusqu'au lit, posa le verre sur la table de nuit et se retourna vers lui, souriante.

— Je ne voulais pas en renverser une goutte.

Les yeux gris dévisagèrent le visage attrayant juvénile. La jeune fille aux cheveux lisses teints en noir – à en juger par les racines de quatre doigts, et à plusieurs nuances plus claires – lui retourna le regard sans dissimuler sa curiosité. Elle avait de jolis yeux bleu ciel et un petit anneau doré transperçait une des ailes du nez.

— Qui es-tu ? demanda-t-il d'un ton brusque, déçu de ne pas pouvoir libérer la colère qui bouillait en lui.

— Je suis Astrid. Tante Béka est occupée avec le beurre et Njeri prépare le repas. On m'a demandé de vous apporter votre médicament et de savoir si vous désirez prendre un petit déjeuner, même si je pense que vous vous attendez peut-être plutôt au déjeuner. – Elle saisit de nouveau le verre et le lui tendit avec les mêmes précautions.

MJ l'accepta, mais ne le porta pas à ses lèvres.

— Quelle heure est-il ?

— Une heure et quart. Vous avez dormi… – elle compta sur ses doigts – presque onze heures. Peter était très préoccupé, il dit que ce n'est pas votre habitude, mais j'ai l'impression que Peter est toujours inquiet. – Elle esquissa un sourire dans lequel on devinait un léger dédain.

— Où est mon neveu maintenant ?

Le sourire disparut des lèvres juvéniles.

— Il est à l'étable ; depuis qu'il est arrivé, il n'a pas arrêté de harceler Makori avec toutes sortes de questions.

— Makori ? – MJ fronça les sourcils.

— La personne la plus intéressante de Kilima House. – Astrid jeta un regard impatient à sa montre et désigna le verre qu'il tenait encore dans la main. Ça vous embêterait de vous dépêcher un peu ? Je dois y aller. Je vais dire à Njeri de vous monter quelque chose à manger. Au revoir.

Elle prit le verre vide et sortit à toute vitesse. Une fois de plus, MJ n'eut pas l'occasion de prononcer un seul mot et, avec un profond sentiment de frustration, se laissa retomber sur l'oreiller et ferma les yeux. Cependant, cette fois-ci, le sommeil ne vint pas le sauver et, pendant la demi-heure suivante, il ne put penser qu'à la douleur qu'il ressentait, maudissant sauvagement ce médicament qui tardait tant à faire effet. Si bien que, lorsque la porte s'ouvrit de nouveau, il était d'une humeur horrible, et prêt à le faire payer à la première personne qui passerait par ici. Cette personne, cette fois-ci, s'avéra être Vibéka Darby, ce dont il se réjouit infiniment.

— Il était temps. Le service dans cet hôtel laisse beaucoup à désirer.

Il remarqua qu'elle gardait le regard fixe et serrait les lèvres, mais elle ne dit rien. Son silence l'agaça encore plus, si cela pouvait être possible. La nouvelle venue déposa le plateau sur la table de nuit.

— Bouillon de légumes et de poulet. Vous avez besoin que je vous aide à vous redresser ?

MJ fut sur le point de rejeter son aide avec un commentaire grossier. Cependant, un sixième sens lui dit qu'elle se sentirait beaucoup plus contrariée s'il acceptait son offre, si bien qu'il changea d'avis en cours de route.

— Oui, aidez-moi, ordonna-t-il d'un ton rogue.

Les extraordinaires yeux violets étincelèrent de colère.

— Avez-vous entendu parler du mot « s'il vous plaît » ?

— S'il vous plaît. – Il s'arrangea pour que cela sonne comme une insulte.

Une fois de plus, il la vit serrer les lèvres, et MJ ne put empêcher ses yeux de s'arrêter plus que nécessaire sur cette bouche sensuelle. Avec un grognement, la jeune femme s'assit sur le bord du matelas et passa un bras derrière son dos. Malgré le fait qu'elle ait été très précautionneuse, la piqûre qu'il ressentit dans la jambe lui provoqua une crispation.

— Désolée. – La voix féminine avait un accent rauque très attirant qu'il avait déjà repéré avant. La longue tresse blonde lui effleurait le nez et un arôme délicat de bois de santal envahit ses narines. – Je vais vous mettre une paire de coussins derrière l'oreiller.

Elle se leva et rejeta sa tresse en arrière d'un geste mécanique, prit deux coussins imprimés du fauteuil où s'était assis son neveu et les plaça soigneusement derrière son dos.

— C'est mieux, comme ça ?

Avec précaution, MJ s'appuya contre eux et acquiesça de la tête. Elle hocha la tête à son tour, l'air satisfait, avant de reprendre le plateau, d'en déplier les pieds et de le placer sur les cuisses de l'homme.

— Quand vous aurez terminé, tirez sur ce cordon – elle désigna un cordon doré qui pendait à portée de main – et quelqu'un montera pour reprendre le plateau. Voyez-vous, il n'y a que Njeri et moi, aussi j'espère que vous n'appellerez pas à tout bout de champ, nous sommes très occupées.

Entendant cela, les flammes de la colère qui s'étaient quelque peu éteintes à cause de la douloureuse manœuvre, se ranimèrent avec plus d'intensité.

— Vous avez tant d'hôtes que cela pour vous permettre de les traiter ainsi ? demanda-t-il avec une douceur trompeuse.

Elle haussa les épaules.

— En ce moment, je n'en ai aucun, dit-elle très tranquillement.

La tresse avait de nouveau glissé de son épaule et l'extrémité dorée lui effleurait le bord de la poitrine gauche, recouverte d'un t-shirt blanc en coton à manches courtes. Remarquant la direction du regard masculin, Béka la repoussa avec impatience.

— Alors, je suis quoi ?

— Une horrible œuvre de charité, répliqua-t-elle immédiatement.

MJ détourna les yeux ; cette femme avait un don pour le faire sortir de ses gonds.

— Vous croyez ? Faites très attention, une surprise pourrait bien vous tomber dessus, dit-il d'un ton menaçant.

Le menton de la jeune femme remonta de quelques centimètres, d'un air de défi.

— Que voulez-vous dire ?

À ce moment-là, MJ décida qu'il ne valait mieux pas abattre encore toutes ses cartes. Il n'allait pas se précipiter, se dit-il ; il étudierait la situation plus profondément et, quand enfin, il dévoilerait son jeu, ce sera la fin de Mlle Vibéka Darby et de son charmant hôtel.

— Je vous aurai prévenue, dit-il d'un ton énigmatique. Entre-temps, considérez-moi comme votre hôte. Je paierai mon séjour et celui de mon neveu et, bien sûr, les frais que nous occasionnerons. – Le regard calculateur des grands yeux violets ne lui échappa pas et ne l'étonna pas. Il connaissait bien l'état calamiteux des comptes de cette propriété reconvertie en hôtel. – Mais je vous préviens, je suis difficile.

Elle réfléchit quelques secondes et hocha la tête fermement.

— Très bien, mais je vous assure que ce ne sera pas donné.

Avec ce dernier défi, elle sortit de la chambre.

Une fois de plus déçu de n'avoir pas pu dire le dernier mot, MJ porta une cuillerée de bouillon à sa bouche à contrecœur. Hmm ! Il regarda le bol, surpris. Il y avait bien longtemps qu'il n'avait pas goûté un bouillon aussi délicieux et, malgré son estomac chamboulé à cause des médicaments, il n'en laissa pas une seule goutte.

3

— Tu n'as pas idée à quel point cet homme est odieux !

Njeri termina de mettre la table dans la cuisine.

— Mais il est bel homme, non ?

— Beau ? répéta-t-elle dédaigneusement. Il pourrait bien être le Prince Charmant à cheval, avec ce caractère infernal, personne ne s'approcherait de lui, même avec un bâton.

— Donne-lui du temps. Il doit être irritable à cause de sa jambe.

Béka souffla une bouffée d'impatience.

— Je parie qu'il est toujours irritable. C'est ce genre de type. Irritable. Irritant.

Il était très rare que Béka parle de quelqu'un de cette façon, et Njeri sourit, de toute évidence amusée par la nouveauté, tout en remuant une fois de plus le contenu de la casserole avant d'éteindre le feu et de le verser dans une soupière en porcelaine.

— Le repas est prêt, préviens les enfants.

Béka sortit dans la véranda en bois qui entourait toute la maison et tira vigoureusement sur la chaîne qui pendait à une cloche en laiton. La porte de l'étable s'ouvrit quasiment immédiatement et Astrid, suivie de près par Peter, sortit en courant.

— Je meurs de faim ! dit-elle en montant les deux marches de la véranda en une seule enjambée.

— Moi aussi. – Peter monta plus calmement.

— Lavez-vous les mains d'abord. – D'un simple geste de l'un de ses longs doigts, Njeri les fit se lever de la chaise et s'approcher, obéissants, de l'évier.

Finalement, ils s'assirent tous à la table et Njeri passa la soupière.

— Makori dit que l'accouchement d'une des vaches va être compliqué. Il m'a laissé l'examiner, commenta Peter, plein d'enthousiasme.

Astrid, qui portait cuiller après cuiller de soupe à sa bouche comme si elle pensait que quelqu'un allait lui enlever son assiette à tout moment, dit avec dégoût :

— Il a mis sa main dans le c…

— Astrid ! – Le ton et le froncement de sourcils de sa tante furent suffisants pour l'obliger à se taire. Ici, nous savons très bien comment on examine une vache sur le point de vêler, il n'est pas nécessaire que tu nous éclaires.

Sa nièce ronchonna et se remit à manger sa soupe.

— Je ne savais pas que tu aimais autant les animaux. – Béka s'adressait au jeune avec un sourire chaleureux.

— À vrai dire, je les adore. J'ai toujours voulu être vétérinaire. – Il lui rendit son sourire, mais soudain, il reprit son sérieux et haussa les épaules.

Astrid, qui avait déjà terminé sa soupe et regardait à présent Njeri avec des yeux d'agneau égorgé pour qu'elle lui en serve un peu plus, dit, distraite :

— Je croyais que tu serais avocat, comme ton oncle.

— Ça, c'est ce que ma mère voudrait. – Peter haussa de nouveau les épaules.

Pendant un instant, Astrid interrompit son repas et le regarda fixement.

— Et tu dois faire tout ce que te dit ta mamounette ? demanda-t-elle, moqueuse.

Voyant le visage du garçon, Béka s'empressa d'intervenir.

— Tout le monde n'est pas aussi désobéissant que toi, ma chérie. – Le sarcasme à peine dissimulé fit qu'Astrid ronchonna de nouveau ; mais ne dit rien.

Béka ne savait pas si c'était la crainte qu'elle ne retourne au Danemark dans le prochain avion, comme elle la menaçait continuellement, ou alors le fait que sa nièce ne se montrait pas aussi provocante avec elle qu'avec d'autres personnes. Elle se tourna vers Peter ; il y avait quelque chose de très attirant chez ce garçon timide et instruit, mais apparemment cette nièce je-sais-tout, qui lui était tombée du ciel comme un tas de pierres, était incapable de l'apprécier.

— Vraiment ? Tu ne veux pas être avocat ? On dit que les avocats véreux gagnent beaucoup d'argent.

Astrid lui jeta un sourire méchant et le garçon le lui rendit, plus acéré. Il avait les mêmes yeux gris que son oncle, mais il n'y avait aucune trace de cette horrible froideur.

— C'est ce que dit ma mère. Elle est devenue veuve très jeune et a toujours mis beaucoup en avant la sécurité. C'est la raison pour laquelle, cette année, elle a décidé que j'allais passer mes vacances à faire un stage dans le cabinet de mon oncle. En réalité, MJ n'est que le cousin de ma mère. En septembre, je vais étudier le droit en Angleterre, ils m'ont accepté au King's College.

— Le King's College ! Rien que ça ! répéta Béka, impressionnée. Ta mère doit être très fière. Et *son Irritante*… hum ! Et ton oncle aussi, j'imagine.

— Oui, MJ était très heureux quand j'ai réussi les examens d'entrée ; lui aussi a fait ses études là-bas. Il est prêt à couvrir toutes les dépenses.

— Quelle générosité ! – Béka retint son envie de faire une grimace.

— Oui. Parfois, je me sens très ingrat de ne pas être aussi enthousiaste que je le devrais. *Asante*, Njeri, dit-il en souriant, la remerciant dans un swahili hésitant alors qu'elle changeait son assiette contre une autre garnie de deux œufs frits et de saucisses.

— Normal. Pourquoi devrais-tu te sentir reconnaissant quand on t'oblige à étudier le droit, si tu veux vraiment être vétérinaire ? – Astrid parlait sur un ton pragmatique en remuant la tête comme quelqu'un qui explique une évidence.

— Il y a des moments dans la vie où il faut faire ce que l'on doit et non pas ce que l'on veut.

Bien sûr, sa nièce insensible était très loin d'être en accord avec cette maxime.

— Et pourquoi donc ? Je fais toujours ce que je veux.

Sa tante leva les yeux au ciel.

— Ça, c'est parce que tu n'as que quinze ans. – Son interlocuteur éluda la question d'un coup de plume.

Un point pour Peter, se dit Béka, appréciant la réplique.

— Et toi, seulement dix-huit, Mathusalem, rétorqua sa nièce, furieuse. Et quoi alors ? Tu te crois plus vieux ?

Peter, qui détestait les discussions, s'empressa de calmer le jeu.

— Être vétérinaire au Kenya est un métier plutôt incertain. Plus tard, je devrai prendre ma mère en charge.

De plus, MJ a juré qu'il ne songe pas à se marier ni à avoir d'enfants. Il m'a dit que si je voulais, je pourrais reprendre le cabinet quand il prendra sa retraite. C'est une grande opportunité. – Cette dernière phrase, il la prononça comme s'il essayait de se convaincre lui-même.

— Bah ! – Il sautait aux yeux qu'il n'avait absolument pas convaincu Astrid.

Ce que l'on pouvait juste attendre de ce MJ, se dit Béka en réaffirmant ses préjugés. Ce type, en plus d'être incroyablement désagréable, n'était qu'un égoïste terre à terre. Comme si elle avait lu dans ses pensées, sa nièce dit à ce moment-là :

— La vérité, c'est qu'il n'a pas l'air d'être très agréable.

— Qui ? demanda Peter, la regardant, surpris.

— Qui veux-tu que ce soit ? Ton oncle ! Il était dans une colère monumentale quand je suis montée lui porter son médicament, dit-elle, très concentrée à saucer avec un morceau de pain le jaune d'œuf resté dans l'assiette.

Béka et Njeri échangèrent un regard amusé.

— C'est normal, s'empressa de répondre Peter, prêt à défendre son oncle. MJ est un homme très occupé et cet accident va chambouler tout son planning. En plus, sa jambe lui fait extrêmement mal.

Astrid, qui ne paraissait pas impressionnée par cette preuve de loyauté, haussa les épaules. On voyait qu'elle en avait déjà assez de parler de ça.

— Je peux sortir de table, tante Béka ? Je dois retrouver Makori pour relever des empreintes. Il dit que cela fait des jours qu'une lionne traque le bétail.

— C'est bon. Vas-y.

Dès que Béka lui donna la permission, Astrid se leva, prit une pomme dans la coupe à fruits, embrassa Njeri sur la joue et sortit de la cuisine aussi bruyamment qu'un troupeau d'éléphants. Peter était trop timide pour demander, mais on voyait à des kilomètres qu'il était impatient de la suivre.

— Toi aussi, tu peux y aller.

Les yeux gris s'illuminèrent et, après avoir pris la pomme que Njeri lui tendait, il prit congé en souriant et sortit à toute vitesse derrière Astrid.

— Comme ils me donnent envie, soupira Béka, prenant une petite banane dans la coupe à fruits et commençant à l'éplucher. Je rêve tant d'être jeune et insouciante…

— Tu n'es pas vraiment vieille à vingt-huit ans.

— Tu sais bien ce que je veux dire. J'ai l'impression qu'il ne m'est plus arrivé de m'amuser depuis la mort de papa.

Njeri ramassa les assiettes des enfants et les mit dans l'évier.

— Tu pourrais aller quelques jours à la chasse, comme au bon vieux temps ; je sais que Makori aimerait ça. Je m'occuperai de tout.

Béka soupira de nouveau et fit non de la tête.

— Impossible, tu as déjà bien à faire avec ton travail. Entre les travaux de la ferme, m'occuper de promouvoir Kilima House dans les circuits touristiques européens et d'Amérique du Nord, essayer de boucler la fin de mois – à ce moment-là, une des clochettes situées au-dessus de la porte tinta et Béka fit une grimace – et à présent la présence de *son Irritante Majesté*, qui a besoin d'attention nuit et jour, j'ai du travail par-dessus la tête. Même si j'ai une bonne nouvelle. Enfin !

Son interlocutrice la regarda, intriguée. Njeri savait combien elle s'était battue – et continuait à le faire – pour maintenir la ferme à flot depuis que son père adoré était mort quatre ans plus tôt, lui laissant dans son testament Kilima House et une énorme hypothèque. Deux ans plus tard, Béka avait pris la décision de transformer la ferme en un hôtel de charme, mais adapter la vieille ferme à son nouveau projet lui avait aussi coûté de l'argent et l'arrêt du tourisme pendant la crise mondiale n'avait aidé en rien. Pendant le jour, elle se tuait au travail, et pendant la nuit, elle restait jusqu'à pas d'heure à essayer d'équilibrer les comptes, mais les choses progressaient très lentement et en plus, durant ces derniers mois, survolait sur sa tête, comme un oiseau de mauvais augure, la menace d'une saisie.

— Il a dit… – Béka désigna d'un doigt le plafond, sans pouvoir dissimuler son émotion, qu'il est prêt à nous payer pour le logement et les frais. Les siens et ceux de son neveu.

Njeri sourit, et ses dents blanches resplendirent dans le visage obscur.

— C'est une nouvelle fantastique !

La cloche émit de nouveau un tintement impatient. Béka jeta la peau de banane dans l'assiette avec un grognement et se hâta de se lever.

— Oui, je te promets que *son Irritante Majesté* va le payer cher. – La clochette tinta une fois de plus. Très cher !

Deux semaines se passèrent. Deux semaines infernales durant lesquelles Béka menaça à de nombreuses occasions d'éjecter de Kilima House d'un coup de pied au cul ce patient insupportable qui pensait que Vibéka Darby était son esclave. Ce qu'elle aurait fait sans hésiter, s'il n'y avait eu, à la fin de chacune de ces deux semaines, Peter qui frappait à la porte de la pièce qu'elle utilisait comme bureau et lui tendait un chèque d'une somme indécente que son oncle avait signé sans broncher. Alors oui, Béka sentait qu'elle le méritait jusqu'au dernier shilling ; aussi, elle pouvait entendre l'énervant tintement de la cloche, même jusque dans ses rêves.

Cependant, elle devait reconnaître qu'il y avait eu aussi des moments incroyablement délicieux durant lesquels elle avait goûté quelque chose de semblable à la vengeance. Elle en riait encore en se souvenant de l'un de ces moments. Cet épisode en particulier était arrivé trois… non, quatre jours après l'arrivée du blessé. Elle plissa les paupières pour mieux se réjouir de ses souvenirs…

Son Irritante Majesté avait passé une nuit spécialement préoccupante, avec des pics aigus de fièvre, et elle avait à peine dormi, trop occupée à essayer d'empêcher qu'il fasse un mouvement brusque qui pourrait affecter sa guérison. Il l'avait quasiment menacée, quand Njeri était arrivée pour prendre la relève, mais au lieu d'aller dormir, elle était descendue dans le hall, avait pris le rifle qu'elle gardait toujours sous la main dans une vitrine près de la porte – les sentiers n'étaient pas sûrs du crépuscule jusqu'au lever du jour et l'on pouvait faire une mauvaise rencontre –, et avait couru vers le village massaï à la recherche de la guérisseuse sans prêter attention aux ricanements sinistres d'une meute de hyènes qui devaient faire un festin pas très loin de là.

Un groupe de roquets, qui se battaient pour un os sur la petite place en terre rougeâtre autour de laquelle se dressaient plusieurs *manyattas*, aboyèrent sur son passage. Les huttes, construites avec des adobes, du fumier et des branches, étaient disposées en cercle et entourées à leur tour d'une *boma* ou d'un cercle de branchages d'acacias épineux qui servait à enfermer le bétail et le conserver ainsi à l'abri des prédateurs. Elle frappa d'une main impatiente les cuisses d'une maigre vache à bosse qui l'empêchait de passer.

— Naserian… – Elle appela doucement quand elle arriva à la *manyatta* qu'elle cherchait.

— Entre.

Elle se baissa et entra. L'intérieur était sombre et des branches du plafond, pendaient plusieurs bouquets d'herbes sèches qui dégageaient une odeur piquante qu'elle associait toujours à la guérisseuse.

Naserian avait déjà mis le *shuka*, le traditionnel tissu massaï à multiples usages, et remuait le contenu d'une petite casserole sur un feu entouré de pierres. Elle donnait l'impression d'être réveillée depuis longtemps. Cela ne l'étonna pas outre mesure ; Makori et elle avaient toujours soutenu la théorie que la guérisseuse ne dormait jamais et que ce pouvoir surhumain lui permettait d'être au courant du moindre détail qui se passait dans le village. C'est pourquoi, quand ils n'étaient qu'une paire d'enfants turbulents, ils avaient toujours senti une certaine crainte proche de la vénération en sa présence ; ils soupçonnaient que la vieille femme pouvait lire dans leurs pensées et deviner que c'était eux qui avaient mis le lézard mort dans la litière d'Hamisi ou qu'ils avaient caché la calebasse qu'Arobo, l'épouse grincheuse du vieux Mukanda, allait remplir au puits tous les matins.

— C'est pire ?

Cette simple question la conforta dans la superstitieuse croyance que la guérisseuse, à l'égal de Dieu, savait tout.

— Il a beaucoup de fièvre. Il a passé une nuit très préoccupante.

— Prends ça.

La vieille femme lui passa un vase d'argile dans lequel elle venait de verser une partie du contenu de la casserole. Habituée aux coutumes des Massaï, elle n'essaya pas de lui mettre la pression, et la délicieuse infusion d'écorce d'acacia et de miel mélangée à un peu de lait lui fit du bien.

Une fois leurs boissons terminées, Naserian se leva et mit plusieurs vieux pots de confiture remplis de potions mystérieuses dans un panier. Sans mot dire, Béka saisit le panier et lui tendit le bâton de bois noueux qui était appuyé contre un des murs d'adobe. Une fois prêtes, elles sortirent de la hutte et retournèrent lentement à la maison.

À peine entrées dans le vestibule, elles entendirent les cris ; apparemment le manque de sommeil et le mal-être croissant n'avaient pas contribué à améliorer l'humeur du patient. Rien d'inhabituel, d'ailleurs, avait-elle pensé dans un soupir de lassitude, tout en offrant à Naserian son bras libre. La guérisseuse abandonna le bâton appuyé contre la rambarde et s'agrippa à Béka pour monter l'escalier. En chemin, elles croisèrent Peter qui descendait les marches à toute vitesse.

— Il est… un peu fâché, expliqua-t-il inutilement, quand il les croisa sans s'arrêter ; il avait encore les oreilles rouges du savon que son oncle venait de lui passer.

En arrivant devant la chambre, elle inspira profondément avant d'ouvrir la porte et entra sans frapper. Dans d'autres circonstances, elle aurait ressenti une profonde compassion pour quiconque aurait été dans la même situation que cet homme, dont la pâleur dénotait une souffrance aiguë, mais dès qu'il les vit arriver, la mauvaise humeur de MJ parut atteindre des sommets jusqu'alors inconnus. Dire qu'il se montra grossier eût été un euphémisme. Trop court.

Il se montra terriblement grossier. Obstinément grossier. Insurmontablement grossier ! Et la nouvelle démonstration de son mauvais caractère arracha à la base toute trace de pitié qu'elle aurait pu éprouver pour lui. Heureusement, Naserian ne comprenait pas un mot d'anglais, si bien qu'elle se détacha de son bras, s'approcha du lit et retira le drap en murmurant quelques mots.

Malheureusement, MJ lui arracha le drap des mains et se couvrit de nouveau.

— Puis-je savoir ce que tu veux, vieille sorcière ?

Ce fut la goutte qui fit déborder le vase de sa patience. Furieuse, Béka se pencha à son tour sur le blessé et, pointant un doigt à moins de deux centimètres du nez, lui hurla :

— La ferme, bordel !

Une fois de plus, le ton qu'elle employa – elle avait remarqué qu'il ne s'y habituait pas – avait coupé court aux malédictions et aux jurons. Elle nota que Njeri, qui venait d'entrer, réprimait un sourire en même temps qu'elle tendait au blessé une tasse avec une tisane dans laquelle elle terminait de mélanger plusieurs des herbes que la guérisseuse lui avait données.

— Pour la fièvre, dit-elle dans son anglais hésitant.

MJ acquiesça en silence et, obéissant, avala une grande gorgée sans quitter Béka des yeux, comme s'il craignait qu'elle se jette sur lui d'un moment à l'autre pour l'assassiner. Le voyant ainsi amadoué, elle lâcha un soupir impatient et se demanda, comme elle l'avait fait d'autres fois, pourquoi Njeri, contrairement à elle, n'avait jamais à subir le mauvais caractère de ce type insupportable.

L'entrée inopinée par la fenêtre d'un visiteur, qui atterrit sur le bureau et, de là, sauta sur le sol, grimpa le long d'une de ses jambes et s'installa sur son épaule, passant ses bras autour du cou tout en papotant à son oreille, produisit une détente bienvenue dans l'ambiance et lui arracha le premier sourire de la journée.

— Celui qui manquait… – Elle caressa le petit singe tout en souriant. Non, Bili, tu ne peux pas être là.

— Qu'est-ce que c'est ? – MJ regardait l'animal avec un mélange d'incrédulité et de dégoût.

— Peter dit que vous étiez kenyan, vous n'avez jamais vu de babouin jaune ? demanda-t-elle, stupéfaite.

— Bien sûr que j'en ai vu, répondit-il dignement. Ce que je veux savoir, c'est ce que fait un animal sauvage dans ma chambre.

Entendant ce ton désapprobateur, elle chatouilla de nouveau le ventre de « l'animal sauvage » d'un geste provocant.

— Bili n'est pas un animal sauvage. Pour votre information, il est très bien élevé et n'a pas plus de trois mois.

Comme s'il voulait démentir cette affirmation, Bili sauta depuis son épaule sur le lit et avança jusqu'à MJ au-dessus de l'oreiller.

— Emmenez-le ! Sortez-le d'ici tout de suite ! – Le cri fit que le petit Bili s'arrêta immédiatement, très effrayé.

— N'ayez pas peur, il ne fait rien. – Elle se pencha, attrapa le petit babouin tremblant et le remit sur son épaule.

— Je n'ai pas peur ! – Il sautait aux yeux qu'il avait été blessé dans sa fierté masculine. C'est seulement que… que ce n'est pas hygiénique d'avoir un animal sale dans la chambre d'un blessé.

— Tu sais, Bili ? Je crois que cet homme si *courageux* ne t'aime pas. – Elle insista sur l'adjectif avec un certain sarcasme sans cesser de chatouiller le petit animal.

Entre-temps, Naserian, qui avait profité du fait que MJ était distrait pour examiner la blessure, hocha la tête plusieurs fois, très sérieusement, avant de lui demander d'approcher le panier avec les pots. Béka obéit rapidement et, voyant que la guérisseuse en choisissait un qui avait des petits trous sur le couvercle, décida que Bili serait parfait pour détourner l'attention de MJ de ce qui allait se passer sur sa jambe.

— Vraiment, vous ne voulez pas le caresser ? Il ne mord pas. – MJ ne quittait pas des yeux le petit primate ; il était clair qu'il n'avait pas la moindre confiance dans ses paroles. Allons, Bili, serre la main à ce monsieur si *sympathique*.

— N'approchez pas !

L'arrivée de Peter avec un portable dans une main et une mallette dans l'autre soulagea une fois de plus la tension qui régnait dans cette chambre.

— Tes affaires sont arrivées, MJ !

— Mon pyjama ! Enfin ! – Cette remarque la vexa plutôt. À son grand regret, elle s'était vue obligée de lui prêter un pyjama de son père et ne supportait pas qu'un homme qui n'arrivait pas à la cheville de son progéniteur ni à la semelle de sa chaussure traite ses affaires avec un tel mépris. – Et mon ordinateur !

Apparemment, la vision de l'ordinateur portable de dernière génération réussit à le distraire quelques secondes. Il tendit la main pour l'attraper, mais juste à ce moment, il remarqua ce que la vieille guérisseuse était en train de faire sur sa jambe et il poussa un hurlement, en même temps qu'il balaya frénétiquement la blessure d'unc main, ce qui lui arracha un nouveau hurlement encore plus déchirant.

— Putain ! Putain !

Comme cela s'était passé le jour de son arrivée, Njeri et Béka réagirent immédiatement ; sans échanger un seul mot, elles se jetèrent sur lui et chacune lui saisit un bras, mais, même si MJ essayait de ne pas bouger la jambe, il se débattait en même temps de toutes ses forces, et elles s'appliquèrent pour maintenir ses mains loin de la blessure.

Effrayé par ce vacarme, Peter s'approcha du lit et posa son regard sur la jambe de son oncle.

— Putain ! s'écria-t-il aussi en faisant un bond en arrière.

La blessure, dont les bords avaient pris une teinte noirâtre, était recouverte de dizaines de larves blanches qui n'arrêtaient pas de bouger.

— Débarrassez-moi de cette merde ! Je vais vous dénoncer ! Je vais vous coller une amende si importante que vous aurez besoin de plus de trois générations pour la payer !

— Restez calme ! dit Béka en anglais.

— Ne bougez pas ! dit Njeri en swahili.

Jusqu'au petit Bili qui commença à pousser des cris hystériques. La seule qui conservait son calme dans tout ce vacarme était Naserian, qui entreprit de ramasser les larves qui étaient tombées par terre et de les remettre sur la blessure, une à une, avec son habituelle précision. Puis elle attrapa le linge propre que Njeri avait laissé sur la petite table et banda la blessure sans trop serrer. Quand elle se sentit satisfaite, elle se redressa et prononça quelques paroles dans sa langue.

MJ, qui avait finalement cessé de crier et de lutter, la regarda, épuisé.

— Elle dit, traduisit Béka, alors qu'elle aussi était hors d'haleine, que les larves vont nettoyer la blessure et vont mettre fin à l'infection. Elle dit que vous ne devez pas toucher au bandage. Elle dit qu'elle reviendra quand le soleil aura réapparu trois fois pour vous les enlever. Vous avez compris ?

MJ acquiesça de la tête et ferma les yeux ; tout désir de lutte semblait l'avoir abandonné.

— Si nous sortons, vous resterez tranquille ?

Un nouveau hochement de la tête.

— Je veux que vous me donniez votre parole d'honneur, si tant est qu'un avocat véreux a un semblant d'honneur.

Ce commentaire, délibérément offensant, le sortit de sa léthargie. MJ souleva les paupières et la regarda avec une lueur assassine dans ses yeux gris.

— Oui, bon sang, vous avez ma parole !

Elle poussa un soupir de soulagement et croisa un regard avec Njeri, qui fit un geste d'assentiment.

— Très bien. Alors, on va vous laisser vous reposer.

Njeri prit le panier de la vieille femme, lui offrit son autre bras pour qu'elle s'appuie sur elle et toutes les deux sortirent de la chambre. Peter, content de partir d'ici, les suivit tout de suite après.

Indécise, Béka regarda l'homme qui gisait, les yeux fermés. Il avait le visage encore plus pâle que les minutes précédentes, ce qui produisait un contraste frappant avec ses cheveux quasiment noirs. Pour la première fois, elle examina calmement les traits masculins, forts et réguliers. Le nez long et droit et la bouche ferme, à présent comprimée en une ligne fine. Njeri avait raison, se dit-elle. MJ était un bel homme ou, corrigea-t-elle presque immédiatement, il l'aurait été s'il avait eu un caractère différent. À ce moment-là, il ouvrit les paupières et les yeux gris la surprirent en train de le regarder. Elle sentit une légère chaleur sur ses joues.

— Qu'est-ce que vous faites encore ici ?

Sa rudesse lui fit récupérer immédiatement son sang-froid.

— Je n'ai pas confiance en vous.

— Je vous ai donné ma parole. Que voulez-vous de plus ? Un pacte de sang ?

— Je ne joindrais pas mon sang avec le vôtre, même ivre.

— Laissez-moi seul une fois pour toutes !

Elle réfléchit à toute vitesse.

— C'est bon. Je vais m'en aller. Bili – avec précaution, elle obligea le petit singe à la lâcher et le laissa sur le fauteuil où elle avait passé les dernières nuits à surveiller que le blessé ne bouge pas –, si tu vois que cet homme porte une main sur le bandage, tu le mords, compris ?

Bili parlotait comme s'il avait compris l'ordre.

— Vous ne pensez pas laisser cette bestiole ici !

— Reposez-vous, j'enverrai Astrid un peu plus tard avec le petit déjeuner.

— Hé ! Hé ! – Mais elle descendait déjà l'escalier en courant, contente aussi de s'échapper de cette pièce. Cependant, une pensée subite la fit s'arrêter à mi-chemin et, avec un soupir, elle revint sur la pointe des pieds, ce qui n'était pas facile avec les grosses bottes à lacets qu'elle portait. Faisant le moins de bruit possible, elle entrouvrit la porte pour espionner le blessé. MJ regardait avec méfiance le petit singe qui, à son tour, semblait l'observer avec beaucoup d'intérêt.

— Putain de cinglée…, avait-il l'air de marmonner entre ses dents.

Peu après, elle le vit essayer d'approcher sa main vers le bandage. Immédiatement, Bili se mit à cracher, menaçant, et lui montra ses crocs tranchants avec un geste féroce, perdant complètement son allure de bébé singe innocent. Effrayé, MJ écarta immédiatement sa main.

— Ça ne va pas continuer comme ça ! l'entendit-elle dire à voix haute sans quitter les yeux de l'animal une seule seconde, comme s'il attendait une attaque imminente.

Retenant son rire, elle referma la porte silencieusement. Elle allait dire à Astrid de lui monter son petit déjeuner, espérant que les délicieux *mandazi*, une sorte de donuts frits au goût de noix de coco et aux épices, que préparait Njeri et un tchaï bien chaud contribueraient à calmer un peu les esprits, puis elle irait s'allonger un moment avant de reprendre ses activités quotidiennes, décida-t-elle, ouvrant la bouche dans un bâillement incontrôlable.

4

Béka éclata de rire en se souvenant de ce jour-là ; cependant, sa bonne humeur ne dura pas trop. Elle s'était levée à l'aube, comme d'habitude, et avait été très occupée à travailler avec ses employés kikuyu dans la réparation de la remise. Il était presque dix heures et demie et, à ce moment-là, se sentant dans une paix sereine, elle profitait d'un petit déjeuner vraiment mérité à base de tchaï bien chaud et de plusieurs *mandazi* que Njeri avait mis de côté pour elle. Il n'y avait rien de mieux, se dit-elle qu'un bon petit déjeuner dans cette cuisine lumineuse, avec ses poutres de bois d'où pendaient une demi-douzaine de marmites en cuivre, ses comptoirs blancs fabriqués il y avait plus de cent ans par des artisans de la région avec la « pierre à savon » et sa table en bois de *muhuhu* non taillée, autour de laquelle une douzaine de convives pouvaient s'asseoir confortablement.

Un rollier couleur lilas était posé sur son épaule. Elle l'avait trouvé quelques semaines plus tôt avec une aile cassée et il avait quasiment récupéré. Il sauta sur la table et commença à picorer un des *mandazi*.

— Tu as faim, hein !? – Béka ferma les yeux et poussa un soupir de contentement, en appréciant, par les fenêtres grandes ouvertes, le chant des oiseaux et les joyeux barrissements d'un éléphant qui se rafraîchissait dans l'étang.

Des cris, suivis du furieux tintement de la cloche, mirent immédiatement fin à cette délicieuse sensation de bien-être.

— Bon sang !

Décidée à ne pas se presser, elle mordit dans un second *mandazi*, mais l'irritant tintement de la cloche ne cessait pas, si bien que, lançant une nouvelle malédiction, elle abandonna le mandazi déjà entamé dans l'assiette, but une gorgée de tchaï à toute vitesse, prit le rollier effrayé et le posa de nouveau sur son épaule avant de monter demander à cet homme insupportable quel diable le piquait.

— Dehors ! Fiche le camp ! l'entendit-elle crier face à une menace inconnue.

Béka leva les yeux au ciel et tira la porte.

— Hé ! Que se passe-t-il donc ?

— Quoi, qu'est-ce qui se passe ?! hurla MJ, hors de lui. Cet animal m'a attaqué !

L'animal n'était autre que Twiggy, qui avait passé la tête et une partie de son long cou par la fenêtre et mastiquait à présent consciencieusement quelques feuilles de papier qu'elle avait arrachées d'un carnet. Deux jours avant, la guérisseuse, après avoir examiné la jambe, l'air satisfait, avait décrété que le blessé pouvait déjà faire quelques petits déplacements dans la chambre, à l'aide d'une canne digne d'un musée, que Njeri avait récupérée du grenier. Aussi, le matin, MJ venait s'installer quelques heures au bureau situé près de la fenêtre pour mettre à jour ce que Béka imaginait être ses procès ou ses plaintes, ou ce que l'on pourrait appeler ces trucs de voyous avec lesquels il rendait la vie impossible, à coup sûr, à n'importe quel pauvre type.

— Twiggy, mauvaise ! dit-elle en pointant un doigt menaçant, combien de fois dois-je te dire que l'estomac des girafes n'est pas fait pour digérer du papier ?

— Mauvaise Twiggy ! l'imita-t-il avec une voix de fausset. C'est tout ce que vous trouvez à dire ? Ces papiers étaient importants !

— Que voulez-vous que je fasse ? Lui pratiquer un lavage d'estomac ?

— Pourquoi pas ? C'est vous qui êtes responsable de laisser toutes sortes de bestioles vagabonder autour de cette maison.

À ce moment-là, le rollier sauta de l'épaule de Béka et alla se poser sur la tête masculine.

— Ah, putain ! – MJ essaya de le faire fuir du revers de la main et la pauvre bête tomba au sol, où elle resta en piaillant plaintivement.

— Stupide ! Saleté de bête !

Béka s'empressa de se baisser, attrapa le petit oiseau et l'examina attentivement. Quand elle eut vérifié qu'il allait bien, elle leva les yeux au ciel avec un regard accusateur. N'a-t-il donc pas de sentiments ? Bien sûr que non, se répondit-elle en elle-même, sans cesser de le regarder avec mépris. Aucun avocat véreux n'a de sentiments au-delà de l'envie de se remplir les poches coûte que coûte.

MJ semblait légèrement honteux et essaya de se défendre :

— Je suis désolé. – l'excuse semblait lui coûter un énorme effort. Je ne suis pas habitué aux animaux.

— Eh bien alors, plus tôt vous quitterez Kilima House, mieux ce sera !

— Je viens de vous dire que je suis désolé. J'ai eu peur. La dernière chose à laquelle je m'attendais était qu'une girafe entre par la fenêtre et mange mon travail de la matinée.

Légèrement calmée, Béka reposa l'oiseau sur son épaule, prit le cahier qui était tombé du bureau et le lui tendit. Il le lui arracha quasiment des mains et la seule chose que Béka eut le temps de voir, c'est que la feuille apparente du carnet était noircie d'une écriture serrée masculine presque incompréhensible et pleine de ratures.

— La vérité est que je n'ai pas pensé à vous prévenir, dit-elle en se sentant un peu coupable. Ici nous sommes habitués à l'addiction particulière de Twiggy et nous n'attachons pas plus d'importance à ça. Étaient-ce des papiers juridiques ? Peut-être que je pourrais vous aider à retranscrire…

— Oui, c'était une affaire juridique et non, je ne crois que vous serez en mesure de m'aider, trancha-t-il avec sa rudesse habituelle.

Béka haussa les épaules.

— C'est vous qui voyez.

Elle se tourna vers la girafe qui venait lui lécher la joue pour attirer son attention et, souriante, lui caressa le front d'un geste tendre avant de la pousser doucement dehors et de fermer la fenêtre. Une fois cette affaire résolue, elle se tourna de nouveau vers lui et le surprit en train de la regarder avec une expression assez étrange.

— Quelque chose ne va pas ? – Il hocha la tête négativement. Bien, alors je m'en vais.

— Maintenant que vous le dites, il y a une chose…

— Quoi ? le pressa-t-elle impatiemment.

— Je veux que vous sachiez que j'ai tiré quelques ficelles à Nairobi et que demain, un vrai médecin va enfin arriver.

Béka le regarda fixement un bon moment avant de dire :

— Entendu. Finalement j'ai encore beaucoup de choses à faire et, d'ailleurs, j'apprécierais que vous arrêtiez d'agiter la clochette un moment, si ça ne vous dérange pas.

Avec cette dernière salve, elle sortit de la chambre tandis que le rollier, installé confortablement sur son épaule, piaillait d'un ton approbateur.

Donc, ce type insupportable allait faire venir un éminent docteur depuis Nairobi, ni plus ni moins. Il était clair que ce MJ était un homme puissant et, surtout, riche. Cette nuit-là, quand elle prépara la facture pour les frais de séjour de ses deux hôtes, Béka ajouta quelques zéros à la note sans ressentir le moindre remords de conscience.

Le lendemain matin, elle donna à Mugi, un des jeunes employés kikuyu, les clés du tout-terrain et l'envoya chercher le docteur à l'aéroport ; si tant est que le Mara Serena Air Strip, avec son unique piste en terre battue où n'atterrissaient que des petits avions, et sa salle d'attente composée de simples bancs en bois, abritée par un toit en tôle ondulée pour protéger les voyageurs des intempéries, pouvait être appelé aéroport.

Le docteur Mwangi s'avéra être un homme agréable et jovial, qui tomba amoureux de Kilima House dès le premier coup d'œil. Après l'excellent petit déjeuner accompagné d'un pichet de thé glacé que Njeri lui servit dans la véranda, d'où il pouvait contempler les nombreux animaux sauvages qui s'approchaient pour boire dans l'étang, il promit de revenir très vite passer quelques jours avec sa femme.

Entendant cela, Njeri et Béka échangèrent un regard et, le cœur plus léger, cette dernière accompagna le docteur pour voir le patient dès son repas terminé. *Son Irritante Majesté* paraissait un peu plus joyeuse que d'habitude, on voyait que l'idée d'être enfin examiné par un « vrai » médecin le rassurait indéniablement.

Après un examen minutieux de sa jambe, le docteur Mwangi se contenta de lui changer les bandages rudimentaires qui l'entouraient par un plâtre, tout en faisant l'éloge du magnifique travail de la personne qui avait été capable de réduire une fracture compliquée si habilement dans des conditions si précaires. Entendant cela, Béka ne fit aucun effort pour dissimuler un sourire triomphant quand elle informa le médecin que c'était une femme analphabète de la tribu massaï, qui n'avait pas fait d'études de médecine. Le docteur fut très surpris de l'apprendre, et se mit à plaisanter en disant que cela ne leur ferait pas de mal d'avoir un employé avec de telles compétences parmi le personnel de l'hôpital.

Elle se tourna alors vers le patient avec le même sourire triomphant et les yeux gris clignèrent d'un éclat furieux en réponse. Il ne fallait pas être très intelligent pour deviner que ce MJ n'avait absolument pas apprécié l'enthousiasme de l'attachant docteur, se dit Béka, satisfaite. Si un éminent médecin comme le docteur Mwangi donnait un tel témoignage devant un tribunal, il n'y avait pas besoin d'être un lynx pour deviner que cette demande pour dommages et intérêts, dont MJ la menaçait constamment, n'aurait aucune chance d'aboutir.

— Cette personne si *habile*, dit MJ en soulignant l'adjectif avec un sarcasme blessant, a rempli ma plaie de vers.

— Non, vraiment !

Visiblement satisfait d'avoir réussi à scandaliser enfin ce docteur qui, apparemment, ignorait comment il avait fait pour le faire venir ici même, MJ ajouta pour donner encore plus d'importance au fait :

— Comme je vous le dis. Des douzaines de vers, vivants et grouillants.

Le docteur secoua la tête, l'air émerveillé.

— Je n'aurais jamais pensé qu'une personne n'ayant pas fait d'études de médecine serait capable de réussir une telle désinfection avec une thérapie larvaire. Béka, vous devez me présenter cette femme, j'adorerais lui parler.

La jeune femme hocha la tête en souriant.

— Dès que nous aurons terminé ici, je vous emmènerai la voir ; Naserian sera enchantée de discuter avec vous.

— Vraiment ? Cela vous paraît normal qu'elle couvre ma blessure avec des vers ? – MJ ne pouvait croire ce qu'il venait d'entendre.

— Ce ne sont pas des vers, mais des larves, lui expliqua le docteur Mwangi d'un ton patient. À l'hôpital, nous utilisons aussi une thérapie similaire avec des larves cultivées en laboratoire. Elles aident à liquéfier les tissus morts autour de la plaie, puis elles mangent ce tissu et la plaie est nettoyée des infections et des bactéries. Cette cicatrisation parfaite, dit-il en tapant du doigt le plâtre qui cachait la plaie, est un exemple tangible que la technique fonctionne.

Le dernier commentaire le laissa sans voix, et Béka profita de son silence pour lui adresser un ultime sourire moqueur, saisit le docteur Mwangi par le bras et le sortit à toute vitesse de la chambre sans même lui laisser le temps de dire au revoir à son patient.

Dès que la porte se referma, MJ poussa un juron et se laissa tomber contre l'oreiller. Maudite femme ! Le sourire qu'elle lui avait lancé avant de sortir avait soulevé quelques lumières. Encore une fois, cette Vibéka Darby, qui se croyait la réincarnation de *Jane des Singes*, peu importe comment s'appelait la femme de ce putain de Tarzan, pensait avoir dit son dernier mot, fulmina-t-il.

C'est à ce moment-là que Peter entra, qu'il avait à peine vu ces derniers jours.

— J'ai croisé Béka et le docteur, ils allaient au village massaï. Qu'a-t-il dit sur ta jambe ?

Son neveu semblait très différent du garçon timide, bien habillé, sans un poil qui dépasse, qui s'était présenté le premier jour dans les bureaux du cabinet. À présent il avait les cheveux foncés très ébouriffés, la peau du visage, auparavant un peu pâle, avait acquis un beau bronzage et la bouche juvénile arborait un sourire heureux à toute heure.

— Aucune importance, coupa-t-il sèchement. Peut-on savoir où tu étais fourré durant tout ce temps ?

Le garçon ne parut pas remarquer son ton impatient.

— J'ai accompagné Makori et Astrid aux champs. Tu ne t'imagines pas tout ce Makori sait sur le comportement animal ; l'autre jour, nous avons vu un lion au soleil et il m'a dit de ne pas m'en faire, qu'il venait de manger et qu'il n'allait pas me prêter la moindre attention. Je reconnais que, effectivement, j'étais un peu inquiet, fit-il avec un rire quelque peu honteux, mais malgré tout, nous sommes passés à moins de trente mètres de lui et…

— Assez, Peter, tu me donnes mal à la tête !

— Pardon. – La joie disparut d'un coup du visage de son neveu, et MJ ressentit une petite pointe de remords. Tu as besoin de quelque chose ?

Son oncle se racla la gorge, légèrement mal à l'aise.

— En fait, oui. Appelle Anne au cabinet et dis-lui qu'elle m'envoie en courrier urgent le dossier complet de Kilima House.

— Le dossier de Kilima House ? – Les yeux gris de son neveu, si semblables aux siens, se fixèrent sur lui, sur le qui-vive. Tu as un dossier de Kilima House ? Pourquoi le veux-tu ?

— Ça ne te regarde pas. Contente-toi de faire ce que je te demande.

Peter acquiesça, le visage inexpressif.

— Je vais le faire dès maintenant. – Quand il arriva à la porte, la voix de son oncle le retint.

— Et, Peter… – le garçon se tourna vers lui avec la même expression neutre – pas un mot de cela à personne. Compris ?

Son neveu hocha à nouveau la tête et sortit de la pièce.

MJ se réappuya de nouveau contre l'oreiller, ferma les yeux et commença à repasser dans sa tête tous les événements depuis que ce putain de tout-terrain, que quelqu'un avait garé dans une côte sans se soucier de mettre le frein à main, l'avait renversé dès le premier jour du safari. Il ne savait pas à quel moment il lui était survenu la brillante idée que ce serait bien de passer sa semaine de vacances annuelle à plonger dans ses racines kenyanes ; quelque chose d'absurde, étant donné qu'il avait passé plus de la moitié de sa vie en Angleterre. De même il avait décidé de prendre aussi son neveu, qu'il connaissait à peine, pour essayer de créer une sorte de lien émotionnel avec celui qui, peut-être, deviendrait son héritier.

Il se souvint de la douleur insupportable qu'il avait ressentie, allongé sur ce brancard, tandis que les deux jeunes Kikuyus le transportaient à Kilima House. « L'endroit le plus proche où il pourrait recevoir les premiers soins », selon les mots de John Harris, le guide du safari, qui avait décidé aussi que le mieux serait qu'on l'emmène à pied sur une civière improvisée. D'après lui, avec la jambe dans cet état, il était préférable qu'il ne soit pas secoué dans l'un des SUV sur les routes accidentées de la réserve.

À moitié fou de douleur, MJ ne lui prêta pas trop d'attention et quand, après un temps qui lui parut une éternité, ils arrivèrent à Kilima House, il fut surpris de ne pas découvrir l'hôpital qu'il attendait. Étourdi par les cris qui le cernaient, il se souvint qu'il avait crié à son tour quelque chose comme :

— Vous pouvez vous taire tous autant que vous êtes et m'amener à un hôpital !

Alors, une des plus belles femmes qu'il avait vues dans sa vie, avec une longue tresse blond platine pendant au-dessus d'une de ses épaules, s'était penchée sur lui et l'avait regardé avec d'immenses yeux d'une teinte violette inhabituelle. À ce moment-là, il avait eu une sensation des plus étranges, ressemblant à une douleur aiguë qui, cette fois, ne provenait pas de sa jambe, mais de quelque part dans sa poitrine. Avec une voix rauque et sensuelle qui l'avait entouré comme les bras d'une maîtresse, la jeune femme lui avait fait un commentaire des plus prosaïques ; quelque chose comme quoi l'hôpital le plus proche était bien trop loin.

Puis cette même jeune femme avait commencé à lancer des ordres avec l'autorité d'un général de division, et son souvenir suivant était que la blonde angélique – qui ensuite, s'était révélée de pas l'être autant – et une femme noire de quelques années plus âgée, l'avaient immobilisé pendant qu'une troisième femme ressemblant à une momie manipulait sa jambe en lui provoquant une douleur si insupportable que, à partir de ce moment, il ne se souvenait plus de rien.

Il reconnaissait qu'il n'avait pas été un patient facile. À vrai dire, c'était l'euphémisme de l'année ; peut-être qu'il serait plus approprié de dire qu'il s'était tout le temps montré comme un authentique casse-couilles. Il n'avait pas pu s'en empêcher, se dit-il en essayant de se justifier. Il y avait quelque chose chez Vibéka Darby qui le faisait sortir de ses gonds ; quelque chose qui faisait qu'à chaque fois qu'il la voyait, il désirait lui causer la même douleur sourde qu'il ressentait dans sa poitrine, quand elle était présente. Cependant, il était incapable de dire ce qu'était ce « quelque chose », exactement.

Ce n'était certainement pas son physique qui lui produisait ce recul ; quiconque aurait les yeux rivés sur son visage se verrait obligé de reconnaître que le mélange de sang britannique et danois des parents de la propriétaire de Kilima House avait engendré une combinaison spectaculaire, et la tenue semi-masculine qu'elle portait à toute heure – des bermudas kakis d'où sortaient des jambes longues et bien fermes qui avaient la même teinte dorée que le reste de sa peau, ou tout du moins de la peau visible, des t-shirts aux manches courtes en coton de tons clairs et de solides bottes de campagne – non seulement ne cachait pas, mais soulignait sa féminité plus que considérable.

Non, se dit-il une fois de plus, il était clair que ce n'était pas son physique qui lui produisait ce recul.

La vérité, c'était que MJ était incapable de mettre le doigt sur la plaie. Il savait seulement qu'elle avait le pouvoir de faire remonter à la surface un cumul d'émotions bouleversantes qui, semble-t-il, étaient enterrées depuis longtemps dans un coin obscur de son âme. Des émotions qui le poussaient à se comporter comme un gamin mal élevé et cruel, qui appréciait à chaque fois qu'il se montrait particulièrement dur avec elle de réussir à lui arracher un de ces regards de profonde aversion.

Cependant, après les commentaires du docteur Mwangi, il était conscient à quel point il lui était redevable. Il n'était pas stupide ; il savait que la rapide intervention de la vieille guérisseuse lui avait évité de boiter à vie, voire bien pire. Certes, les moyens qu'elles avaient employés – le maintenir par la force et l'obliger à recevoir un traitement contre son gré – n'avaient pas été très orthodoxes, mais ils s'étaient avérés efficaces.

Et il n'y avait pas que ça. Durant les premières nuits où la douleur l'empêchait de ne dormir que quelques heures d'affilée, il s'était souvent réveillé et, à la lumière de la lampe de chevet restant toujours allumée, il avait surpris Mlle Darby recroquevillée, pieds nus, dans le fauteuil à côté du lit, dormant avec les mêmes vêtements froissés qu'elle avait portés toute la journée. Durant toutes ces occasions, il avait observé les traits délicats qui – contrairement à ce qu'il se passait de jour –, quand elle dormait, semblaient lui transmettre un curieux sentiment de paix, jusqu'à ce que le sommeil l'envahisse de nouveau.

À l'un de ces moments, ses yeux s'étaient arrêtés sur les quatre lignes blanches, qui ressemblaient à des rayures assez profondes, marquant l'extérieur d'une de ses cuisses dorées par le soleil. Les lignes mystérieuses montaient d'un peu plus haut que le genou et se perdaient à l'intérieur du bermuda. Le jour suivant, il lui avait demandé ce qu'étaient ces cicatrices, mais elle avait éludé la question par un laconique : « il y a longtemps de cela, je me suis griffée sur une branche d'acacia épineux ».

Il était sûr qu'elle ne semblait pas trop disposée à lui raconter sa vie personnelle. Pas plus qu'elle ne s'arrêtait un instant pour discuter de choses insignifiantes – ce qui n'était d'ailleurs pas non plus trop surprenant – et dès qu'elle terminait ce qu'elle avait à faire dans sa chambre, elle se hâtait de partir. Une attitude qui, paradoxalement, l'agaçait prodigieusement. Sa relation avec Vibéka Darby, si l'on pouvait appeler ça une relation, pourrait être considérée comme la suivante : ni avec toi, ni sans toi.

Le bruit d'un moteur, qui, une fois le contact éteint, fut suivi d'un silence entrecoupé seulement par le gazouillis des oiseaux, le mugissement lointain d'une vache, la stridulation des criquets et un claquement sonore, le sortit de ses pensées si improductives, ce dont il se réjouit infiniment. Son temps était de l'or et il n'était pas habitué à rester inactif.

— Béka, *amore mio*, je ne pouvais pas supporter une minute de plus sans te voir ! – En entendant la profonde voix masculine, qui lui sembla familière, il fut pris d'une soudaine curiosité, si bien qu'il se leva du lit laborieusement et, appuyé sur la canne qu'il laissait toujours à portée de main, s'approcha en boitant de la fenêtre ouverte et se mit à espionner ce qui se passait dehors, en prenant soin de ne pas être découvert.

— *Karibu*, John ! C'est seulement maintenant que tu daignes passer par ici. – L'accueil de son hôtesse réticente, qu'il ne pouvait voir que de dos, ne semblait pas trop enthousiaste, ce dont MJ se réjouit sans savoir pourquoi.

— Viens dans mes bras… – John Harris, qui avait été son guide dans ce malencontreux safari, tendit vers elle des bras musclés.

À sa grande surprise, elle obéit sans hésiter et accepta l'étroit enlacement du nouveau venu, qui semblait déterminé à l'étouffer, et profita de la situation pour lui planter un baiser sonore sur la bouche. Quelques secondes après, Béka écarta son visage et dit calmement :

— Tu peux me lâcher, John ?

John Harris, grand, fort et blond comme un dieu descendu de l'Olympe, obéit à contrecœur, et MJ ressentit une soudaine antipathie pour cet homme qu'il considérait jusqu'alors comme un type agréable et assez amusant.

— Toujours aussi froide, *amore*.

Elle haussa les épaules.

— Tu me connais.

Il n'avait pas semblé à MJ qu'elle s'était montrée froide, voire tout le contraire. À ce moment-là, le petit Bili se faufila par la fenêtre et se planta sur le bureau tout en bavardant.

— Dégage ! – MJ essaya de l'effrayer d'une main et ordonna dans un murmure d'impatience : Va-t'en ! Sors d'ici !

Mais le singe continua à jacasser, comme s'il le rabrouait d'espionner sa maîtresse. Craignant que ce tumulte n'attire l'attention de ceux d'en bas, MJ étendit le bras, les mâchoires serrées et, ni une ni deux, le petit babouin monta sur lui, s'assit sur son épaule et lui entoura le cou avec les bras.

— Et maintenant, chut ! Je veux entendre ce que disent ces deux-là.

Comme s'il l'avait compris, le singe se tut.

— Sérieux, *bella*, quand vas-tu te marier avec moi ? – MJ tendit l'oreille immédiatement.

— Quand tu cesseras de coucher avec toutes ces touristes assoiffées d'aventures exotiques qui tournent autour de toi, répondit-elle placidement, ce qui fit penser à MJ que ce n'était sans doute pas la première fois que cette conversation surgissait entre les deux. Enfin, se dit-il à contrecœur, au moins, il devait reconnaître que Vibéka Darby avait une tête suffisamment sensée pour ne pas tomber victime des charmes de ce Don Juan avec son fusil.

Le type éclata de rire en entendant cette réponse si déterminée.

— Pauvre de moi ! Enfin, j'ai une autre proposition à te faire – Une fois de plus, l'homme qui les espionnait depuis la fenêtre se mit aux aguets comme un chien de chasse –, mais ne t'en fais pas, celle-ci n'est pas non plus indécente.

Harris rit à gorge déployée de sa propre blague, même si MJ ne voyait pas du tout où se situait la plaisanterie.

— Une autre proposition ? Rentable ?

— Bien sûr, rentable, *amore mio*, je connais plus que tout ton avidité.

Béka haussa les épaules sans se vexer le moins du monde.

— Quand les dettes finissent par te submerger, c'est la seule optique. Dis-moi ce que je dois faire.

— Il s'agit de deux couples de retraités millionnaires. Belges, je crois. Ils veulent vivre *l'expérience réelle*, souligna-t-il ironiquement. Tu sais : la tente au milieu de la réserve, un bon cuisinier noir, du champagne dans le seau à glace, un feu de camp à la lumière des étoiles... En bref : le *pack Mémoires d'Afrique*. La totale.

— Ça paraît bien. Pourquoi ne le fais-tu pas, toi ?

— Je me suis associé avec une agence japonaise et j'ai plus de travail qu'il ne m'en faut, aussi j'ai pensé à toi. – Et il ajouta dans un ton suggestif qui fit grincer des dents MJ – : Au cas où tu acceptes, tu seras bien sûr redevable envers moi...

— C'est toi qui m'es redevable, John Harris, et je ne sais pas s'il y aura suffisamment d'argent dans ce monde pour me rembourser. Je ne comprends toujours pas pourquoi tu m'as envoyé le type le plus insupportable qui ait jamais existé sur la planète Terre pour qu'on lui répare sa jambe.

— C'est... – MJ ferma la bouche et serra les mâchoires

et, comme s'il pouvait deviner ses sentiments, le petit babouin le serra plus fort.

— Matt Jarrett ! – Harris sembla surpris et le cœur de MJ perdit quelques battements. Il ne me semble pas un type spécialement insupportable, tout au moins pas plus que les autres millionnaires que j'ai rencontrés.

— Répète ça !

— Bili, mon garçon, je crains d'avoir été pris… murmura MJ, et le singe, solidaire, serra un peu plus les bras autour de son cou.

— Quoi ? Qu'il ne me paraît pas plus insupportable que les autres millionnaires que j'ai rencontrés ? – Son interlocuteur semblait déconcerté.

Béka poussa un soupir d'impatience.

— Non, mec ! Je veux que tu répètes le nom du type.

— Matt Jarrett. C'est le propriétaire d'un prestigieux cabinet d'avocats de Nairobi.

— Le plus… ! Il est… ! Rat dégoûtant !

Harris la regarda, stupéfait.

— Hé ! Pourquoi est-ce que tu m'insultes, *amore* ?

— Ce n'est pas toi, c'est ce sale rat, dit Béka en colère.

— Je ne comprends pas pourquoi tu es devenue si furieuse tout d'un coup.

D'en haut, MJ la vit serrer les poings, comme si elle fournissait un effort surhumain pour se contrôler.

— Ça n'a pas d'importance, il y a… il y a des moments où la chaleur m'affecte étrangement, dit-elle d'un ton beaucoup plus calme.

— Bien, c'est un moindre mal que ce soit juste ça. Alors, tu acceptes ?

— Bien sûr. Tu as les détails ?

Harris fouilla dans les nombreuses poches de sa chemise et de son pantalon de camouflage, jusqu'à ce que, dans l'une de la poitrine, il trouve divers papiers pliés en quatre.

— Tout est là. Si tu as la moindre hésitation, appelle-moi.

Béka les prit et les rangea dans la poche arrière de son bermuda.

— Parfait. Tu restes à manger ?

— J'aimerais tant, *amore.* – Il poussa un soupir théâtral et MJ eut envie de l'étrangler. Comme je te l'ai dit, je suis débordé de travail. J'ai un groupe de Jap's enthousiastes qui m'attendent à Emboo River.

— Alors, salut, et merci d'avoir pensé à moi.

— Tu ne m'embrasses pas, *bella* ?

— Ce truc pathétique de ponctuer toutes ses conneries avec cet italien du New Jersey, grogna MJ et, à en juger par le babillage indigné de Bili, ce dernier lui donna raison.

— Je t'ai déjà embrassé avant. Chaque chose avec modération, c'est ma devise.

Son commentaire arracha à Harris un franc sourire.

— Tu es cruelle, *amore.* C'est bon, je pars le cœur brisé. *Kwaheri, bella* !

— Au revoir, John. *Asante sana* !

John Harris monta dans son tout-terrain décoré par des autocollants de son entreprise de safari, démarra et s'éloigna à toute vitesse tout en agitant la main par la fenêtre.

Dès que le véhicule se fut éloigné, laissant sur son passage une traînée de poussière, Béka fit demi-tour et leva les yeux vers la fenêtre de sa chambre. MJ recula juste à temps ; elle ne l'avait pas vu, se dit-il, soulagé, malgré tout, ce regard lui avait glacé le sang.

5

Dès qu'il comprit qu'il allait recevoir de la visite, MJ se débarrassa du petit babouin qui protesta amèrement quand il lui ferma la fenêtre au nez, et se hâta de s'allonger sur le lit défait. Le son des lourdes bottes qui montaient l'escalier et s'approchaient à toute vitesse de sa chambre avait un écho funeste. La porte de la chambre s'ouvrit avec tant de violence qu'elle fut sur le point de cogner contre le mur, et MJ s'accrocha au drap tout en essayant offrir un aspect le plus fragile possible.

— Personne ne vous a jamais dit qu'il fallait frapper à la porte ? dit-il avec un ton digne.

Sans prendre la peine de répondre, Béka s'approcha du lit et, les jambes légèrement écartées et les poings sur les hanches, le regarda avec une expression de mépris manifeste.

— Espèce de sale rat… !

— Vous êtes devenue folle ?

— C'était donc ça, votre plan !

— Je n'ai pas la moindre idée de ce dont vous parlez, dit-il sur le même ton, plein de dignité.

— Bien sûr que vous le savez, vous le savez trop bien. – Si les regards tuaient, une paire de fléchettes violettes lui aurait déjà transpercé le cœur.

— Vous vous trompez, je suis complètement dans le flou.

Il l'entendit souffler fortement.

— J'aimerais vous frapper…

MJ jeta un regard oblique vers les poings serrés.

— Vraiment, je ne vois pas de quoi vous parlez. Je crains fort que vous ayez pris trop le soleil.

— Votre plan était de m'espionner pour découvrir l'état de mes finances et pouvoir ainsi me mettre la pression. Moi, on ne me trompe pas, Matt Jarrett. – c'était donc ça : lui, avec un nom et un prénom. MJ ne pouvait plus continuer à prétendre qu'il ne savait pas de quoi elle parlait. – Je viens d'apprendre le genre de vermine que j'ai abritée dans ma maison. Dans ma propre maison ! Mais c'est terminé – les yeux violets lançaient des éclairs furieux et, à son grand regret, MJ se vit obligé de reconnaître qu'elle avait un air magnifique –, je vous donne deux heures pour faire vos bagages et quitter Kilima House et ensuite, bon vent !

MJ réfléchit un instant. Non. Il secoua la tête. En vérité, dans ses plans immédiats, le but n'était pas de partir de Kilima House. En fait, rien n'était plus loin de son esprit. Si bien qu'il appuya ses avant-bras sur le matelas et se redressa.

— Je vois que le moment est arrivé pour nous de retirer nos masques, Mlle Vibéka Darby.

— Je ne porte aucun masque, répondit-elle, offensée.

MJ haussa les épaules.

— C'est une façon de parler. Oui, vous l'avez deviné, je suis Matt Jarret, l'homme avec qui vous avez échangé du courrier ces derniers mois.

— On peut attribuer « échanger du courrier » à n'importe quoi, fit Béka avec mépris. Je n'ai fait que subir vos lettres de menaces et…

— Vos réponses ne se sont pas révélées très conciliantes, précisément, l'interrompit-il, mal intentionné.

— Vous m'avez menacée de quitter ma maison !

— Nous devrions partir de certains concepts juridiques précis si nous voulons arriver à une solution dans cette affaire.

Béka frappa le sol rageusement.

— Arrêtez avec votre jargon juridique, sale rat !

MJ serra les lèvres. Cette petite…, elle allait savoir de quel bois il se chauffait. Il se redressa contre la tête de lit et lui lança un de ces regards glacés qui l'avaient rendu célèbre dans plus d'une salle d'audience et auxquels peu étaient capables de résister.

— Si vous préférez, je vais vous le dire dans un langage que même un petit enfant pourrait comprendre : non, je ne suis pas venu pour vous espionner, ma présence ici était tout à fait fortuite. Vous pensez peut-être que je me suis cassé cette maudite jambe, exprès ? Je n'ai pas non plus besoin d'enquêter sur vos finances catastrophiques, je les connais par cœur. – Elle le regarda, surprise, mais ne dit rien, si bien qu'il en profita pour poursuivre : Et je pense qu'il y a un point qui doit être très clair : Kilima House n'est pas votre maison, ou tout du moins, pas complètement. Votre père a sollicité une série de prêts avec cette maison comme garantie et les derniers paiements qu'il a réalisés arrivent à peine à rembourser les intérêts, nous ne parlons même pas du capital.

Entendant cela, Béka se mordit fortement la lèvre inférieure.

— Je vous ai dit…

— Peu importe ce que vous avez dit, l'interrompit-il sèchement. À présent, je suis le propriétaire de ce prêt et vous n'avez pas respecté les délais, si bien que je peux appliquer la garantie et saisir Kilima House quand j'en ai envie.

Bien, se dit-il, satisfait de voir que la poitrine féminine montait et descendait, agitée sous le chemisier rose pâle. Cette fois, il avait réussi à la laisser sans voix. Il la vit porter une main à sa bouche et mordiller l'ongle de son pouce, un geste de faiblesse dont elle n'était pas consciente, mais qui lui arracha un sourire cruel.

— Et pourquoi ne le faites-vous pas ? demanda-t-elle d'un ton beaucoup plus calme que celui qu'elle employait jusqu'alors.

— Je n'ai pas à vous donner une quelconque explication sur mes plans.

Cette fois, Béka se mordit la lèvre inférieure, comme si elle voulait contenir la kyrielle d'insultes qui montaient à sa bouche. Il la vit inspirer profondément ; il était évident qu'elle fournissait un grand effort pour parler calmement.

— Alors, quoi ? dit-elle enfin en relevant le menton de quelques centimètres.

— Alors, nous continuons comme avant. Mon neveu et moi, nous continuerons à être des clients de cet hôtel et je continuerai à payer ces factures *si raisonnables* – il ne fit pas le moindre effort pour dissimuler son sarcasme – que vous me faites payer bien volontiers à la fin de chaque semaine.

Béka fronça les sourcils ; il était évident qu'elle ne comprenait pas où il voulait en venir.

— Qu'est-ce que vous voulez ?

— Vous êtes sourde ou est-ce que votre cerveau n'en peut plus ? – il la vit se raidir, mais à partir de ce moment, elle devait déjà avoir compris qui tenait les rênes, parce qu'elle se contenta de lui lancer un regard chargé de haine. – Je vous ai déjà dit que je n'ai pas à vous donner d'explications sur mes plans.

— Bien.

Après cette déconcertante réponse monosyllabique, Béka fit demi-tour et s'apprêta à sortir de la chambre.

MJ fronça les sourcils, ne voulant pas que ça se termine si vite. Il voulait profiter un peu plus de l'humiliation de Vibéka Darby ; l'humiliation de se savoir complètement à sa merci.

— Vous ne dites rien ? cria-t-il dans son dos, furieux de ne pas la voir pleurer et se traîner en lui demandant grâce.

— Je crois que vous avez tout dit, dit-elle très calmement avant de sortir de la pièce et de refermer la porte en douceur.

MJ retomba sur ses oreillers et regarda l'inextricable amas de figures de lions, de singes, d'oiseaux et d'éléphants qui avaient été patiemment sculptés il y a de nombreuses années par des artisans kenyans sur les quatre colonnes du lit, sans les voir en réalité. Cela aurait dû être l'heure de son triomphe, et pourtant, la seule chose qu'il ressentait était une sensation de vide inconfortable.

Deux jours passèrent pendant lesquels Vibéka Darby ne daigna pas apparaître dans sa chambre. Les plateaux avec le petit déjeuner, le déjeuner et le dîner étaient montés par sa nièce, Njeri ou Peter, qui semblaient noter la rage qu'il réprimait à l'intérieur, si bien qu'aucun ne restait pour bavarder. Le troisième jour, il ne put en supporter davantage, si bien qu'il décida d'avaler sa fierté et de demander à Njeri, qui venait de lui porter un plateau avec le repas :

— Njeri… ! – Le ton s'avéra plus impérieux qu'il ne l'aurait voulu et la femme se contenta de le regarder en soulevant un sourcil. MJ se racla la gorge et poursuivit avec plus de douceur dans la voix : Puis-je vous parler un moment, Njeri ?

— Bien sûr, Monsieur Jarrett, même si vous savez bien que je ne parle pas très bien l'anglais, dit-elle froidement.

MJ indiqua le fauteuil d'une main.

— Asseyez-vous un instant, s'il vous plaît, dit-il en swahili, avec un accent impeccable.

Njeri leva légèrement les sourcils, mais ne dit rien. Elle s'assit simplement, croisa ses longs doigts sur ses genoux, sans détourner ses brillants yeux noirs de son visage, se contentant d'attendre qu'il continue à parler. Elle devait avoir dans les quarante ans et était encore une très belle femme, sans un seul cheveu blanc dans ses cheveux coupés court. Grande avec un port exceptionnel comme la majorité des femmes de sa tribu, elle ne portait pas le *shuka* traditionnel, mais une robe aux couleurs brillantes et un foulard assorti noué sur la tête.

— Voilà – MJ se racla la gorge une fois de plus –, je voulais vous demander où est Mlle Darby. Cela fait des jours qu'elle ne vient pas.

— Est-ce donc qu'elle vous manque ? – Elle leva de nouveau l'un de ses sourcils noirs expressifs avec un air ironique.

— Non ! Ce n'est pas ça. Je veux dire… La dernière fois que nous nous sommes vus, nous avons eu une petite discussion et je voulais…

— Une petite discussion ? – Njeri le regarda avec une franche désapprobation. D'après ce que m'a raconté ma petite fille, vous l'avez menacée de prendre Kilima House si elle ne se pliait pas à vos désirs.

— Ce n'était pas exactement comme ça… – il essaya de protester, mais elle l'interrompit d'un geste de la main.

— Si ce n'était pas exactement comme ça, ça devait être quelque chose qui y ressemblait fort.

— OK, bon sang, je ne vais pas le nier !

Njeri le regarda fixement quelques secondes et dit enfin :

— Béka a été engagée comme guide dans un safari ; elle sera absente durant une semaine.

À ce moment-là, MJ se souvint de la conversation entre Béka et John Harris qu'il avait écoutée en cachette. Une semaine ! Eh bien, se dit-il, impatient contre lui-même ; comme il venait de le dire à cette femme, elle n'allait pas lui manquer.

— Vraiment, vous seriez capable de voler à une femme sans défense la maison où sont nés ses ancêtres ? – Le ton accusateur de son interlocutrice l'arracha à ses pensées. Le foyer dans lequel elle-même est née ? La terre où sont enterrés ses parents ?

— Pour commencer, ce ne serait pas un vol et, pour continuer, Mlle Darby n'est pas une femme sans défense, dit MJ d'un ton sec.

— En cela, vous avez raison. – Njeri n'essaya pas de cacher son dédain. Béka n'est pas une femme sans défense. Elle m'a, moi, et Makori, et tous les membres de ma tribu qui la connaissent depuis sa naissance et qui l'adorent. J'oserais même dire que les employés kikuyus se rangeraient également de son côté sans hésiter. Ma petite fille est une personne très aimée dans ce petit coin du Kenya.

— Je vois que vous la défendez grandement. – MJ sourit. Peut-être son premier sourire sincère depuis qu'il était arrivé à Kilima House. Un sourire aux dents blanches qui dévoilaient deux rides séduisantes sur les deux joues ; un sourire captivant qui se poursuivit par une autre question : Pourquoi l'appelez-vous « ma petite fille » ?

Njeri dut lire de la curiosité dans les yeux gris, qui avaient perdu toute cette froideur et qui ressemblaient plus que jamais à ceux de son neveu Peter, parce qu'il paraissait s'adoucir.

— Béka a perdu sa mère quatre jours après son deuxième anniversaire. Ce fut un tragique accident. La Jeep dans laquelle ils voyageaient, elle et son époux, s'est renversée à la suite d'une terrible tempête alors qu'ils revenaient pour aider à empiler des sacs de sable afin que le lit débordant de la rivière n'inonde pas un village voisin.

Mister Darby a été blessé, mais son épouse est morte sur le coup. *Mister* Darby a toujours été très bon avec mon peuple. Concernant ma famille, il a payé mon éducation et celle de mes trois frères et les médicaments de ma mère durant ses derniers mois d'existence et, plus tard, il s'est aussi occupé de l'éducation de ma nièce Hamisi, qui enseigne maintenant à Nairobi. Bref, je n'ai pas hésité. J'ai pris soin du blessé et de la petite Béka, et je n'ai jamais regretté cette décision. Maintenant, si vous voulez bien m'excuser, j'ai une montagne de travail à accomplir.

Ce petit intermède n'avait fait qu'exacerber sa curiosité, si bien qu'il essaya de la retenir.

— Encore une chose ! dit-il, alors qu'elle se levait du fauteuil. Ces marques sur la cuisse de Mlle Darby, vous savez comment elle s'est fait ça ?

Njeri parut hésiter un moment, mais finalement se rassit et répondit à sa question :

— Béka a été élevée comme un membre de plus de la tribu massaï. Pas comme l'une de ces femmes, vous voyez, mais comme une de ces *morani*. – La femme sourit avec tendresse au souvenir de ces temps-là. J'imagine qu'avec ces cheveux si blonds, cette peau si blanche et ces yeux couleur du jacaranda, ils ne savaient pas très bien comment la classer ; si bien que, dès qu'elle a appris à marcher, elle n'a pas quitté Makori et ses amis qui avaient deux ans de plus, et avec eux, elle a appris à chasser et à faire paître le bétail qui, comme je pense que vous le savez, sont les principales fonctions d'un guerrier ou *morani* massaï.

Un jour, ils suivaient la trace d'un phacochère blessé avec tellement d'enthousiasme qu'ils ne se sont pas rendu compte qu'ils s'étaient trop éloignés du village et que la nuit leur tombait dessus. Une lionne les a surpris qui chassait aussi. Aucun des jeunes chasseurs ne dépassait les douze ans et chacun d'eux s'enfuit dans une direction. La lionne choisit de poursuivre Béka, pensant sans doute qu'elle serait la proie la plus facile. Béka a couru vers un acacia tout proche, mais bien que très agile, la lionne courait sur ses talons. Si Makori n'avait pas blessé le fauve avec sa lance à la dernière minute, elle l'aurait attrapée. La courageuse action de son compagnon fit que Béka a réussi à grimper dans l'arbre et à s'échapper, mais sans avoir pu esquiver, avant, un coup de griffe sur la cuisse. – Sans s'en rendre compte, MJ serra les poings. Njeri avait une façon de raconter l'histoire qui faisait que vous étiez captivé, au point qu'il pouvait presque entendre le rugissement de frustration de la lionne et ressentir la même douleur aiguë qu'avait dû avoir ressentie la très jeune Béka –. Makori ne pouvait rien faire de plus pour son amie, si bien qu'il a couru jusqu'au village pour chercher de l'aide. Quand *Mister* Darby et plusieurs membres de la tribu sont arrivés sur les lieux, ils ont compris que le terrain était complètement impraticable, même pour un 4x4, et Béka avait passé plus de cinq heures, perchée sur une des branches les plus hautes de l'acacia. Elle-même s'était fabriqué un garrot avec son t-shirt pendant que la lionne, excitée par l'odeur du sang, rôdait en dessous, de plus en plus furieuse et, de temps en temps, sautait pour essayer de l'atteindre. L'arrivée de tant d'homme armés l'a fait fuir avec un dernier rugissement de rage.

Mister Darby l'a portée dans ses bras jusqu'à la maison, où Naserian l'attendait déjà pour la soigner. Elle avait perdu beaucoup de sang et le soin fut très douloureux pour elle, mais pas une seule plainte n'est sortie de la bouche de ma petite fille, ni une seule larme. Elle a eu beaucoup de fièvre pendant plusieurs jours. Il y a eu un moment… – elle s'arrêta et respira profondément –, il y a eu un moment ou *Mister* Darby et moi pensions qu'on allait la perdre, mais enfin, un matin, elle s'est réveillée, l'esprit lucide, et m'a demandé un *mandazi*…

Njeri resta silencieuse quelques secondes, comme si le fait de revivre ces moments si difficiles l'avait épuisée, et au bout d'un instant, elle ajouta :

— Je vous ai raconté tout ça pour que vous sachiez le genre de femme que vous affrontez ; pour que vous voyiez de quel bois est fait ma petite fille. Une guerrière qui ne se rend jamais. Si vous être intelligent, laissez-la tranquille, retournez à Nairobi et continuez vos affaires là où vous les avez laissées.

Elle lui lança un regard de défi, mais MJ se contenta de secouer la tête.

— C'est une histoire incroyable. Je vous remercie de me l'avoir racontée, Njeri, mais en ce qui concerne mon retour à Nairobi… pour l'instant, c'est hors de question.

Elle haussa les épaules.

— Je vous ai prévenu : si vous voulez la guerre, vous l'aurez. Et maintenant, mangez, même si ça doit être déjà tout froid.

Dès que la femme sortit de la chambre, MJ se concentra sur les *chapatis* farcis de viande et de légumes, mais malgré l'odeur délicieuse qu'ils dégageaient, ne réussit à éveiller son appétit.

6

— Non, je t'ai déjà dit que ces papiers étaient importants.

Doucement, MJ écarta Twiggy qui, comme tous les matins, venait lui rendre visite dès qu'il s'installait au bureau pour travailler. Les grands yeux noisette lui lancèrent un regard de reproche qui aurait touché un monstre et, après avoir regardé d'un côté et de l'autre, comme s'il soupçonnait que, même s'il restait encore trois jours avant son retour, Béka pourrait apparaître à tout moment pour lui passer un savon, MJ arracha une feuille du cahier à spirales dans lequel il écrivait ses brouillons et il la lui donna.

— Que cela reste entre nous, dit-il en caressant le front de l'animal.

Puis il jeta un dernier regard à l'incroyable paysage – le petit étang où il y avait toujours quelque chose d'intéressant à voir et, juste derrière, l'immense savane de Masaï Mara où l'on pouvait observer les grands troupeaux d'antilopes et de gnous de la taille de petites fourmis, en perpétuel mouvement – avant de se reconcentrer sur ce qu'il était en train d'écrire. Voyant qu'elle n'allait plus rien obtenir d'autre,

Twiggy ressortit sa tête et alla rejoindre quelques compagnes qui grignotaient les feuilles d'un acacia voisin.

La veille, MJ avait reçu la visite de la vieille guérisseuse qui, après avoir examiné sa jambe avec attention, sans tenir compte des malédictions du patient à chaque fois qu'elle frappait avec force le talon du plâtre, avait émis une longue tirade que Njeri traduisit par un laconique : « Vous pouvez sortir de la chambre et marcher plus longtemps en vous aidant de la canne ».

— Elle a seulement dit ça ? avait-il demandé, étonné, mais Njeri s'était contentée de hausser les épaules. Elle ne semblait pas disposée à lui raconter que la vieille femme avait aussi eu recours à un vieux proverbe africain : « Un âne remercie toujours avec une ruade » avant d'ajouter que ce *mzungu*, homme blanc, traînait des émotions très sombres du passé et que la petite *miss* allait avoir beaucoup de travail avec lui.

Aussi, lorsque Peter lui apporta son petit déjeuner, MJ lui demanda de dire à Njeri qu'il descendrait déjeuner avec eux ; il espérait seulement pouvoir se débrouiller avec l'escalier.

Le cahier paraissait se remplir tout seul et, une fois de plus, il fut frappé par la façon dont cet endroit semblait l'inspirer. Á un moment où il était plus concentré, la porte s'ouvrit. Pensant que c'était Njeri qui venait faire son lit ou Astrid qui lui apportait quelque chose, il ne leva pas les yeux de son cahier. Cependant, le silence inhabituel – en général, Njeri lui donnait toujours des « Bonjour » chaleureux et l'adolescente le bombardait toujours de questions étranges comme : « Que pensez-vous de la vie des vétérinaires ? » ou s'il « croyait que les animaux avaient droit à de bons soins médicaux ? » – lui fit lever enfin la tête et ce qu'il vit lui arracha une exclamation de surprise, mêlée d'une certaine crainte.

Debout à côté de la porte, un imposant guerrier massaï d'environ deux mètres de haut, vêtu d'un *shuka* en tissu rouge et jaune, aux longs cheveux teints avec un pigment rouge et rassemblés en douzaines de petites tresses, le regardait avec férocité. Une demi-douzaine de colliers et de longues boucles d'oreille en perles aux couleurs vives pendaient au cou et aux oreilles. Comme si cette vision n'était pas suffisante pour lui insuffler une terreur atavique, le guerrier d'ébène tenait une lance pointue dans l'une de ses mains.

— Qu'est-ce que vous faites ici ? Que diable voulez-vous ? – Il avait parlé en anglais, mais en voyant qu'il ne répondait pas, il essaya en swahili. C'est une chambre privée ! Vous ne pouvez pas entrer ici !

Soudain, le *morani* alla se planter d'un bond devant le bureau et pointa sa lance en lançant un charabia en langue massaï que MJ, même s'il ne comprenait pas un seul mot, considéra comme prodigieusement menaçant. Sans penser un seul instant à sa jambe, il se mit debout rapidement, saisit la canne qu'il avait laissée à portée de main et pointa le nouveau venu avec l'extrémité, malgré le fait que, contrairement à la lance, elle se terminait par un embout en caoutchouc complètement inoffensif, et il se mit à crier en même temps :

— Au secours ! On m'attaque !

Alors, quelque chose de totalement surprenant se produisit : le nouveau venu se mit à rire aux éclats en montrant de belles dents blanches, et il abaissa sa lance.

MJ le regarda, stupéfait.

— Béka a raison, dit le *morani* dans un anglais parfait, quand vous avez peur, vous criez comme une femme.

— Qu'est-ce que…

MJ mit quelques secondes à assimiler ces paroles si humiliantes et lorsqu'il réussit enfin, il remarqua qu'une colère si forte l'envahissait, qu'il dut fournir un véritable effort pour ne pas frapper ce fou avec la canne. Le nouveau venu dut interpréter assez fidèlement son ressenti, si bien qu'il lui adressa un de ces sourires chaleureux qui désarmaient n'importe qui et lui tendit la main d'un geste amical.

— Je suis Makori. Le déjeuner est presque prêt. Je viens pour vous aider à descendre l'escalier.

MJ regarda cette grande main aux longs doigts quelques secondes avant de la serrer fortement.

— Je vous félicite, mon ami, vous avez failli me faire avoir une attaque. Le rôle de *morani* sanguinaire vous va à merveille.

Makori se mit à rire en entendant cela.

— Pardonnez-moi. Njeri m'accuse toujours d'avoir un sens de l'humour un peu tordu et je crains qu'elle ait raison.

— En revanche, je suis sûr que Mlle Darby trouve cela hilarant, n'est-ce pas ? dit-il sèchement.

— Béka et moi sommes des âmes sœurs, approuva-t-il sans cesser de sourire.

Comment n'était-il pas surpris d'entendre cela ? se dit MJ, sarcastique.

— Je crois que je peux me débrouiller tout seul, dit-il avec dignité.

— Allons, ne vous fâchez pas. Béka ne me pardonnerait pas si vous tombiez dans les escaliers et que vous vous cassiez l'autre jambe.

— Je suppose que ce qui serait le plus ennuyeux pour Mlle Darby serait de devoir prendre soin de moi une deuxième fois. – Makori rit, mais il opta pour la prudence et ne dit rien. – C'est bon. Une seconde.

MJ rangea son cahier dans le porte-documents en cuir qui était en-dessous de son ordinateur portable, saisit la canne et boita jusqu'au haut de l'escalier.

— Voulez-vous que je vous porte ?

MJ se retourna et planta un regard froid dans les yeux quasiment noirs et pétillants de Makori.

— Écoutez, mon ami, entendons-nous bien. Je ne suis pas un invalide et je n'ai pas l'intention que vous me portiez jusqu'en bas comme un bébé.

— Si vous le dites, *bwana*.

Il fronça les sourcils en entendant ce terme, mais l'autre sourit d'un air innocent. MJ secoua la tête, exaspéré, tendit la canne à son impertinent assistant et posa une main sur la rampe. Sans demander, Makori lui présenta son épaule sous son autre bras, l'obligeant à s'agripper à son cou et, même si MJ mesurait plus d'un mètre quatre-vingt-cinq, il le porta quasiment jusqu'au rez-de-chaussée. Là, il lui tendit de nouveau la canne et lui dit d'aller à la véranda où Astrid et Peter l'attendaient, assis à table. Dès qu'il fut assis, lui aussi, Makori lui approcha une autre chaise et plaça un coussin dessus pour qu'il y pose sa jambe.

— Voilà, je te le laisse sain et sauf, Njeri. Si tu as besoin d'aide après pour le remonter, je suis à l'étable.

MJ leva les yeux au ciel ; il n'aimait pas que l'on parle de lui comme s'il n'était pas présent.

— Tu ne restes pas manger avec nous, Makori ? – Astrid n'essaya pas de dissimuler sa déception.

— Aujourd'hui, je ne peux pas, petite *miss*, ce sera pour une autre fois.

— Une chose, Makori. – Njeri reposa un bol en bois de bonne taille rempli de *sukuma wiki*, chou sauvage, sur la table et se tourna vers lui. – Hamisi m'a appelée, elle a décidé que finalement, elle va passer son mois de vacances ici.

Instantanément, le sourire s'effaça du visage sombre, et le corps grand et mince acquit une soudaine rigidité à peine perceptible, mais que tous remarquèrent.

— Je m'en réjouis pour toi, j'imagine qu'elle te manque beaucoup, dit-il au bout de quelques secondes. *Kwaheri.* – Il prit congé et s'éloigna à grandes enjambées en direction de l'étable.

Comme d'habitude, ce fut Astrid, la seule et unique, qui osa demander ce que tout le monde mourait d'envie de savoir.

— Qui est Hamisi ?

— Hamisi est ma nièce. Je vais chercher la viande.

Il était clair que Njeri ne voulait pas poursuivre sur ce thème et, quand elle revint avec un énorme plat de viande au barbecue, seul le coup de pied que Peter lui envoya sous la table empêcha Astrid de poser d'autres questions.

— Tu m'as fait mal, imbécile ! dit cette dernière quand Njeri ne pouvait plus les entendre.

— Tu dois apprendre à respecter l'intimité des gens, répondit Peter sur un ton solennel.

— Mais, toi, qui crois-tu… ? – La voix de l'adolescente se fit plus aiguë.

— Assez, on se calme !

Le ton de MJ n'admettait pas de réplique, et Astrid n'osa pas poursuivre. L'air renfrogné, elle prit un couteau, piqua un des plus gros morceaux de viande et le mit dans son assiette.

MJ leva de nouveau les yeux au ciel et lui passa le *sukuma wiki* avant de se servir lui-même – avec beaucoup de délicatesse – un autre morceau de viande et de passer ensuite le plat à son neveu. La viande était à point et la salade très bien assaisonnée et, au bout de quelques minutes durant lesquelles ils mangèrent en silence, tous semblèrent recouvrer leur bonne humeur.

— Regardez comme le bébé éléphant est mignon ! – Astrid pointa avec sa fourchette l'étang où un petit éléphant utilisait sa trompe comme pomme de douche entre les pattes protectrices de sa gigantesque mère.

— Cet endroit est incroyable ! – Bien qu'il parlât la bouche pleine, l'enthousiasme de Peter était palpable.

— Pas mal, effectivement ! – Même s'il pouvait contempler la même vue depuis sa chambre, MJ était heureux d'avoir enfin terminé son confinement.

Une douce brise parfumée soufflait très agréablement et MJ but une grande gorgée de ce chardonnay bien frais que lui avait servi Njeri, se sentant en paix avec l'univers pour la première fois depuis longtemps. Cependant, presque immédiatement, il fit à Astrid un de ces commentaires qui ne contribuaient pas à maintenir cette paix, précisément.

— Tu essaies de ressembler à Cruella de Vil ?

La crinière de l'adolescente, qui lui arrivait à hauteur d'épaule, était à moitié noire et à moitié blonde. Heureusement, Astrid devait être dans un état d'esprit paisible semblable au sien, parce qu'elle ne sembla pas être plus offensée que ça.

— Tu ne t'en es peut-être pas rendu compte, dit-elle d'un ton condescendant, en le tutoyant pour la première fois, mais il n'y a pas de salon de coiffure à proximité et si je commande une teinture par internet, je doute fort qu'elle soit distribuée jusqu'ici.

Peter, qui détestait les attaques personnelles, s'empressa d'intervenir.

— Moi, j'aime beaucoup ta couleur naturelle, et Béka a dit que, quand ils pousseront de quelques centimètres, elle te les coupera pour qu'on ne remarque pas la différence.

— Ça, si ma tante décide de revenir un jour, répliqua-t-elle d'un ton renfrogné, en même temps qu'elle tendait le bras pour piquer un autre morceau de viande. Je l'ai suppliée à genoux de m'emmener au safari, elle sait que c'est ce que je désire le plus au monde, mais elle ne m'a pas écoutée. C'est une égoïste !

— Béka n'est pas une égoïste ! – Peter s'empressa de la défendre et cela amusa MJ qu'il le fasse avec tant d'ardeur.

— Tu dis ça parce que tu es amoureux d'elle.

Apparemment, le fait de respecter l'intimité des gens ne coïncidait pas avec Astrid, et pour une raison ou une autre, ce commentaire ne plut pas tant que ça à MJ.

— Ce n'est pas vrai… ! – Peter s'arrêta et rougit.

— Tu crois que je suis aveugle ? Tu crois que je ne me suis pas rendu compte comment tu la regardes ? Comment tu soupires à chaque fois qu'elle entre ou sort d'une pièce ? Permets-moi de te dire que c'est plutôt pathétique de te voir baver sur une femme plus âgée.

— Tu es une menteuse ! Je…

Astrid poursuivit sans lui prêter attention.

— Mais je suis désolée pour toi, parce qu'il n'y a rien à faire.

Son interlocuteur renonça à le cacher.

— Qu'est-ce que tu en sais ? Tu dis ça parce que j'ai dix-huit ans ? Béka n'en a que dix de plus. Quand j'en aurai cinq de plus, la différence sera négligeable.

— Je ne dis pas ça pour ça. L'âge n'a rien à voir. En plus, ma tante paraît beaucoup plus jeune, aussi, vu sous cet angle, je ne crois pas qu'il y ait de problème, dit Astrid d'un ton apaisant, tout en lui donnant des petites tapes réconfortantes dans le dos. Malgré tout, bien qu'elle lui parlât comme une femme mûre parlerait à un enfant, ses paroles parurent l'apaiser et lui donner de nouveaux espoirs.

— Alors ?

— Je ne sais pas si tu l'as remarqué, mais ma tante ne s'intéresse qu'à Kilima House.

— Quelle… quelle stupidité. Ta tante est jeune et belle et… et je suis sûr qu'elle voudra se marier… un jour et fonder une… une famille et…

Peter, rempli d'une profonde émotion, ne put s'empêcher de bégayer un peu, mais Astrid fit un simple geste de la main avec lequel elle sembla écarter d'un trait la moindre trace de sentimentalisme.

— Njeri m'a raconté que quand Béka étudiait à Nairobi, elle était sur le point d'épouser un très beau garçon, fils d'une des meilleures familles du Kenya.

MJ ne savait pas pourquoi, mais cette conversation ne lui plaisait absolument pas. Cependant, il aiguisa ses oreilles et continua à boire son vin par petites gorgées sans chercher à intervenir.

— Et que s'est-il passé ? – Son neveu semblait s'être un peu dégonflé.

— Le garçon n'était pas prêt à vivre à Kilima House ; il voulait que tante Béka vende le domaine et aille avec lui aux États-Unis. Bien sûr, elle a refusé, tu sais bien que ses parents sont enterrés ici. – Astrid remarqua que Peter était pendu à ses lèvres et que MJ, malgré son regard lointain, n'en perdait pas une miette, si bien que, heureuse d'être le centre de l'attention, elle décida d'apporter un peu de sel à l'affaire : Bien sûr, son cœur a été brisé…

MJ poussa un soupir incrédule.

— Bri-sé ! articula-t-elle pour qu'il n'y ait pas de doute. Et une nuit de pleine lune, elle a juré qu'elle n'épouserait personne qui ne voudrait pas vivre avec elle à Kilima House. Les serments à la pleine lune sont immuables, précisa-t-elle, apparemment pas très sûre qu'ils soient au courant de ce détail.

— J'y serais prêt ! s'exclama Peter, les yeux brillants. Je crois que je ne trouverais pas de meilleur endroit au monde pour y vivre. Avec Twiggy, Bili, Jike, Makori, les vaches, les chèvres… Ici, je pourrais faire ce dont j'ai toujours rêvé et…

— Mais tu ne sais pas encore tout, l'interrompit Astrid, qui le regardait avec pitié tout en remuant la tête.

— Il y a autre chose ?

Astrid acquiesça d'un air mystérieux. Elle passa son regard de l'un à l'autre pour s'assurer que tous deux étaient toujours pendus à ses lèvres et dit enfin sur un ton apocalyptique :

— Une terrible menace plane sur elle.

— Une menace ? – Peter la regardait, bouche bée.

— L'autre jour, j'ai surpris une conversation entre tante Béka et Njeri ; malheureusement, je n'ai pas pu tout entendre, mais j'ai découvert le principal. – Une fois de plus, elle les regarda l'un et l'autre, se réjouissant de leur évidente impatience et dit enfin : Quelqu'un essaie de voler Kilima House à ma tante !

MJ serra son poing autour du morceau de pain avec lequel il jouait. À ce moment-là, il sentit le regard méfiant de son neveu sur lui et se força à lâcher le pain et à adopter un air insouciant.

— J'ai l'impression que tu as beaucoup d'imagination, ma petite, dit-il d'un ton indifférent.

— Je ne l'invente pas ! se défendit Astrid. Ma tante a parlé d'un type violent et cruel ; un tyran qui adore torturer les plus faibles.

Cette fois, ce furent les mâchoires que MJ serra fortement, même si, s'en rendant compte, il le dissimula en se couvrant la bouche avec sa main comme s'il étouffait un bâillement.

Bien que sa première réaction eût été de planter ses yeux dans ceux de son oncle, en voyant l'attitude désintéressée de ce dernier, Peter parut oublier ses soupçons et, frappant sa paume avec son poing, dit avec fermeté :

— Il faut empêcher ça ! Nous devons trouver ce bâtard et… et nous en débarrasser.

— Tu parles d'un assassinat ? demanda Astrid, les yeux écarquillés, comme si ça la surprenait que le sosie de Peter ait eu une idée aussi excitante.

— Nous pourrions l'inviter pour une promenade après la tombée de la nuit. Qui sait ? Peut-être qu'il tombera nez à nez avec un hippopotame mal embouché et… – Peter laissa sa phrase en suspens.

— Quelle bonne idée ! Mais d'abord, nous devons découvrir qui c'est et…

— Vous pourriez arrêter de dire des bêtises, au moins pour un temps, vous me donnez mal à la tête, les coupa MJ impatiemment. Peter, essaie d'éviter de te mettre à sa hauteur.

Son neveu rougit et ne dit rien, mais Astrid se tourna vers MJ et demanda, d'un air provocant :

— Que veux-tu dire par « à sa hauteur » ? Tu insinues que je suis une gamine ?

— Je ne l'insinue pas, je l'affirme.

— Tu es un… !

— Astrid, tu ne dois pas discuter avec les invités.

Njeri mit la coupe à fruits au centre de la table et posa près de MJ une tasse de café aromatique.

— Mais c'est que… !

L'apparition opportune de Bili, qui glissa d'une des colonnes en bois du porche jusqu'à la balustrade et, de là, se planta d'un saut sur la table, détourna l'attention des personnes présentes. Rapide comme un voleur habile, le babouin s'empara d'une des bananes et la pela en un clin d'œil.

— Sors d'ici ! ordonna Njeri.

— Bili, viens avec moi, dit Peter en lui tendant les bras.

— Non, avec moi ! s'écria Astrid en lui tendant les siens à son tour.

Effrayé par le tumulte, Bili grimpa sur l'épaule de MJ et, agrippé à ses cheveux d'une main, il commença à dévorer la banane qu'il avait dans l'autre.

Peter éclata de rire en le voyant.

— On dirait qu'il s'est attaché à toi, MJ.

— Je ne comprends pas comment on peut s'attacher à ton oncle, dit l'adolescente, d'un ton grinçant, spécialement Bili. Les animaux sont censés avoir un sixième sens.

— Ho hé ! Je suis là. – MJ lança à Astrid un regard menaçant et but une gorgée de café.

Njeri, de son côté, se vit obligée de cacher un sourire tout en ramassant les plats presque vides. Le SUV qui s'arrêta à ce moment-là devant la maison constitua une autre distraction opportune.

— C'est Mugi avec le courrier ! dit Astrid, tout excitée.

Bien quc Kilima House disposât d'internet depuis des années, malgré une couverture souvent défaillante, et encore bien des années auparavant de l'installation de la ligne téléphonique, l'arrivée du courrier était toujours un événement.

Njeri et Astrid se précipitèrent pour accueillir le nouveau venu, et Bili profita de ce moment pour sauter de l'épaule de MJ sur la table, prendre une papaye de la coupe de fruits et disparaître à toute vitesse.

— *Jambo*, Mugi ! Il y a quelque chose pour moi ?

— Je ne sais pas, petite *miss*, répondit le jeune homme en souriant.

Mugi prit un vieux cartable en cuir à l'arrière du 4x4 et sortit un tas de lettres et de colis qu'il remit à Njeri. Celle-ci laissa le tout sur la table et Astrid se jeta sur la pile. Au fur et à mesure qu'elle lisait les noms sur les enveloppes, elle les écartait avec dégoût.

— La plupart sont pour tante Béka. Des factures, je suppose. Celle-ci est pour toi. — D'un geste du poignet, elle lança une enveloppe très volumineuse à MJ.

— Ça doit être les rapports que tu m'as dit de demander à Anne.

MJ fit un signe à son neveu pour qu'il se taise, mais Njeri et Astrid, très concentrées avec le reste du courrier, ne se rendirent compte de rien.

Finalement Astrid trouva un paquet allongé qui portait son nom et l'agita en l'air comme un trophée.

— C'est enfin arrivé, Peter ! Ça doit être ma canne à pêche, je t'ai dit que j'avais demandé à ma mère de me l'envoyer.

Le garçon se pencha pour regarder avec intérêt le paquet qu'Astrid ouvrait impatiemment. En effet, à l'intérieur de la boîte, il y avait une canne à pêche démontable.

— Viens, on va l'essayer ! – Les jeunes s'éloignèrent en courant vers l'étang.

— Les enfants, faites attention aux serpents ! leur cria Njeri en agitant le paquet qu'elle tenait dans sa main.

— Ne t'inquiète pas ! crièrent-ils d'une seule voix sans interrompre leur course.

MJ regarda le paquet que Njeri tenait dans sa main avec curiosité.

— Et ça, c'est pour qui ?

Njeri se tourna vers lui en souriant.

— C'est pour Béka. Je crois que c'est son roman.

— Son roman ? demanda-t-il surpris. Je ne savais pas que Mlle Darby écrivait.

Elle rit à son commentaire.

— Non. Béka n'écrit pas, mais cela fait des années qu'elle dévore les romans d'un écrivain kenyan. Il y a une librairie à Nairobi qui a pour ordre de lui envoyer un exemplaire du nouveau roman de son auteur favori dès qu'il est publié. Comme elle va être contente quand elle arrivera, de voir qu'il est ici à l'attendre !

MJ fronça les sourcils.

— Un écrivain kenyan ?

— Je ne me souviens pas de son nom. Je crois qu'il écrit sur des personnages corrompus ou quelque chose dans le style. Béka tient à me raconter toute l'histoire à chaque fois qu'elle a fini de lire un de ses romans, mais à vrai dire, je ne l'écoute pas vraiment. Le protagoniste est un avocat avec un nom bizarre. Zut, je l'ai sur le bout de la langue… – elle claqua des doigts plusieurs fois – Cicéron ! C'est ça, Cicéron quelque chose.

— Cicéron Smith, un personnage créé par A.F. Aaldenberg.

Njeri acquiesça en souriant.

— Lui-même. Vous le connaissez ? Vous aimez aussi ses livres ? J'aimerais penser que, au moins, Béka et vous ayez ça en commun.

MJ haussa les épaules d'un geste indifférent.

— Je crains que même ça, on ne l'ait pas. J'ai entendu parler de lui, mais je n'ai jamais rien lu de lui. – Son interlocutrice parut déçue. – Je trouve curieux que Mlle Darby soit passionnée par des histoires de personnages véreux, comme elle aime nous appeler, nous, les gens de ma corporation.

— Elle les adore, vous voyez. Depuis qu'elle a lu son premier roman il y a plusieurs années, elle est accro à ses histoires. Je crois même qu'elle a écrit plusieurs courriels à l'adresse indiquée dans les livres. C'est une vraie fanatique ; elle a même un rituel et tout.

En entendant cela, MJ laissa échapper un sourire moqueur.

— Un rituel ? Jamais je n'aurais soupçonné quelque chose de ce genre venant de Mlle Darby, si raisonnée.

Njeri fit un geste expressif avec ses mains.

— Comme vous le voyez. Dès qu'un nouveau roman est publié, elle attend jusqu'à l'aube, même si l'impatience la consume et, dès que les premiers rayons du soleil apparaissent, elle s'allonge dans le hamac – elle indiqua du menton un hamac aux couleurs vives suspendu entre deux palmiers, à quelques mètres de la véranda – et n'en sort pas tant qu'elle n'a pas fini de lire le livre. Ce jour-là, ça lui est égal si le toit du hangar tombe ou si un ouragan approche ; personne ne peut la déranger. – Njeri jeta un coup d'œil à la montre de sport que MJ portait au poignet – Hou là ! il est tard ! Je bavarde, je bavarde… et je passe mon temps à le perdre… Vous avez besoin d'aide pour monter ?

— Je ne pense pas que ce sera nécessaire, merci.

Dès que Njeri eut disparu à l'intérieur de la maison, MJ saisit l'enveloppe, entra à son tour dans la maison et, appuyé d'une main sur la canne et de l'autre main sur la rampe, il monta très lentement. L'effort le fatigua un tant soit peu, si bien qu'il décida de faire une petite sieste avant de voir ce que sa secrétaire lui avait envoyé.

7

Trois jours plus tard, presque au coucher du soleil, le bruit de la porte d'un véhicule qui se refermait d'un coup sec, suivi de joyeuses voix féminines, lui fit lever les yeux de son ordinateur.

MJ n'avait pas encore ouvert l'enveloppe que sa secrétaire lui avait envoyée. Malgré toutes les menaces, plus ou moins voilées, qu'il avait proférées à l'encontre de Béka, il avait retardé le moment, ne sachant pas très bien pourquoi, bien que son excuse préférée fût qu'il avait été trop occupé à chercher et analyser la jurisprudence pour une des affaires les plus importantes actuellement dans son cabinet. En général, c'était lui-même qui s'occupait jusqu'au moindre détail des gros procès, mais, pour la première fois, depuis qu'il avait commencé à travailler en tant qu'avocat, il allait laisser son second prendre la tête ; il avait dit à William qu'il l'aiderait pour tout ce qu'il pourrait faire à distance, mais il lui avait délégué le poids de la responsabilité. Il savait que, depuis des années, son second rêvait de devenir un associé du cabinet ; eh bien, c'était le moment pour lui de faire ses preuves.

Lors de la première vidéoconférence qu'ils avaient eue dès que MJ avait reçu son ordinateur, William n'avait pu dissimuler sa surprise quand il lui avait dit qu'il pensait prendre deux mois semi sabbatiques pour récupérer. Et MJ n'avait pas été sans remarquer l'expression d'avidité dans ses yeux bleus de fouine. Oui, William était un putain d'ambitieux. Il ne le blâmait pas, il pouvait comprendre l'ambition. Lui-même avait été propulsé aux postes les plus élevés dès son plus jeune âge, jusqu'à ce que son père, qui n'était pas prêt à lui offrir quoi que ce soit parce qu'il était son fils, lui eût proposé de diriger le cabinet quand il avait pris sa retraite. Cependant, à son retour, il lui faudra prêter une attention particulière au cher William, se dit-il. Il était complètement d'accord avec Hobbes et son fameux : « L'homme est un loup pour l'homme ». Il avait lui-même été ce « loup » à d'innombrables occasions.

Ces derniers jours, il avait aussi essayé de mettre au pas son neveu qu'il ne voyait pratiquement pas. Après tout, sa mère l'avait chargé de lui enseigner le métier ; mais quand MJ lui avait dit qu'à partir de ce moment-là, il devrait agir comme stagiaire et passer ses matinées et quelques après-midi à chercher des renseignements sur Internet, le visage de désolation absolue du garçon s'était avéré presque comique. En le voyant, MJ avait ressenti une piqûre de compassion – ce qui, heureusement, ne lui arrivait pas souvent –, et finalement, il l'avait renvoyé d'un geste de la main. Peter était parti à toute vitesse – au cas où il changerait d'avis, avait-il supposé en sautant de joie.

— Njeri, contente de te voir !

— Béka, comment ça s'est passé ?

MJ, qui s'était relevé et espionnait depuis l'excellente tour de guet qu'était sa fenêtre, les vit s'enlacer en une chaude accolade tandis que les derniers rayons du soleil irisaient les mèches blondes de la tresse échevelée de la nouvelle arrivée.

— C'était incroyable ! Il s'est passé tant de temps depuis le dernier safari, que je ne me souvenais pas de l'absolue merveille que c'est de dormir à l'air libre, en comptant les milliers d'étoiles qui trouent la voûte céleste pendant que le son vibrant de Masaï Mara t'entoure. Tu vois ? Je suis même devenue poète, dit-elle en riant. Les Belges ont été enchantés et ont promis de me recommander à d'autres de leurs amis.

Les deux femmes s'étreignirent de nouveau sans cesser de sourire.

— On dirait que les choses recommencent à bouger, non ?

— Oui, on dirait. Le plus difficile est de savoir si elles vont bouger suffisamment rapidement pour sauver Kilima House.

Dès qu'elle eut dit cela, elle leva les yeux vers la fenêtre de la chambre qu'occupait MJ, et ce dernier eut juste le temps de se rejeter en arrière pour ne pas être découvert. Il ne put entendre le commentaire suivant de Béka, parce qu'elle avait nettement baissé le ton.

— Ne pense pas à cela, dit Njeri d'une voix normale. Maintenant il profite d'être encore à la maison. En plus, j'ai une grande nouvelle.

— *Son Irritante Majesté* va-t-elle enfin s'en aller ? Je crois que c'est la meilleure nouvelle que tu pourrais me donner, même si, d'un autre côté, on risque de se retrouver sans une importante source de revenus.

MJ serra les mâchoires.

« Non, non, je ne m'en vais pas », lui répondit-il mentalement. « *Chère* Mlle Vibéka Darby, tu devras t'habituer à me voir traîner par ici encore quelques semaines jusqu'à ce que je décide ce que je vais faire de toi ».

—Non, ce n'est pas ça, la nouvelle. La nouvelle, c'est que le roman que tu attendais tant est arrivé.

— Si vite ?! Ouiiii ! – Béka ferma le poing d'un geste victorieux. Puis elle saisit les mains de Njeri et virevolta avec elle dans une danse effrénée. C'est sûr que les choses commencent à s'améliorer. Enfin !

Se serrant par la taille et sans cesser de rire, elles disparurent à l'intérieur de la maison. Bien sûr, Béka ne monta pas pour le saluer. Même s'il ne s'attendait pas à ça, se dit MJ, il n'était pas prêt à reconnaître qu'il avait senti une légère pointe de déception. Cependant, quand il descendit pour dîner à la cuisine, comme il le faisait les derniers jours, malgré les protestations de Njeri, qui insistait pour que les invités profitent des dîners dans la salle à manger, il n'y avait aucune trace d'elle et il remarqua qu'il n'y avait pas de couvert supplémentaire à table.

— Je pensais que Mlle Darby était revenue, dit-il d'un air détaché tandis qu'on lui servait une bonne assiette de *githeri*, du maïs bouilli avec des haricots dans sa sauce.

— Tante Béka est arrivée il y a environ une heure. – Astrid qui, comme d'habitude, dévorait plus qu'elle ne mangeait, ne prit pas la peine d'avaler sa bouchée avant de parler.

— Tu sais, MJ ? Béka a apporté un nouvel animal de compagnie, dit son neveu, plein d'enthousiasme.

— Un nouvel animal… répéta-t-il distraitement, se demandant où diable était passée Mlle Darby et si elle l'évitait.

— C'est une petite femelle suricate. Elle l'a trouvée à moitié morte après avoir combattu un serpent. Elle s'appelle Suri.

— Comme c'est original ! – Une fois de plus, il gâcha l'enthousiasme de son neveu par son ton sarcastique.

— Béka baptise toujours ses animaux en fonction de leur espèce. Suri de suricate, qui est le nom générique et, en swahili, Bili de *tumbili*, qui signifie singe, Twiggy de *twiga*, girafe, et Jike de…

— Du *mandazi*, super ! applaudit Astrid, émue en voyant le plateau débordant que Njeri venait de déposer sur la table. Comme quoi, on voit que tante Béka est de retour à la maison.

— Mlle Darby ne dîne pas ?

Njeri fit non de la tête.

— Elle a emporté une assiette de *mandazi* dans sa chambre. Elle dit qu'elle est épuisée, qu'elle ne s'occupera que de la paperasse la plus urgente avant de prendre le bain relaxant dont elle rêve depuis plusieurs jours.

Sans le vouloir, MJ l'imagina à la lumière des bougies, plongée dans une de ces baignoires obsolètes avec des pieds, identique à celle qu'il avait dans sa salle de bains, avec de l'eau savonneuse sur laquelle flottaient des pétales de rose couvrant à peine sa nudité. La vision fut si réelle qu'il lâcha son assiette de *mandazi* par inadvertance et se vit obligé de réajuster son pantalon, en raison de la soudaine pression qu'il ressentit sur son entrejambe.

— Hum. Je vois, dit-il d'une voix rauque et, en se penchant pour récupérer le mandazi qui était tombé par terre, il ne remarqua pas le sourire malicieux de Njeri.

Le dîner se passa comme d'habitude : Peter et Astrid n'arrêtèrent pas de parler et de discuter, MJ se bornait à écouter, même si, de temps en temps, il lâchait une pique destinée à faire bondir Astrid, la « madame-je-sais-tout » ;

et Njeri intervenait souvent pour corriger les manières de l'adolescente ou, simplement calmer les esprits, tout en rajoutant des plats sur la table.

À sa grande surprise, MJ s'amusait avec ces repas animés et dîners « en famille », qui se passaient dans la véranda ou dans l'accueillante cuisine. Ils étaient très différents de ceux qui consistaient à manger un sandwich froid au bureau, ou n'importe quoi dans n'importe quel restaurant à la mode avec un client ou une femme qu'il désirait amener dans son lit, se disait-il tout en savourant une infusion épicée que Njeri lui préparait tous les soirs et qui le faisait dormir comme un bébé. Il était sûr qu'il ne tarderait pas à se lasser de tout ça, mais pour le moment, il se contentait d'en profiter sans se poser trop de questions.

Dès que le premier rayon de la lumière grise du lever du jour éclaira la chambre, MJ sauta du lit et s'approcha de la fenêtre en boitant. Il n'eut pas à attendre trop longtemps. Dix minutes plus tard, Mlle Vibéka Darby, un livre dans une main et un chapeau à larges bords dans l'autre, traversa le petit parterre de gazon, protégé des deux côtés par deux superbes massifs de roses à thé – un petit morceau de la vieille Angleterre que le vieux Mukanda qui, bien que descendant d'une longue lignée de bergers nomades, avait un don pour faire pousser les choses, et s'en occupait comme de la prunelle de ses yeux –, et se dirigea à pas légers vers le hamac.

Elle portait une robe courte et avait changé ses bottes de travail pour des tongs, mais ce qui le surprit le plus, ce fut de la voir les cheveux détachés. La crinière ondulée, de ce blond clair propre aux femmes du nord de l'Europe, lui arrivait bien plus bas que ses épaules et MJ fut assailli par le soudain désir d'y enrouler ses doigts pour vérifier si ses cheveux étaient aussi doux qu'ils le paraissaient.

Une sorte de rongeur de grande taille à longue queue la suivait de près pendant que l'inséparable rollier couleur lilas tournoyait au-dessus de cette vision enchanteresse, qui ressemblait davantage à une nymphe insouciante sauvage des forêts brumeuses du nord, qu'à la propriétaire endettée d'une ferme reconvertie en hôtel dans un coin perdu d'Afrique.

Quand elle arriva près du hamac, elle retira ses tongs, mit sa capeline sur la tête et monta adroitement dedans, mais le cri indigné du suricate, qui s'était dressé, droit comme un poteau, sur les pattes arrière, la fit redescendre. Elle prit l'animal et remonta avec lui dans les bras.

Depuis sa position, MJ ne pouvait plus voir que le balancement du hamac coloré qui enveloppait la silhouette féminine, dont seul le bord du chapeau ressortait, et il claqua la langue de dépit. À ce moment-là, cet enfant mal élevé qui, jusqu'à ce qu'il arrive à Kilima House, ignorait qu'il logeait en lui-même, prit possession de lui.

« Au moins, je sais où elle va être dans les prochaines heures. Cette fois, elle ne m'esquivera pas si facilement, même s'il faut pour cela interrompre ce fameux rituel ».

Sifflotant, il se doucha à toute vitesse, s'habilla, prit sa canne et descendit à la cuisine à la recherche d'un de ces incroyables *mandazi* que préparait Njeri. Il la trouva assise face à un énorme tas de haricots qu'elle venait de cueillir dans le jardin que cultivait aussi Mukanda derrière la maison.

— *Mister* Jarrett, quel lève-tôt ! – MJ fronça légèrement les sourcils. Y avait-il une touche de moquerie dans la voix de

Njeri ou était-ce son imagination ? –, je vous prépare votre petit déjeuner.

Alors qu'elle avait ses yeux fixés sur lui, les habiles doigts noirs continuaient à vider les cosses à toute vitesse.

— Ce n'est pas nécessaire, dites-moi seulement où se trouve chaque chose.

MJ suivit ses indications et quelques minutes plus tard, il était assis devant une tasse fumante de *tchaï* et une assiette pleine de *mandazi*. MJ mordit d'abord dedans et ferma les yeux quelques secondes.

— Ce sont les meilleurs *mandazi* que j'aie jamais mangés.

Njeri sourit sans cesser de travailler une seule seconde.

— Béka dit la même chose. Je savais bien que, tôt ou tard, je trouverais une chose sur laquelle vous seriez d'accord. Dès que l'on trouve des points communs entre deux personnes, c'est plus facile qu'elles finissent par se comprendre.

MJ souleva un sourcil avec un geste de non-compréhension, mais ne dit rien, même quand Njeri esquissa un sourire.

— Vous me donnerez raison.

Plutôt sceptique, MJ changea de sujet :

— Donc, aujourd'hui, toutes les tâches qui reviennent à Mlle Darby vont vous tomber dessus.

— Vous n'avez pas un très bon concept de qui est mon enfant – son interlocutrice secoua la tête sans cesser de sourire –, mais je dois vous dire que Béka est une des personnes les plus travailleuses que je connaisse. En cela, elle est pareille que son père. Feu *Mister* Darby a toujours fait passer le devoir avant tout le reste. Telle que je la connais, cette nuit, la lumière de sa chambre ne s'éteindra pas avant l'aube.

La voix enveloppante de Njeri évoqua la vision d'une Béka affairée, vêtue d'une chemise de nuit à bretelles suggestive et de la belle crinière, dont l'unique lampe allumée projetait des éclats éblouissants, qui s'étalait sur ses épaules. Mlle Darby, assise devant son bureau, vérifiait des montagnes de factures et de documents, se mordant la lèvre inférieure d'un geste à la fois sensuel et nerveux, tandis que ses paupières se fermaient petit à petit…

Comme l'autre fois, le soudain pincement de désir qui le traversa provoqua la chute du *mandazi* par terre. Bredouillant une excuse, il se baissa, souffla un peu et finit par le manger et, comme l'autre fois, un sourire malicieux échappa à la femme qui continuait à écosser les haricots à toute vitesse.

Un peu plus tard, après avoir bien apprécié une autre tasse de *tchaï* et une demi-douzaine de *mandazi*, MJ traversa la pelouse en direction du hamac. Malgré le fait qu'il ne se montra pas particulièrement discret et que le petit rollier lilas – qui était perché sur la corde reliant le hamac au tronc du palmier, sans doute effrayé par la présence de la petite femelle suricate – donna le signal d'alarme, la jeune femme, complètement concentrée dans sa lecture, ne remarqua pas sa présence, ce qui lui permit de la contempler à son goût.

Le bord de la capeline laissait le beau visage dans l'ombre, mais il remarqua que Mlle Darby était un peu plus bronzée et que la peau dorée des longues jambes aux pieds nus, croisées l'une sur l'autre – sur lesquelles il ne put s'empêcher de glisser lentement un œil –, paraissait plus douce que jamais. Les paupières, surmontées d'épais cils noirs qui se courbaient vers le haut, cachaient ses yeux violets. La femelle suricate dormait, enroulée autour de son cou, et le léger éclat de rire de sa sauveuse lisant un passage particulièrement amusant ne la réveilla pas. MJ s'éclaircit la gorge pour attirer son attention, mais rien ne semblait capable de soustraire Mlle Darby à son livre.

Finalement, il choisit de lui chatouiller la plante d'un pied et, même si la jeune femme écarta la jambe immédiatement et se frotta le pied contre l'autre pour se libérer de la sensation de gêne, elle resta plongée dans sa lecture. MJ serra les lèvres et, avec obstination, répéta l'opération une, deux, trois fois, jusqu'à ce qu'il parvienne à arracher une exclamation exaspérée de la lectrice concentrée qui leva enfin les yeux des pages du livre et les posa sur lui.

— Que voulez-vous ? demanda-t-elle sans cacher son ennui.

— Je veux que vous vous occupiez de moi. Cela fait des jours que nous ne nous voyons pas.

— Et alors ? Je dirais que c'est une bénédiction. – Sans plus, elle retourna son attention vers le livre.

Furieux par cette façon si peu éduquée de l'ignorer, MJ insista.

— Vous ne croyez pas que vous devriez vous montrer un peu plus aimable avec moi ?

— Non.

— Je vous rappelle…

— Vous n'avez pas besoin de me rappeler quoi que ce soit ; cela fait des jours que je ne pense pas à autre chose, mais cela ne signifie pas que vous puissiez vous permettre de me gâcher un des meilleurs moments de l'année. Allez-vous-en !

— Mlle Darby…

— Je ne suis pas là.

— Mlle Darby, insista-t-il comme s'il ne l'avait pas entendue, j'aimerais que vous mettiez de côté cette attitude puérile.

— Le seul à avoir ici une attitude puérile, c'est vous, qui vous obstinez à me déranger. Nous en parlerons une autre fois, *kwaheri*. Au revoir, traduisit-elle en anglais au cas où il n'aurait pas compris, avant de rapprocher son livre ouvert contre son nez pour faire écran.

Furieux, parce qu'il ne savait que trop que son attitude était puérile, MJ revint à la charge.

— J'aimerais vous parler.

Avec un grognement, Béka baissa son livre, l'appuyant sur sa poitrine.

— Comment dois-je vous dire que ce n'est pas le moment ? Je parlerai avec vous demain, si vous le souhaitez, mais maintenant, *s'il vous plaît*, je vous prie de me laisser profiter tranquillement de ma lecture.

Une fois de plus, elle redressa le roman et se remit à lire.

— Je ne sais pas ce que ce stupide livre a de si spécial ! éclata MJ, possédé une fois de plus par cet esprit maléfique qui le faisait se comporter comme un enfant gâté et têtu. – Cependant, ce changement de ton réussit là où ses tentatives antérieures avaient échoué : immédiatement, toute l'attention de Béka se concentra sur lui.

— Comment osez-vous mépriser ainsi une histoire de A.F. Aaldenberg ?! dit-elle, furieuse.

MJ, appuyé sur sa canne et l'autre main glissée dans la poche de son pantalon en denim, la regarda, très digne, de toute sa hauteur.

— Et pourquoi pas ?

— Parce que ses livres se vendent comme des petits pains ! Il fait toujours partie des premiers parmi les listes de best-sellers du monde entier !

— Ah ! J'imagine que cela signifie qu'il doit me plaire coûte que coûte ! – Il n'essaya pas de cacher son sarcasme.

— Vous avez lu quelque chose de lui ?

— Heureusement, je n'ai pas eu ce malheur.

— Seuls les idiots méprisent ce qu'ils ne connaissent pas.

MJ laissa passer cette dernière flèche.

— Pourquoi devrais-je perdre mon temps précieux à lire un de ses livres ?

— Cicerón Smith est un avocat, comme vous. À vrai dire, je n'ai aucun doute qu'il est cent fois meilleur que vous ; je suis sûre que vous pourriez apprendre beaucoup de lui. – Si son but avait été de l'énerver avec ce commentaire, elle réussit complètement.

— Je pensais que vous méprisiez les avocats véreux, comme vous aimez nous appeler si gentiment, dit-il sur le même ton sarcastique.

— Et je les méprise de tout mon cœur ! Excepté Cicerón Smith, bien sûr ; mais il n'est qu'un personnage de fiction.

MJ la regarda, accusateur.

— Eh bien, pour un personnage de fiction, vous en parlez comme si vous étiez amoureuse de lui.

Béka haussa les épaules.

— Et en quoi ce serait mal ?

— Eh bien, c'est ridicule de tomber amoureux d'un personnage sorti de l'esprit fébrile d'un écrivain.

— Cicéron Smith est courageux, intelligent, drôle… il a des valeurs dans lesquelles je me retrouve et, à la fin de la journée, je n'ai pas à le supporter comme je devrais le faire s'il était un homme en chair et en os. Que peut-on demander de plus à un amoureux potentiel ? – Il fronça les sourcils – Je ne comprends pas pourquoi vous me regardez d'un air si scandalisé.

— Ce commentaire distille des tonnes de rancœur.

— Vous me considérez comme une personne rancunière ?

— Peut-être.

— Vous êtes un… malpoli ! Si vous croyez que brandir votre prêt dégoûtant au-dessus de ma tête comme une épée de Damoclès vous donne le droit d'être grossier avec moi, vous vous trompez énormément !

Les yeux violets lançaient des flèches assassines, mais MJ continua à parler sur le même ton désapprobateur.

— C'est incroyable que n'importe quel écrivain ait cette formidable capacité à retirer en vous jusqu'à la dernière once de bon sens. Après tout, vous devriez faire plus attention avant de donner ce pouvoir à l'un de ces hommes que vous méprisez.

— Je ne méprise pas les hommes ! Mon père, sans chercher plus loin, fut un homme admirable. Par ailleurs, personne n'a idée de qui est A.F. Aaldenberg : cela ne m'étonnerait nullement que ce soit une femme.

— Une femme. Ha ha ha !

— Je ne comprends pas pourquoi vous trouvez ça si drôle.

— Peut-on savoir sur quoi vous vous basez ? Et, s'il vous plaît, limitez-vous à des raisonnements logiques.

Piquée apparemment par son attitude paternaliste, Béka commença à les énumérer :

— D'abord, ses personnages sont solides, intéressants et ils ont des caractéristiques qui les distinguent clairement les uns des autres. Pour créer de tels personnages, cela demande beaucoup de sensibilité, une qualité dont on pourrait dire que les hommes sont dénués, précisément…

— Si nous devons continuer avec les préjugés et les lieux communs, je m'en vais, l'interrompit-il sans la moindre délicatesse.

— Eh bien, c'est pas trop tôt. – Béka saisit de nouveau son livre qui était resté ouvert sur sa poitrine, mais MJ posa sa main sur le dos du livre et l'en empêcha.

— Est-ce que nous pouvons discuter de façon civilisée sans que vous menaciez de vous remettre à lire ? dit-il en haussant un peu le ton.

Béka haussa les épaules une fois de plus.

— C'est vous qui rejetez mes arguments sans même prendre la peine de les écouter.

— C'est que, appeler arguments de tels galimatias mentaux…

— Vous voyez ? Ça vous manquait. Écartez votre main maintenant même et laissez-moi tranquille avec mon livre.

MJ retira sa main immédiatement.

— Je répète : ne pouvons-nous pas discuter de manière civilisée ?! dit-il en donnant de la voix alors qu'elle reportait son attention sur le roman.

Béka plissa le nez.

— Définissez « civilisé ». – Mais avant que MJ ait pu dire quoi que ce soit, elle-même trancha la question. Je crains que non. De plus, ce n'est pas une discussion, ce n'est rien d'autre qu'un ramassis d'idioties sans queue ni tête. Je n'ai pas l'intention de partager mon enthousiasme pour A.F. Aaldenberg, aussi, ça ne sert à rien de tenter de vous convaincre. Allez, vous pouvez partir maintenant. – Elle fit un geste dédaigneux de la main.

MJ n'était pas prêt à laisser les choses comme ça, et il ouvrait déjà la bouche pour lui répondre comme elle le méritait quand, soudain, une forte poussée le fit décoller du sol et atterrir juste au-dessus d'elle.

8

Pendant quelques secondes, tous les deux se regardèrent, retenant leur souffle. Dans cet intervalle qui ne dura qu'un instant, MJ découvrit que les iris couleur violette distillaient des petites étincelles jaunes, que les longs cils, vus à si courte distance, étaient encore plus longs, qu'elle avait trois grains de beauté qui formaient un triangle équilatéral juste au-dessus de la pommette gauche et que l'haleine chaude qui s'évaporait de l'appétissante bouche entrouverte sentait la cannelle avec laquelle Njeri saupoudrait les *mandazi*.

Il eut le temps de percevoir tout ça avant que la femelle suricate, effrayée par ce réveil violent, ne lui morde la main et saute du hamac pendant que Mlle Darby se débattait sous son corps sans cesser de le repousser avec force.

— Ah merde alors ! Elle m'a mordu !

— Qu'est-ce que vous faites ! Dégagez de là, pervers !

— Je ne suis pas un pervers, protesta-t-il, indigné. J'ai été…

— Taisez-vous et dégagez une fois pour toutes !

— Je ne peux pas ! Ça bouge comme sur un bateau et le plâtre n'aide pas du tout !

Les mouvements de ce corps chaud et moelleux en dessous de lui n'aidaient absolument pas non plus, provoquant une série de réactions incontrôlables dans une certaine partie de son anatomie, mais MJ jugea bon de garder cette information pour lui.

Ils continuèrent à se débattre frénétiquement, elle, essayant de s'extirper de là et lui tentant de s'écarter, mais le hamac oscillait trop et au bout d'un bon moment, épuisés par cette lutte infructueuse, ils restèrent immobiles tandis qu'ils essayaient de reprendre haleine.

MJ tenta de s'appuyer sur les avant-bras pour ne pas l'écraser de son poids, mais ce fut inutile, la surface instable du hamac ne pouvait pas le retenir. Finalement, il abandonna et se laissa tomber sur elle, haletant. Sans réfléchir, il plongea son nez dans la longue courbe du cou mince et respira l'odeur familière de bois de santal. Cette odeur, boisée et sensuelle du savon fait maison que Njeri et elle-même, d'après ce qu'il avait découvert, fabriquaient avec l'huile des épis jaunes qu'elles extrayaient des fleurs de l'arbre du même nom, haut de presque six mètres, qui poussait près de la maison. Un parfum qui, combiné avec l'odeur chaude de sa peau, lui monta à la tête plus vite que le champagne.

À travers le tissu fin de la robe, il pouvait sentir la douce poitrine féminine collée à lui, montant et descendant, montant et descendant… à un rythme hypnotique qui lui fit oublier tout ce qui n'était pas « ici et maintenant » dans ce morceau de tissu coloré qui les enveloppait comme un cocon, où tous les deux étaient piégés, les isolant complètement du reste du monde.

— Mais que faites-vous ?!

Pas si « complètement ». La voix scandalisée d'Astrid traversa le cocon idyllique d'un côté à l'autre.

— Au secours ! Sortez-moi de là ! hurla Béka qui commença à se débattre à nouveau.

— Est-ce que cet homme est en train d'abuser de toi, tante Béka ?

— Bien sûr que non !

— T'es bête ou quoi ? – La voix de Peter résonna, aussi indignée que celle de son oncle. Pour ton information, MJ n'a pas besoin de recourir à ce genre de jeu pervers ; les femmes se l'arrachent.

— Arrêtez de discuter et sortez-moi de là ! – MJ eu l'impression de distinguer une légère touche d'hystérie dans la voix de Mlle Darby, mais comme il ne pouvait rien faire, il enfonça un peu plus son nez dans son cou délicat et se détendit en attendant le sauvetage.

Par chance ou par malheur, Astrid et son neveu ne tardèrent pas à les libérer de ce hamac qui n'avait rien à envier à la *utricularia arenaria*, une plante carnivore typique de cette région d'Afrique. Remarquant que MJ faisait un geste de douleur en soutenant sa jambe, Peter s'empressa d'attraper et de lui tendre la canne tombée au sol.

Pendant ce temps, Béka écarta impatiemment les mèches blondes de son visage. Elle était en sueur et très décoiffée – la capeline, qui était tombée par terre durant l'accrochage, servait à présent de nid confortable à la femelle suricate –, et elle lui fit face, les mains sur les hanches et les yeux étincelants.

— J'attends une explication !

MJ qui, à ce moment-là, ne pouvait que penser à quel point elle était belle avec ses cheveux ébouriffés et cette lueur meurtrière dans les yeux, essaya de se concentrer.

— À vrai dire, je ne sais pas ce qui s'est passé. J'étais là – il pointa un doigt vers le côté du hamac –, et, soudain, quelqu'un m'a poussé et je me suis envolé. Littéralement. Et puis j'ai atterri.

— C'est ridicule. Ici, il n'y a personne. – Elle se tourna vers les enfants qui suivaient cet échange avec beaucoup d'intérêt. L'un de vous l'a-t-il poussé ?

— Moi non.

— Non.

Béka lui fit de nouveau face, prête à se battre.

— Alors, Mister Jarrett, pourriez-vous… ? – Elle regarda par-dessus son épaule et, au lieu du savon qu'elle avait préparé, elle se borna à lâcher un bref : Oh !

MJ se tourna rapidement pour voir ce qu'elle avait vu. À environ six mètres de là, une girafe mordillait les feuilles des branches les plus hautes d'un acacia. Il se retourna vers elle, sans comprendre.

— Twiggy, dit Béka comme si cela expliquait tout.

MJ fronça les sourcils et se tourna une fois de plus pour regarder la girafe, avant de regarder Béka de nouveau.

— Vous voulez dire que c'était la girafe ?

Béka acquiesça avec une évidente déception. On voyait gros comme une maison qu'elle aurait préféré continuer à penser à lui comme à ce pervers qui se jetait comme un traître sur les jolies femmes, se dit MJ en colère.

— En plus de dévorer du papier, une autre de ses particularités est qu'elle aime pousser les gens qu'elle aime bien !

— Qu'elle aime ? demanda-t-il incrédule. Elle aurait pu me tuer !

Son interlocutrice haussa les épaules.

— Moi aussi, j'ai du mal à l'accepter, ne croyez pas.

— Vous avez du mal à accepter que cette cinglée de girafe puisse être une meurtrière potentielle ?

— Non, ce n'est pas ça. Ce que j'ai du mal à accepter, c'est que quelqu'un, même un animal irrationnel, puisse vous aimer… et maintenant, si vous voulez bien m'excuser, je vais travailler. Vous avez gâché ma matinée, aussi n'essayez pas de vous approcher de moi pendant le reste de la journée.

Sans tenir compte de son exclamation indignée, Béka prit le roman dont la couverture avait été un peu pliée dans un coin, et essaya de redresser cette dernière avec ses doigts, sans grand résultat. Après avoir abandonné, elle se pencha pour récupérer son chapeau, suricate inclus, et s'éloigna de là sans un regard en arrière. Le rollier coloré qui, devant les événements alarmants de la matinée, s'était réfugié en haut d'un des palmiers, vola jusqu'à se poser sur l'épaule féminine.

Exaspéré parce que, une fois de plus, elle l'avait quitté en lui ayant cloué le bec, MJ suivit des yeux cette singulière procession qui s'éloignait en toute hâte en direction de la maison.

— Incroyable ! marmonna-t-il en serrant les poings.

Comme une mini-copie de sa tante, Astrid lui fit face, les mains sur les hanches.

— Vous êtes content d'avoir gâché le *Jour Spécial* de tante Béka ! lui dit-elle en insistant sur les deux mots, et MJ eut envie de tordre le cou de cette petite « madame-je-sais-tout » qui le toisait avec dédain.

— Pour sûr, MJ… – Son neveu secoua la tête d'un air désapprobateur.

— Il ne manquait plus que ça, une paire de morveux qui m'engueulent !

Rageur, comme il ne s'y sentait plus depuis longtemps, MJ cogna sur un arbuste proche avec sa canne avant de s'éloigner en boitant dans la même direction que Béka et sa compagnie avaient prise.

Arrivé dans sa chambre, MJ regarda autour de lui avec l'envie de casser quelque chose. Soudain, ses yeux s'arrêtèrent sur le coin de l'épaisse enveloppe matelassée qui trônait depuis des jours sur son bureau, à moitié dissimulée sous un tas de papiers. Il repoussa ces derniers brusquement et saisit l'enveloppe. Avec ça dans la main, il se laissa tomber sur le lit, soulagé de mettre sa jambe en hauteur, et déchira le dos. Il y avait quatre dossiers à l'intérieur. Il sortit les trois premiers, et parcourut rapidement les documents. Il avait déjà vérifié ces dossiers quand il avait pris la tête du cabinet et, à part se rappeler la date exacte à laquelle son père avait racheté la dette à une banque, il y avait trente ans de cela, il n'en tirait rien de plus clair. Comme la première fois qu'il avait lu ces documents, il était surpris que son père ait investi dans quelque chose qui n'avait pas le moindre lien avec le cabinet ; une ligne d'affaire qui avait commencé et s'était terminée avec ce rachat. Enfin, il ne pouvait plus lui demander pourquoi il l'avait fait ; cela faisait déjà deux ans qu'Arthur Jarrett gisait un mètre sous terre.

Le quatrième dossier était beaucoup plus fin que les précédents et il ne se rappelait pas l'avoir déjà vu. À l'intérieur, il y avait quelques vieilles photos de Kilima House. Il les retourna pour voir la date ; il y avait plus de quarante ans de cela. Il les étudia attentivement et découvrit que, excepté quelques légers détails – une vigne qui n'existait plus, le hangar, une peinture neuve… –, la maison avait à peine changé depuis. MJ fronça les sourcils. Son père était-il tombé amoureux de Kilima House ? En fait, ce n'était pas difficile à croire. Même si son père avait aimé l'agitation de la fiévreuse Nairobi et qu'il n'avait jamais parlé de se retirer pour vivre à la campagne, lui-même, qui avait voyagé dans le monde entier, ne se souvenait pas être jamais allé dans un endroit aussi enchanteur. Cependant, si tel était le cas, pourquoi n'avait-il pas fait usage de la garantie quand le propriétaire avait commencé à retarder les paiements ?

Une fois de plus, MJ fronça les sourcils ; quelque chose lui disait que, derrière tout ça, il y avait un mystère et il était décidé à le résoudre. Le reste des papiers n'avait pas le moindre intérêt : plusieurs coupures de journaux des années durant lesquelles son père avait décidé de faire de la politique, quelques vieilles factures… Il claqua la langue, ressentant une légère frustration, et il était sur le point de ranger tout quand, sans savoir pourquoi, il lui vint à l'esprit de retourner l'enveloppe matelassée et de la secouer un peu. Immédiatement une autre enveloppe plus petite, de couleur crème, jaunie par le temps, tomba sur la couette. Le cœur de MJ commença à s'emballer.

Il saisit l'enveloppe avec deux doigts par l'un des coins et lut le nom de son père et une ancienne adresse, écrits dans une encre bleue pâlie par le temps, rédigée avec une calligraphie élégante et clairement féminine. Il la retourna ; il n'y avait pas d'expéditeur. Les doigts légèrement tremblants, il ouvrit le rabat qui était soigneusement enfoncé à l'intérieur et sortit une petite feuille pliée en deux dégageant une légère odeur de santal. Il la porta à son nez et ferma les yeux. Aucun doute : c'était le même parfum qu'il avait senti il y a moins d'une demi-heure sur la peau de Mlle Darby. Il déplia la feuille, qui était écrite avec les mêmes caractères élégants et féminins que l'enveloppe. Elle semblait avoir été beaucoup manipulée, comme si elle avait été lue de nombreuses fois, et à certains endroits, l'encre était décolorée au point que le papier était difficile à déchiffrer. MJ commença à lire :

Cher Arthur,

Je suis sincèrement désolée de t'avoir causé tant de peine. Mon unique excuse est que, quand je pensais déjà à avoir une vie rangée – j'allais être ta femme et j'aurais travaillé en tant que journaliste dans une agence de presse de Nairobi qui, jusqu'à ce moment-là, me semblait le nec plus ultra –, l'amour est arrivé comme un ouragan et a mis toute mon existence sens dessus dessous. Je t'en prie, ne déteste pas Oliver, il n'est pas plus coupable que moi ou, peut-être serait-il plus correct de dire que nous sommes tous les deux aussi bien coupables ou innocents.

Je veux et j'espère que, un jour pas très lointain, toi aussi tu auras la chance de rencontrer une femme qui te fasse ressentir la même chose que mon mari me fait ressentir.

Cette lettre est la dernière que je t'écris. Je pense que ta suggestion de garder une correspondance régulière comme deux bons amis te ferait plus de mal. Aussi, s'il te plaît, je te demande de ne plus m'écrire. Si tu le fais, je déchirerai tes lettres sans les ouvrir. Nos vies ont pris des directions très différentes : tu vas poursuivre ta brillante carrière d'avocat à Nairobi et je serai une humble fermière dans un merveilleux endroit hors du temps. Une vie simple dont j'avais toujours rêvé, en réalité, même si, jusque très récemment, je n'en étais pas encore consciente.

Oublie-moi, Arthur. Oublie-moi le plus vite possible et profite de cette existence pleine de succès qui t'attend, je n'en ai aucun doute.

Je te souhaite le meilleur. Sincèrement,

Karen Pedersen Darby

MJ serra fortement la feuille et respira profondément avant de sortir deux photos de l'enveloppe. Sur l'une on voyait un jeune Arthur Jarrett au bras d'une très jolie femme, qui aurait pu avoir été la sœur de Vibéka Darby, tous les deux souriants et très élégants à la sortie d'un théâtre.

Sur l'autre… MJ retint son souffle. L'autre était un portrait en couleur de Karen Pederson dans la plénitude de sa beauté. Le cliché avait plusieurs trous, surtout sur la partie des yeux et de la bouche. Des trous que quelqu'un avait tenté d'arranger maladroitement avec du scotch.

Soudain, son cœur se mit à battre à toute vitesse et un souvenir qui avait dû avoir été enterré au plus profond de son inconscient refit surface.

Ce jour-là, c'était son dixième anniversaire et son père avait promis de rentrer un peu plus tôt du travail pour les emmener dîner dans leur pizzeria favorite. MJ était excité, son père sortait de la maison très tôt et rentrait très tard, si bien qu'il ne le voyait pas beaucoup. Sa mère lui avait déjà donné son cadeau : un livre sur les races de chiens. En réalité, lui, ce qu'il voulait, c'était un chiot, mais cela faisait partie des rares événements pour lesquels sa mère et son père étaient d'accord ; aucun ne voulait entendre parler d'avoir un chien. Aussi, il avait dû se contenter du livre.

À ce moment-là, il entendit le bruit d'une clé tournant dans la serrure et il courut à la porte.

— Papa ! Comme tu as fait vite ! – Même s'il savait que son père n'aimait pas trop les démonstrations d'affection, MJ enlaça son père et celui-ci lui donna quelques petites tapes impatientes sur la tête.

— D'après ce que je vois, tu n'avais pas trop confiance dans le fait que je tiendrais ma promesse, dit-il avec ce ton légèrement ironique qu'il employait toujours avec lui.

— C'est que tu as tant de travail… – MJ essaya de se faire pardonner son manque de confiance.

— Où est ta mère ?

— Maman est en train de se préparer.

Son père jeta un coup d'œil impatient à sa montre.

— Espérons qu'elle ne va pas trop tarder, je dois retourner au bureau après le dîner.

Ces paroles refroidirent un peu la joie de MJ.

— Je vais… je vais la prévenir que tu es déjà arrivé.

MJ courut à la chambre de ses parents et frappa à la porte.

— Maman. Maman. Tu en as encore pour longtemps ? – Il n'y eut pas de réponse. Il frappa de nouveau avec ses doigts. Maman ?

Il crut entendre quelque chose, si bien qu'il colla son oreille à la porte. Cela ressemblait à des rires. Peut-être était-elle en train de parler avec son amie Eve et qu'elle avait oublié que Papa avait prévu de rentrer tôt. Décidé, il tourna la poignée et entra.

Sa mère était assise sur le lit, très calme, les yeux fixés sur un papier cartonné qu'elle tenait dans les mains. Sur le devant de sa robe déboutonnée apparaissait un soutien-gorge en dentelle. MJ détourna le regard avec une certaine pudeur et vit qu'elle n'avait pas encore mis ses chaussures.

Le bruit qu'il avait pris pour des rires et qui étaient en réalité des sanglots étouffés, lui fit rapidement lever les yeux jusqu'à son visage.

— Maman !? répéta-t-il, inquiet.

Sa mère ne parut pas se rendre compte de sa présence ; elle continuait à sangloter, les yeux rivés sur ce morceau de papier.

À ce moment-là, son père entra dans la chambre.

— Marie, tu en as pour longtemps ? Je dois retourner au travail, dit-il avec cette impatience non dissimulée qu'il affichait en s'adressant à son épouse.

— Gros porc !

Le cri de sa mère fit que MJ retint sa respiration.

— Gros porc ! répéta-t-elle. Elle se leva et s'approcha de son père en agitant la carte devant son nez. Tu croyais quoi ? Que parce que tu la cacherais dans un de tes bouquins barbants de loi, je ne la trouverais pas ?

Son mari lui saisit le poignet fortement, ce qui l'obligea à ouvrir la main et à lâcher la carte, qui vola doucement jusqu'à atterrir sur le plancher en bois d'iroko, juste aux pieds de MJ, qui la regarda avec curiosité. Le papier cartonné était en réalité la photo d'une femme blonde qui lui parut une princesse ou, peut-être, une reine. Ses yeux étaient de la couleur des fleurs qui poussaient dans le pot près de la fenêtre de la cuisine et dont Mukami, la cuisinière, prenait soin et ils avaient un regard espiègle comme si elle partageait un secret avec lui.

— Calme-toi, Marie, ne te donne pas en spectacle devant notre enfant.

Le ton menaçant de son père réussit à lui faire détacher le regard de ces yeux violets qui semblaient l'hypnotiser.

— MJ n'est déjà plus un enfant. Il a dix ans aujourd'hui, un vrai petit homme. Il va être temps qu'il soit informé de ce qui se passe dans cette maison. – Sa mère, qui riait et pleurait à la fois, se pencha vers lui et l'attrapa par les bras. MJ voulait partir d'ici en courant, mais sa mère le tenait avec tant de force qu'elle lui faisait mal. Écoute-moi bien, mon fils. Ton père ne nous a jamais aimés. Jamais ! Les seules choses qu'il a aimées dans sa vie ont été son travail et cette salope de Danoise dont il est toujours amoureux.

MJ ne savait pas de quoi elle parlait et lança un regard suppliant à son père, qui regardait la photo avec un air abstrait. Cependant, les derniers mots que sa femme prononça le firent réagir.

— Ça suffit ! Lâche cet enfant, tu es folle !

— Folle, oui – Elle éclata d'un rire amer. Folle de m'être mariée avec un homme aveuglé émotionnellement par une autre femme.

— Lâche-le.

Son père lui saisit un bras et l'obligea à le lâcher, mais MJ, au lieu de fuir, resta là, incapable de bouger.

— Tu es un monstre ! – Sa mère se libéra d'un coup de l'emprise masculine, se pencha et ramassa la photo. Puis elle se laissa tomber sur le lit, saisit les petits ciseaux qui étaient au-dessus du couvre-lit et les planta dans le morceau de papier, une fois, deux fois, trois fois. Dommage que ça ne soit pas elle en chair et en os !

Entendant cela, son père lui saisit de nouveau le poignet et serra sans pitié, jusqu'à ce qu'elle lâche les ciseaux. Puis il prit la photo en tremblant des doigts et la rangea dans la poche intérieure de sa veste.

— Ramasse tes affaires, tu ne vivras plus ici, dit-il dans un murmure rauque qui s'avérait beaucoup plus terrifiant qu'une série de hurlements. Puis il se tourna vers MJ qui continuait à les regarder, pétrifié. Tu peux rester ou partir avec ta mère, tu es déjà suffisamment âgé pour décider.

Sans un mot de plus, il sortit de la chambre en claquant la porte.

— Maman… – MJ l'appela d'une voix tremblante, mais sa mère, qui s'était caché le visage entre ses mains tandis que son corps était secoué par de violents sanglots, ne l'entendit pas.

Au bout d'un moment qui lui parut une éternité, sa mère écarta les mains, sécha ses joues avec la manche de sa robe et planta sur lui des yeux rougis.

— Bien, dit-elle d'un ton presque serein, que décides-tu ?

Bien sûr, il décida de rester avec elle. Sa mère lui avait toujours paru aussi fragile que les ailes d'un papillon et, après la désertion de son père, d'une certaine manière, MJ se sentait responsable d'elle.

Son père ne réapparut pas et, deux jours plus tard, sa mère et lui déménagèrent dans la maison de son grand-père maternel ; une ferme délabrée pas très loin de Nairobi, où MJ vécut la période la plus heureuse de sa vie. Ce fut son grand-père qui lui apprit à parler le swahili facilement et lui fit découvrir un monde nouveau, très différent du trafic intense, des foules pressées et du bruit infernal de la capitale. Là, il y avait des chiens, des chats et plusieurs vaches laitières, et tout cela parut le paradis pour MJ. Durant les deux années qui suivirent, il ne vit son père qu'à une demi-douzaine d'occasions, mais il ne lui manquait pas. Cependant, ce bonheur ne dura pas longtemps ; sa mère tomba malade au bout de la deuxième année et un cancer fulgurant l'emporta en trois mois à peine.

À peine était-elle enterrée chrétiennement que son père, qui s'était déplacé jusqu'ici pour les funérailles, lui annonça qu'il avait réussi à le faire accepter dans la prestigieuse école d'Eton, bien qu'il n'ait pas encore atteint l'âge requis. Il lui dit aussi que, dès qu'ils en auraient terminé avec les formalités de l'enterrement, il retournerait avec lui à Nairobi et ils prendraient un vol pour l'Angleterre un mois plus tard.

Les larmes aux yeux, MJ avait dit au revoir à son grand-père, à ses deux chiens, Ron et Tequila, à la vache Marilyn… – bref, à tous ceux qui étaient devenus ses meilleurs amis durant les deux dernières années –, et il quitta la petite ferme sans rien d'autre qu'une valise à la main, et le livre de races de chiens dans l'autre.

MJ froissa la lettre. Il pouvait ressentir à nouveau la douleur et la terrible sensation d'abandon qu'il avait alors éprouvées. La solitude et le désarroi des premiers mois dans ce pays inconnu et froid, entouré d'enfants également inconnus ; quelques-uns sympathiques, mais la plupart violents et prêts à payer leurs frustrations avec le plus petit du cours.

Il avait dû mûrir rapidement. Heureusement, il avait toujours été grand pour son âge et habile avec ses poings. De plus, son intelligence aiguë et la vive ingéniosité qui l'accompagnaient lui servaient non seulement pour atteindre les premières places dans les classes, mais lui permettaient d'inventer toutes sortes de surnoms et de chansonnettes cruelles qui devenaient immédiatement le sujet de conversation du collège, si bien que les voyous habituels y pensaient à deux fois avant de s'en prendre à lui.

MJ revint au présent et concentra son attention sur les grands yeux violets, identiques à ceux de la propriétaire actuelle de Kilima House.

— Alors, c'est à toi que je dois la destruction de ma famille et les misérables années que j'ai vécues après…, se dit-il à voix basse.

Mais la femme du portrait continua à sourire, indifférente.

Maintenant, il comprenait tout, se dit-il sans cesser de serrer la lettre dans son poing. De là venait l'étrange sensation pour laquelle, jusqu'à présent, il n'avait pas réussi à mettre de nom dessus. Cette impulsion qui, dès le premier regard, l'avait conduit à rejeter Vibéka Darby, même si, en même temps, il reconnaissait l'attirance que son physique singulier exerçait sur lui.

Il avait enfin compris également pourquoi son père avait racheté le prêt d'Oliver Darby. C'était une façon d'affirmer son pouvoir : même s'il ne pouvait pas avoir la femme de ses rêves, il pouvait ruiner à tout moment l'homme qui la lui avait enlevée. MJ se demanda pourquoi Arthur Jarrett n'avait jamais fait valoir cet atout qu'il conservait dans sa manche, mais il ne le découvrirait jamais…

Finalement, c'était à lui de jouer cette carte.

— Vengeance… murmura-t-il en savourant le mot.

La partie rationnelle en lui essaya de mettre un terme à cette folie. Vengeance ? Il était peut-être comme ce Dieu jaloux de l'Ancien Testament qui « punissait l'iniquité des parents sur les enfants jusqu'à la troisième génération ». Pourquoi Vibéka Darby devait-elle être responsable du fait que son père à lui avait été désespérément amoureux toute sa vie de sa très jolie mère à elle ? En quoi était-elle coupable que sa famille s'était brisée alors qu'elle avait à peine trois ans quand c'était arrivé ?

Cependant, comme l'usurier du Marchand de Venise, l'enfant amer et abandonné par tous qu'il avait été réclamait sa livre de viande. Aussi, MJ mit de côté son bon sens et se concentra sur cette vengeance qu'il imaginait de plus en plus raffinée.

Lui enlever Kilima House ne serait pas suffisant, se dit-il, les lèvres serrées en une moue cruelle. Non. Il lui arracherait aussi le cœur. Il ferait en sorte que Vibéka Darby tombe amoureuse de lui avec la même passion qu'Arthur Jarrett avait eue pour sa mère, puis il l'écarterait avec la même cruauté que cette femme avait eue en rejetant son père.

9

Elle avait à peine pris le temps de se rafraîchir le visage après avoir passé quelques heures, enfermée dans son bureau, à s'occuper de quelques affaires, que la cloche qui appelait pour manger retentit. Après ce qui s'était passé, Béka n'avait pas envie de se retrouver nez à nez avec *son Irritante Majesté*, mais elle savait que tôt ou tard, elle aurait à le faire, aussi, se dit-elle, plus tôt elle aurait à souffrir, mieux ce serait. Cependant, quand elle arriva dans la véranda, il n'y avait pas trace de Matt Jarrett.

— Je croyais qu'il descendait toujours manger.

Il ne lui fut pas nécessaire de mentionner son nom, Njeri la comprit tout de suite.

— Il a dit qu'il avait mal à la jambe et qu'il serait très reconnaissant si quelqu'un lui montait un plateau avec son repas.

Sans savoir pourquoi, entendre cela la fit se sentir mal. Après tout, MJ n'avait pas été entièrement coupable des événements de la matinée et peut-être que sa récupération qui, jusqu'à présent, avait été spectaculaire, s'en était ressentie à cause de l'affection de la malicieuse Twiggy, qui ne pouvait pas comprendre sa situation d'handicapé temporaire.

— Je le lui monterai dès que j'aurai terminé, proposa-t-elle pour calmer un tant soit peu sa mauvaise conscience.

La nourriture délicieuse et le bavardage toujours divertissant – elle n'était pas très sûre de comment le nommer – entre Peter et Astrid lui firent oublier le fiasco absolu de son rituel de lecture et lui arrachèrent plus d'un sourire. Njeri était également très heureuse, parce que sa nièce allait arriver dans l'après-midi. Le déclenchement continuel d'éclats de rire témoignait de la grande ambiance qui régnait parmi les convives. Si bien que, lorsque Béka eut terminé son repas et monta avec le plateau dans la chambre principale, elle avait retrouvé sa bonne humeur.

— Entrez, dit MJ en réponse aux coups frappés à la porte.

— *Matoke*, banane verte cuite, avec du poisson, annonça-t-elle avec un sourire dès qu'elle eut déposé le plateau sur le bureau. C'est la spécialité de Njeri et, comme d'habitude, elle l'a parfaitement réussi.

— Merci beaucoup, dit son hôte avec une dureté qui, même en dehors de cette matinée agitée, était toujours présente.

« Allons, soit il est toujours en colère comme un hippopotame, soit il a de nouveau mal à sa jambe ».

Béka s'efforça de se montrer aimable. Après tout, MJ était avocat ; il ne manquait plus qu'il la dénonce pour complicité avec un animal sauvage pour une tentative de crime ou quelque chose de ce genre.

— Votre jambe vous fait beaucoup souffrir ? Je peux vous apporter un calmant.

— Ça ne sera pas nécessaire. Merci, dit-il brièvement.

À ce moment-là, Béka vit unc boulette de papier sur le sol et se pencha pour la ramasser et la jeter à la poubelle.

— Ne touchez pas à ça !

Surprise, elle la laissa tomber comme si cela la brûlait. MJ se racla la gorge et dit d'un ton beaucoup plus doux :

— Je la ramasserai plus tard.

Béka haussa les épaules. Il était clair qu'il était inutile d'essayer de se montrer aimable avec ce vieux sac grincheux.

— Bien, je m'en vais. Quelqu'un viendra plus tard pour récupérer le plateau.

Le « vieux sac grincheux » se borna à hocher la tête en signe d'acquiescement.

Béka sortit de la chambre et se dirigea vers la sienne, qui se trouvait au bout du couloir. Elle décida de faire une courte sieste, puis elle s'occuperait du reste des affaires courantes. Plus tard, quand tous dormiraient, elle terminerait sans s'interrompre le roman de A.F. Aaldenberg. Son unique plaisir coupable depuis des années, si elle ne comptait pas les *mandazi* de Njeri, bien sûr.

Quelques heures plus tard, après avoir répondu à la cinquantaine de courriers qu'elle avait encore en attente ; avoir pensé à un plan drastique de réduction des dépenses – auxquelles finalement elle devait renoncer parce qu'elle ne pouvait plus réduire davantage ses frais au niveau des aliments ni des engrais sous peine de renoncer au lait qu'elle vendait à une coopérative, et aux fromages qu'elle fabriquait avec le surplus, très bien accueillis dans les hôtels des alentours, ou encore de renoncer à semer le fourrage que mangeaient les vaches – qui ne réussit qu'à lui provoquer un considérable mal de tête ; après avoir dirigé les travailleurs dans la réparation du hangar où on rangeait le matériel, qui durait déjà depuis presque un mois et demi ; après avoir aidé Makori à accoucher une vache âgée et préparé une salade pour le dîner parce que Njeri était allée à la *manyatta* de sa sœur pour voir sa nièce, qui venait de rentrer après plus de neuf mois d'absence, et cette fois-ci, avoir demandé à Astrid de chercher le plateau dans la chambre de *son Irritante Majesté*, Béka prit une douche, se mit en pyjama et sauta dans son lit avec un soupir de bonheur, prête à terminer le roman sans être interrompue.

Cependant, dix minutes plus tard, le roman restait près d'elle sans être ouvert à cause d'une idée imprécise qui n'arrêtait pas de lui tourner dans la tête comme une mouche agaçante. Une idée qui l'avait hantée toute la journée et à laquelle elle n'avait pas eu le temps de réfléchir jusqu'à présent. Le problème était que, maintenant qu'elle l'avait, ce temps, elle n'arrivait toujours pas à trouver ce qui la perturbait autant. La seule chose qu'elle savait, c'était que cela avait à voir avec les événements mouvementés de la matinée.

Elle se concentra de toutes ses forces et essaya de nouveau.

— Tu crois que je suis gênée parce qu'il a fallu que ce soit lui, précisément, qui interrompe mon moment idéal de l'année ? – Elle tourna la tête pour interroger la petite femelle suricate qui dormait par terre, enroulée dans le chapeau. L'animal ouvrit un œil et le referma aussitôt. Tu ne m'aides pas beaucoup, à vrai dire.

Elle croisa les mains derrière sa nuque et regarda le plafond.

— Bien que gêne ne soit pas exactement le mot, c'est plutôt une sensation de…

La vérité, c'était que, depuis qu'elle avait appris que l'irritant MJ n'était autre que l'odieux Matt Jarrett des lettres de menace, elle l'avait évité comme la peste. Elle ne voulait pas le voir en peinture, ne voulait pas se souvenir du pouvoir que cet homme avait sur elle, ne pouvait pas non plus penser que Kilima House, la jolie ferme construite par son arrière-grand-père avec tant d'amour, puisse cesser d'appartenir à la famille Darby.

Ce serait terrible, bien sûr. Cependant, elle était quasiment sûre que ce n'était pas cela qui l'empêchait de se concentrer sur le nouveau roman de son vénéré A.F. Aaldenberg. Mais alors, si ce n'était pas ça, pourquoi avait-elle le même sentiment de danger imminent que ce jour où Makori et elle, étaient allés faire paître le petit troupeau de chèvres du père de ce dernier ? Un sentiment qui n'avait pas disparu jusqu'à ce qu'ils lèvent les yeux et découvrent Chui, le léopard, caché parmi les branches d'un arbre.

Qu'est-ce que diable cela pouvait être en réalité ce qui…

À ce moment précis, Béka eut une révélation. En sursaut, elle se redressa brusquement et se frappa la tête contre la tête de lit en bois, si bien que la petite femelle suricate, cette fois, vraiment, se redressa, alarmée.

— Aïe ! – Béka se frotta le sommet du crâne avec la main.

C'était donc ça, enfin !

Cette idée imprécise qui la hantait toute la matinée, venait de se cristalliser en elle avec une clarté troublante : en levant les yeux du livre et en découvrant cet homme debout près du hamac, elle n'avait pas pensé à Kilima House, ni à la famille Darby, ni à tous ces gens qui dépendaient d'elle, ni… Sa première et unique pensée en le voyant avait été que Matt Jarrett était l'homme le plus séduisant qu'elle ait jamais vu dans sa vie.

— Ah, allons ! se dit-elle, impatiente.

Séduisant ? Matt Jarrett ? Comment pouvait lui paraître séduisant un homme qui ne pouvait pas prononcer deux phrases sans émettre trois grognements ? Comment pouvait lui paraître séduisant un monstre sans cœur qui menaçait de l'éjecter de Kilima House ? Comment… ?

Elle se souvint de la façon dont les poils de ses bras s'étaient hérissés en le voyant là, appuyé sur sa canne et l'autre main dans la poche de son élégant pantalon kaki, qui avait l'air d'avoir été commandé chez un luxueux tailleur londonien, tandis que la douce brise du matin caressait ses cheveux brun foncé qui frisaient légèrement sur sa nuque.

Béka dut se rendre à l'évidence : Matt Jarrett avait tout ce qui lui plaisait chez un homme. Hormis le fait, bien sûr, qu'il était grossier, irascible, froid et odieux en général.

— Détails sans importance, non ? se dit-elle, sarcastique. Vibéka Darby, la solitude et l'excès de travail t'ont ramolli le cerveau, il n'y a pas d'autre explication.

Mais à vrai dire, elle ne s'était jamais sentie seule à Kilima House. Ici, il y avait Njeri et Makori et le reste des membres de la tribu. Ils étaient sa famille, et même si, parfois, elle ne pouvait s'empêcher de penser à David – le fiancé avec lequel elle avait été sur le point de se marier –, avec une touche de nostalgie, jamais elle n'avait regretté sa décision.

De plus, si le problème était qu'elle avait tant besoin d'un homme dans sa vie, pourquoi pas John Harris ? Cela faisait des années que John la draguait, et même si elle savait pertinemment que ses intentions n'étaient pas sérieuses, ce n'était pas un mauvais choix si elle avait besoin de profiter d'une aventure. Grand et fort, avec des traits parfaitement symétriques, les yeux de la couleur du ciel un matin d'été, un sourire qui semblait avoir été créé pour une pub de dentifrice et les cheveux dorés et épais, il aurait été le protagoniste parfait de tout livre romantique. Le visage aux traits irréguliers de Matt Jarrett ne pouvait rivaliser avec une telle perfection.

Il lui vint à l'esprit l'instant où ce dernier avait atterri sur elle au point de lui avoir coupé le souffle par surprise. Pendant quelques secondes, tous les deux étaient restés immobiles, à se regarder dans les yeux. Béka avait remarqué la bordure, d'un ton gris plus foncé, autour de ses iris particuliers qui, à ce moment-là, avaient perdu toute trace de froideur. Puis ses yeux s'étaient arrêtés sur le nez, grand et un peu tordu, comme si, à un moment donné, quelqu'un lui avait donné un coup de poing, sur la peau pâle à cause du temps qu'il avait passé, enfermé dans sa chambre ces dernières semaines et sur ses mâchoires, si viriles, que son propriétaire serrait fortement quand il était contrarié.

C'était incroyable la quantité de détails qu'elle avait saisis pendant ces quelques secondes qui s'étaient écoulées avant de commencer à se battre pour se libérer du poids de son corps. Une lutte inutile qui ne servit à rien de plus qu'à les laisser épuisés tous les deux. Elle se souvint de cet instant précis où il parut s'avouer vaincu, et qu'il se laissa retomber doucement sur elle et enfonça son visage dans le creux de sa gorge. Béka avait même oublié de respirer jusqu'à ce que, effrayée par la montée de désir qu'elle avait ressentie, elle ait réagi avec un certain degré d'hystérie, bien loin de sa façon d'être habituelle.

— C'est bon, je le reconnais. *Son Irritante Majesté* est certainement attirante et, pendant un instant, aussi court que ça – joignant le pouce et l'index jusqu'à laisser à peine un millimètre entre les deux pour que Suri se fasse à l'idée de combien cela avait été court –, j'ai ressenti un… une… un… soupçon de désir. Oui, de désir. Est-ce pour cela la fin du Monde ? Non, pas vrai ? Je suis une femme jeune et saine avec une vie amoureuse inexistante. Que peut-il y avoir de plus normal que ça ?

Suri bâilla.

— Je vois que je t'ennuie. Tu as raison, je ne sais pas ce que nous faisons à perdre notre temps à parler de ces bêtises. – Béka reprit le livre près d'elle et l'ouvrit à l'endroit du marque-page. – Et maintenant, tais-toi, hein ? Je veux que personne ne me dérange.

Sans tenir compte du regard de reproche que lui lança la petite femelle suricate devant une telle injustice, Béka plia l'oreiller, s'appuya contre lui avec un soupir de satisfaction et s'apprêta à terminer le roman.

À ce moment-là, on frappa à la porte.

Béka serra les lèvres pour ne pas prononcer un gros mot et jeta un coup d'œil à la pendule qui était sur la cheminée. Il était presque minuit. Qui était-ce à une telle heure ?

— Qui est-ce ? demanda-t-elle avec l'espoir de s'être trompée et que ce n'était que le bruit du vent.

— C'est moi, MJ.

MJ ? Peut-être l'avait-elle invoquée avec ses pensées ? Que diable voulait-il ?

Béka se leva d'un bond, mit sa robe de chambre en soie avec un motif de fleurs exotiques qui était au pied du lit et noua sa ceinture. Déchaussée, elle marcha jusqu'à la porte et l'ouvrit de quelques centimètres.

— Oui ?

— Mlle Darby, puis-je entrer ? J'aimerais vous parler.

Après les émotions inhabituelles – si l'on pouvait les appeler de cette manière – auxquelles elle n'avait pas arrêté de penser toutes ces dernières minutes, Béka trouva cette proposition quelque peu dangereuse.

— Voyons, Monsieur Jarrett, ce ne sont pas des heures pour…

— Ça ne durera qu'une minute, insista-t-il.

Béka hésita quelques secondes, mais elle ne voulait pas non plus qu'il pense qu'elle était une personne prude qui craignait la présence d'un homme dans sa chambre à des heures indues de la nuit, si bien qu'elle noua plus étroitement la ceinture de sa robe de chambre et le laissa passer.

— C'est bon.

— Votre enthousiasme est flatteur.

Deux rides séduisantes se formèrent de chaque côté des joues masculines lorsqu'il lui sourit de façon si attrayante que cela entraîna Béka à se mettre immédiatement sur la défensive.

— C'est la deuxième fois que vous m'interrompez aujourd'hui.

MJ jeta un œil sur le roman qui gisait, ouvert sur le lit, avant de recentrer son attention sur elle.

— Mince, comme c'est regrettable, je venais précisément pour m'excuser.

Il la regarda avec une expression contrite qui s'avérait irrésistible, et Béka dut lutter contre elle-même pour conserver l'attitude sévère avec laquelle elle l'avait reçu.

— Vous excuser ? Vous ? – Elle leva un sourcil avec scepticisme.

Une fois de plus, il lui lança un de ses sourires envoûtants que, jusqu'à ce moment-là, tout du moins en ce qui la concernait, il s'était bien gardé de lui adresser. Béka plissa les paupières en le regardant avec méfiance. Pourquoi, soudain, cet homme était-il si gentil ? Serait-il bipolaire ou quelque chose du genre ?

Comme s'il devinait ce qu'elle pensait, son indésirable visiteur commenta, sans perdre son sourire :

— Oui, excusez-moi. Je sais que ça peut paraître difficile de le croire, mais en général, je ne suis pas un homme si désagréable. Je comprends que mon comportement de ces dernières semaines semble démentir cette affirmation, mais, pour ma défense, je dirai que la douleur de ma jambe y a eu beaucoup à voir.

En entendant cette sorte de plaidoirie, Béka s'adoucit un peu.

— Je comprends. Je sais que cela a été des jours très durs pour vous.

— Oui, très durs, mais heureusement, le pire semble déjà passé. Hier, Naserian est venue quand j'étais dans ma chambre et après m'être fait plâtrer comme ça – il donna quelques petits coups –, elle m'a annoncé qu'il était temps à présent qu'on me l'enlève. N'importe qui dirait que cette femme à des rayons X dans les yeux.

Le cerveau de Béka fonctionnait à toute allure. Sérieusement, allait-il bien déjà ? Dans ce cas, avec un peu de chance, il s'en irait une bonne fois pour toutes et elle l'oublierait, lui et les idées absurdes qui lui étaient passées par la tête il y a quelques minutes. Bien sûr, le *petit* détail du prêt était toujours en suspens, elle ne croyait pas qu'il allait l'oublier ; elle n'avait généralement pas tant de chance. Hum… Peut-être que le plus intelligent serait de changer d'attitude et d'être aussi gentille que lui. Pourquoi pas ? Allez ! Aussitôt dit, aussitôt fait.

— Ah, oui ? Quelle bonne nouvelle ! – Elle lui adressa son plus beau sourire.

MJ a dû accuser le coup, se dit-elle satisfaite, parce qu'elle le vit cligner des paupières plusieurs fois comme s'il était ébloui. Cependant, sa satisfaction fut de courte durée, parce qu'il lui rendit son sourire avec une puissance qui fit que ses genoux flageolèrent.

— Tu es trop aimable, Béka. Ça ne te dérange pas si je te tutoie ?

— N… non, bien sûr que non, répondit-elle sans bien savoir ce qu'elle disait.

Il lui sembla que les yeux gris l'étudiaient avec une expression calculatrice qui contrastait avec la chaleur de son sourire, si bien qu'elle s'efforça de se calmer et se souvint que, malgré leur apparence inoffensive, les fourmis *siafu* étaient capables de tuer plus de gens que tous les lions et hyènes réunis. Non, elle ne se laisserait pas duper par un soudain changement d'attitude et un sourire dévastateur ; Matt Jarrett était un type dangereux et elle ne devait pas l'oublier une seule seconde.

MJ s'éloigna de quelques pas et s'arrêta devant la cheminée tandis qu'elle le suivait des yeux avec méfiance.

— Elle est magnifique. C'est ta mère ? demanda-t-il sans détacher les yeux du portrait accroché au-dessus du conduit en bois.

— Oui, un ami artiste de mes parents l'a peint un an avant sa mort. Avant, elle était au-dessus de la cheminée du salon, mais quand Kilima House est devenu un hôtel, j'ai préféré le monter dans ma chambre.

— Elle te ressemble beaucoup.

Béka esquissa un sourire plein de nostalgie.

— Mon père me disait toujours que je n'étais pas aussi belle qu'elle parce que le sang des Darby jouait un rôle très important dans ma composition.

Les yeux gris se posèrent sur les cadres photo qui étaient sur l'étagère. Un portrait de sa mère avec elle dans les bras quand elle n'était qu'un bébé et une autre photo, déjà adolescente, assise près de son père qui lui passait un bras autour des épaules.

— En vérité, les couleurs sont celles de ta mère, mais tu ressembles aussi beaucoup à ton père. Spécialement le menton.

En l'entendant, Béka se sentit transportée dans le passé ; en particulier, lors d'un après-midi pluvieux il y avait de nombreuses années. Elle était dans le salon, allongée entre les bras de son père qui occupait son fauteuil favori devant la cheminée allumée.

— Tu as le menton des Darby, Béka. Tu sais ce que cela signifie ?

Elle avait instantanément touché son menton, mais il ne lui avait pas semblé qu'il avait quelque chose de spécial.

— Non, qu'est-ce que ça signifie ?

— Cela signifie que tu es une personne volontaire, et que tu réussiras tout ce que tu voudras.

— Volon… volon… comme c'est difficile – elle trouva ça impossible. Je préfère être un grand *morani*, comme Makori.

— Bien sûr que tu le seras, ma chérie, les grands guerriers sont tous volontaires.

Alors, Béka s'était agrippée à son cou et avait respiré avec délice le parfum familier de son père : un mélange de savon à raser, de tabac à pipe et de thé noir, qui lui faisait sentir que, dans ses bras, rien de mal ne pouvait lui arriver.

— Alors, est-ce que tu peux m'aider avec ça ?

La voix profonde de MJ la ramena brusquement au présent. Elle ne s'était pas rendu compte qu'il était si près d'elle, et elle écarta une mèche de cheveux de son visage d'un geste nerveux, tout en réprimant le désir de faire un pas en arrière.

— Pardon, que disais-tu ?

Les yeux gris l'étudièrent calmement.

— J'ai l'impression que tu reviens de très loin.

D'abord le commentaire sur son menton et maintenant ça. Béka fut surprise de sa capacité d'observation, ou peut-être serait-il plus correct d'appeler ça sa sensibilité. Un mot qui, jusqu'à présent, ne lui serait jamais arrivé à l'esprit d'associer à Matt Jarrett. Elle esquissa un sourire hésitant.

— Ton commentaire m'a rappelé mon père.

— Tu l'aimais beaucoup, n'est-ce pas ?

— Oui, énormément, dit-elle à voix basse. Après tant d'années, mon cœur me pèse quand je pense à lui. Il a été le meilleur père que l'on puisse désirer, même si j'imagine que c'est ce que tout le monde dirait du sien.

— Non, pas tout le monde.

La sécheresse de son ton la fit le regarder avec attention mais, malgré ses efforts, elle ne put lire la moindre émotion dans les yeux gris impénétrables. Mal à l'aise, elle décida de changer de sujet.

— En quoi puis-je donc t'aider ?

MJ sourit de nouveau, même si Béka eut le sentiment que cela lui coûtait un grand effort.

— J'ai besoin que tu m'aides à retirer mon plâtre.

— C'est tout ? *Hakuna matata*, dit-elle en souriant. Pendant un instant, tu m'as fait peur. Demain, après le petit déjeuner, je monterai dans ta chambre avec des cisailles.

MJ fit semblant de trembler, ce qui la fit rire.

— Pas d'inquiétude, ce n'est pas la première fois que je le fais.

— Je me réjouis d'entendre ça. Alors, amis, Béka ? – Il lui tendit la main avec un autre de ses sourires irrésistibles et elle la serra en souriant aussi.

— Amis, MJ.

— Ça ne te fait rien de m'appeler Matt ?

— Non, bien sûr, c'est que je pensais que tout le monde t'appelait MJ.

— J'aimerais faire une exception avec toi.

Béka fronça légèrement les sourcils. Était-il en train de lui courir après ? Elle l'étudia attentivement, mais le visage masculin avait une expression innocente qui ne lui permit pas de l'affirmer ni de penser le contraire.

— Ça me flatte. Eh bien, à demain, Matt.

Tout d'un coup, elle sentait que cette visite n'avait que trop duré et elle dut réprimer le réflexe de le pousser vers la sortie. Cependant, il n'essaya pas de se faire prier, de sorte que, une fois de plus, elle douta de ses impressions.

— À demain, Béka.

10

Le lendemain matin, Béka descendit prendre son petit déjeuner sans cesser de bâiller ; elle avait lu jusqu'à trois heures du matin et, quand elle se retrouva avec Hamisi en train de boire un *tchaï* dans la cuisine, elle fut sur le point de jeter un cri. Toutefois, elle essaya de se montrer aimable pour Njeri, qui adorait sa nièce. Si bien qu'elle inspira profondément et afficha son meilleur sourire.

— Bonjour, Hamisi, cela fait longtemps ! Quelle joie de te revoir par ici.

— Bonjour, Béka, dit l'autre. Oui, ça fait presque dix mois, mais tu n'as pas besoin de te cacher. Je sais que tu ne te réjouis absolument pas de me voir.

Une fois de plus, Béka réprima un grognement. Typique de Hamisi, pensa-t-elle ; cela faisait à peine un jour qu'elle était arrivée et elle était déjà en train de sauter à la gorge du personnel – particulièrement quand c'était sa propre gorge – sans faire le moindre effort pour un minimum de correction. La vérité, c'était que Hamisi avait toujours été jalouse d'elle. Elle n'avait pas encore surmonté le fait que sa tante, qu'elle aimait presque plus que sa propre mère, s'était installée à Kilima House après l'accident. Hamisi s'était sentie abandonnée et elle rejetait la faute sur elle. Béka avait pensé que les choses s'adouciraient un peu avec le temps, mais ça n'avait pas été le cas. Cependant, elle avait trop sommeil pour s'embrouiller dans des discussions âpres et stériles.

— Bon sang, Hamisi, je ne te dis pas que nous devons être amies, mais pourrions-nous, au moins, essayer de parler de façon civilisée ? Ne serait-ce que pour Njeri ; tu sais qu'elle a horreur de nous voir nous battre.

— De mon côté, *hakuna matata*.

La jeune fille porta la tasse à ses lèvres d'un geste maniéré et garda le silence.

Béka réprima un soupir et tandis qu'elle se préparait un *tchaï* et quelques toasts, elle tenta de nouveau.

— Tu es très jolie. J'aime bien ta nouvelle coiffure.

Hamisi était une très belle jeune femme, grande et élancée comme sa tante, et avec une peau douce, couleur de l'ébène. Ses cheveux noirs étaient rassemblés en petites tresses et elle était habillée à la mode occidentale, avec une jupe serrée, un chemisier en coton fin et des sandales à petits talons.

— Toi, en revanche, tu es toujours la même, avec ta sempiternelle tresse et attifée comme un homme.

Béka posa sa soucoupe et la tasse sur la table sans trop de délicatesse et s'assit en face d'elle. Elle mordit dans son toast avec un air de défi et mastiqua lentement sans quitter son interlocutrice des yeux. Bien. Si elle voulait la guerre, elle l'aurait.

— Comment cela se fait-il que tu sois venue passer tes vacances dans ce village éloigné plein d'ignorants ? J'avais cru comprendre que tu allais les passer aux Seychelles avec tes *amis millionnaires* de Nairobi. Elle souligna avec sarcasme l'adjectif que John Harris aimait tant utiliser.

Hamisi releva le nez.

— J'ai changé de plan.

— Ah oui ? Eh bien, quelle chance nous avons !

Clairement gênée par l'ironie qu'elle n'essayait pas de dissimuler, la nièce de Njeri passa à l'attaque.

— Tu te souviens que ces terres appartiennent à mes ancêtres depuis plusieurs générations, aussi j'ai encore plus le droit que toi d'être ici !

— Bien sûr que tu as tous les droits du monde d'être ici, mais tu as toujours méprisé tes origines. Je me rappelle encore comment tu regardais tout le monde dédaigneusement quand on t'a dit que l'on t'avait choisie pour faire la classe dans ce prestigieux collège de la capitale, l'accusa Béka. Et, la pointant avec son toast entamé, elle ajouta sur un ton menaçant : Crois bien que je n'oublierai jamais comment tu as traité Makori.

— Ça ne te regarde pas comment je traite ou arrête de traiter Makori !

— Bien sûr que cela me regarde ! Makori est mon frère. Celui ou celle qui lui fait du mal, me fait du mal à moi. Alors fais attention à toi – de nouveau, elle la pointa avec son toast comme si c'était une lance massaï –, je ne permettrai pas que tu le blesses à nouveau.

Sans plus, elle mit le reste du toast dans sa bouche, but le *tchaï* rapidement, se leva de table, jeta un coup d'œil à l'horloge sur l'un des murs et claqua sa langue.

— Allez. Ça te dérangerait de rincer ma tasse ? Je suis pas mal occupée, dit-elle la bouche pleine.

— Je ne suis pas ta bonne !

Levant les yeux au ciel, Béka mit la tasse et l'assiette dans l'évier et, sans trop se soucier de l'hygiène, les passa sous le jet d'eau froide quelques secondes, avant de les laisser dans l'égouttoir.

— Rappelle-moi de te présenter à *son Irritante Majesté*, je suis sûre que vous ferez bon ménage. Il a le même caractère aussi délicieux que toi, dit-elle en fouillant dans un ou deux tiroirs pour extraire de l'un d'eux une paire de cisailles avant de sortir de la cuisine à la hâte.

Dès qu'elle passa par le vestibule, Bili grimpa sur son épaule. Bien que, à la demande expresse de Njeri, il lui soit strictement interdit d'entrer dans la maison, le petit babouin n'en faisait pas trop de cas. Instantanément, l'animal lui entoura le cou de ses bras et commença à babiller à son oreille, tout excité.

— Qu'est-ce que tu me dis ! Tu t'es battu de nouveau avec Suri ? – Nouveaux babillages inintelligibles. Hum. Je vois, J'imagine que c'est pour ça qu'elle n'est pas descendue prendre le petit déjeuner avec moi aujourd'hui. Tu es un singe très méchant.

Bili la serra très fort dans son cou, ce qui la fit éclater de rire.

— Ah, quel enjôleur ! Qu'est-ce que je vais faire de toi ?

Les manigances du vilain Bili l'avaient remise de bonne humeur et elle frappa à la porte sans cesser de rire.

— Entrez.

MJ était assis devant son bureau, sa jambe plâtrée posée sur un tabouret. Il était encore en pyjama et ses cheveux noirs étaient tout emmêlés, mais cela ne le rendait pas moins attirant. Les yeux gris la parcoururent de haut en bas avec un regard impénétrable.

— Tu as l'air joyeuse.

— C'est ce vilain singe, il me fait rire.

Le « vilain singe » sauta de son épaule à la table et de là sur l'épaule masculine. Immédiatement, le petit babouin commença à toiletter MJ en fouillant dans ses cheveux comme le faisaient ceux de sa race.

Béka contempla la scène, stupéfaite.

— On dirait que les animaux s'attachent à toi rapidement. D'abord Twiggy, maintenant Bili…

— Je ne vois pas pourquoi tu sembles surprise, je ne suis pas le monstre que tu imagines.

Béka prit conscience qu'elle rougissait un peu et elle s'empressa de nier cette affirmation :

— Je ne pense pas que tu sois un monstre.

— Menteuse… – Son interlocuteur lui lança un sourire moqueur ; lui aussi paraissait de bonne humeur.

Béka secoua la tête dans l'intention de résister à son charme, mais elle ne put éviter de lui sourire à son tour.

— Bon, je le reconnais, peut-être y a-t-il eu un moment où je l'ai pensé.

— J'espère que je réussirai vite à changer la mauvaise impression que tu as de moi.

Quelque chose dans sa façon de dire ça fit que Béka se remit sur la défensive.

— Bref. Il vaudrait mieux que nous nous occupions du plâtre, j'ai beaucoup de choses à faire, dit-elle d'un ton assez sec.

— Bien sûr.

Béka étudia la jambe plâtrée un moment avec les cisailles bien en main.

— Tu es… Tu es sûre ? – MJ, méfiant, ne quittait pas l'outil des yeux.

— Mais oui, n'aie pas peur, dit-elle d'un ton impatient, je t'ai déjà dit que je l'ai fait avant. Mais je crois que tu ferais mieux de t'allonger de côté sur le lit.

MJ ne paraissait pas très convaincu, mais malgré cela, il saisit le babouin, le mit sur le bureau et, boitillant, fit ce qu'elle lui demandait.

— Comme ça ? – Il jeta un regard nerveux par-dessus son épaule.

Béka enroula la jambe du pantalon au-dessus du genou, puis regarda autour d'elle. Elle prit un coussin et le plaça entre les deux jambes pour les séparer.

— Voilà, c'est mieux, je crois que je vais commencer par les doigts de pied. Maintenant, ne bouge pas.

Bien sûr, dès que MJ sentit le froid de la lame inférieure sur la plante du pied, il écarta la jambe.

— Tu es sourd ou quoi ? Je t'ai dit de ne pas bouger ! – Elle employa le ton « Njeri-fâchée » et, comme par le passé, cela fonctionna.

— Je suis désolé.

Béka inspira profondément et commença à couper. Ce n'était pas une tâche facile ; le plâtre était très dur et elle devait y mettre toute sa force. Heureusement, la paire de cisailles était très affûtée. Au bout d'une dizaine de minutes, elle avait réussi à arriver au talon.

— Je m'arrête un instant, dit-elle hors d'haleine, j'en sue.

— Bien sûr, infirmière Darby, prenez votre temps.

L'« infirmière Darby » sourit en l'entendant, s'approcha de la fenêtre et l'ouvrit complètement, moment que Bili, qui n'aimait pas que l'on ne s'intéresse pas à lui, choisit pour sortir.

— Bon, je m'y remets. Je crois que, une fois que le talon va être dégagé, la chose sera plus facile.

Béka écarta une mèche de cheveux de son front et continua à couper. Au bout d'une quinzaine de minutes cette fois, elle sépara les deux parties coupées avec les mains et, après un léger effort, réussit à enlever le plâtre.

— Et voilà ! Tiens, au cas où tu voudrais le garder en souvenir.

MJ se retourna et, appuyé sur les avant-bras, il regarda le plâtre qu'elle tenait, qui conservait la forme d'une botte.

— Non merci, j'ai plutôt envie de ne plus le voir.

Béka essuya son front avec le dos de la main.

— Ouf, je reconnais que, pendant un moment, j'ai cru que je n'y arriverais pas. Je n'imaginais pas que ce foutu plâtre était si dur.

MJ la regarda, soudainement alarmé.

— Tu n'as pas dit que tu l'avais déjà fait avant ?

Béka haussa les épaules.

— Disons que… que je t'ai menti… seulement un petit peu ! s'empressa-t-elle de dire pour sa défense en voyant son expression. J'ai vu une vidéo là-dessus avant de venir.

Cependant, cette excuse si laxiste ne servit pas à l'apaiser.

— Tu m'as menti ? répéta-t-il, accusateur.

Les grands yeux violets reflétaient l'image même de l'innocence.

— C'était pour ton bien. Je ne voulais pas que tu t'en fasses. Comme on dit dans le coin : « Qui veut la pluie doit accepter la boue ». – En voyant que l'expression de son interlocuteur devenait de plus en plus tourmentée, elle s'empressa de changer de sujet. Au fait, regarde tout ce qui est sorti de là !

Elle lui tendit un stylo et trois crayons. Heureusement, la manœuvre servit à le distraire.

— À vrai dire, ça me démangeait atrocement, confessa-t-il, légèrement honteux, en les prenant et en les mettant sur la table de nuit.

Béka déposa à son tour le plâtre sur le fauteuil.

— Veux-tu que je t'aide à faire quelques pas pour voir comment ça se passe ?

MJ accepta son offre, se leva du lit et, avec le pied en l'air, lui passa un bras au-dessus de ses épaules.

Ils étaient si proches que Béka pouvait sentir l'odeur du savon qu'ils fabriquaient à Kilima House. Un savon qui, suivant la personne qui l'utilisait, dégageait différentes nuances. Au contact de la peau de Matt Jarrett, notamment, elle s'enrichissait d'une touche épicée qui évoquait dans sa tête des déserts lointains et des nuits sous les étoiles.

« Des nuits *sous les étoiles, tu parles…* », elle secoua la tête, s'impatientant contre elle-même, et se concentra sur sa tâche.

— Comment ça va ? Tu as mal ? demanda-t-elle, inquiète de voir qu'il ne bougeait pas.

— Je… je suis mort de trouille, confessa-t-il enfin.

— Viens, n'aie pas peur. Je te tiens.

C'était une réflexion un peu stupide parce que tous les deux savaient que MJ pesait le double d'elle et que, si la jambe le lâchait et qu'il en vienne à tomber, le plus probable serait qu'il l'entraînerait avec lui dans sa chute. Cependant, elle l'entendit inspirer fortement avant d'appuyer enfin son pied par terre.

Très lentement, ils firent quelques allers et retours dans la chambre. La chaleur du bras de MJ semblait lui brûler la peau des épaules, et ses doigts effleuraient de temps en temps son sein gauche. Aussi sentit-elle un soulagement considérable quand, au bout d'un moment, MJ dit d'une voix rauque :

— Je pense que ça suffit.

Il la lâcha et s'appuya sur le bord du bureau.

— Comment te sens-tu ?

— Cela me fait à peine mal quand je l'appuie par terre, dit-il en souriant. Naserian a fait un travail incroyable. J'imagine que je vais devoir lui demander pardon à elle aussi.

Béka rit en entendant cela.

— Offre-lui un paquet de tabac et elle te pardonnera de bon cœur.

— Seulement ça ? Ça me revient à vraiment pas cher. – Une fois de plus, apparurent les séduisantes rides qui se formaient sur ses joues quand il souriait. Cependant, si je me sens toujours un peu mal à l'aise, je crois que je vais continuer à utiliser la canne pendant quelque temps.

Elle lui sourit à son tour.

— C'est une bonne idée. Bon – elle jeta un coup d'œil à la pendule sur la cheminée –, je te laisse, j'ai encore une montagne de choses qui m'attendent. Tu as encore besoin de quelque chose ?

— Seulement une chose de plus. – Elle le regarda, l'air interrogateur. J'aimerais beaucoup que tu me montres tout ça.

Entendant cela, le sourire de Béka disparut et elle se mordit fortement la lèvre inférieure. Ça lui plairait beaucoup ? Pourquoi ? Il voulait peut-être se faire une idée plus exacte de ce qu'il gagnerait quand elle quitterait la maison ?

— Je dois aller à Narok acheter de provisions, dit-elle finalement sur un ton neutre. Je serai de retour vers quatre heures et je t'emmènerai voir la propriété. À plus tard.

— Merci beaucoup pour tout ! l'entendit-elle crier dans son dos, mais elle ne se retourna pas pour le regarder.

Croisant les doigts pour qu'elle n'oublie rien d'important, Béka s'approcha du hangar où l'on rangeait le vieux 4x4. Elle était pressée mais, juste avant de partir, elle entendit la voix profonde de Makori.

— Salut, Hamisi.

— Bonjour, Makori.

Incapable de résister, Béka ferma la porte du 4x4 avec précaution et s'approcha furtivement d'une fente d'environ quatre centimètres qu'il y avait entre deux planches d'une des parois latérales. De là, elle pouvait voir le jaracanda en fleurs sous lequel le guerrier massaï et la nièce de Njeri s'observaient à une distance prudente. Pour la première fois au cours des dernières semaines, Béka se réjouit de l'inexpérience de certains de ses travailleurs, puisque, de là, elle pouvait voir et entendre sans être remarquée. Elle ne ressentait pas le moindre remords de conscience à espionner leur conversation ; elle ne se fiait pas à Hamisi, très attachée au secret et aux intrigues, et si elle pouvait vérifier que Hamisi était allée là pour embêter son ami, elle ne pensait certainement pas en rester là.

— Tu te coiffes comme un *morani* maintenant ?

Par sa façon de redresser un peu plus le dos, Béka remarqua que la nièce de Njeri se mettait sur la défensive.

— C'est la mode à Nairobi.

— « Même si la pluie est violente, le léopard ne perd pas ses taches ».

Il y eut un silence gênant.

— Ça signifie que ça ne me va pas bien ? dit enfin Hamisi et, bien qu'elle ait utilisé un ton décontracté, Béka vit qu'elle tenait ses poings serrés.

— Tu es toujours belle, répondit son interlocuteur d'un ton inexpressif.

Béka soupira ; elle devait reconnaître que, concernant le physique, Makori et Hamisi formaient un couple spectaculaire. Grands, minces et avec cette peau foncée brillante et sans imperfections, tous les deux auraient pu gagner leur vie comme modèles dans la haute couture en Europe ou aux

États-Unis. Seulement, Makori n'abandonnerait jamais volontairement les plaines interminables de Masaï Mara.

Depuis que Béka et Makori avaient terminé leurs études à l'école missionnaire près de Kilima House, leur père les avait envoyés dans le même pensionnat britannique à Nairobi pour faire leurs études secondaires, mais Makori, bien qu'étant un enfant très intelligent, n'avait pas pu supporter les horaires stricts et l'enfermement entre les hauts murs de pierre. Trois mois plus tard, il s'était enfui et était revenu à Kilima House presque une semaine après, en s'étant faufilé clandestinement dans des camions et des trains et en faisant de l'autostop. Cependant, son amie était aussi têtue que lui et, grâce aux cours qu'elle s'était obstinée à lui donner à chaque fois qu'elle avait des vacances, Makori avait réussi à obtenir son diplôme et même à suivre des cours d'agriculture à distance. Ce que Béka n'avait jamais réussi à faire, malgré ses efforts, c'était que son ami oublie la méprisante Hamisi, dont il était amoureux depuis tout petit.

— On m'a dit que tu as construit une maison. – Hamisi changea de conversation dans la nette intention d'ignorer l'évident malaise qu'elle ressentait.

— Oui, elle n'est pas loin du village, entre la rivière et la colline.

— Je me souviens que tu m'avais montré l'endroit, c'était quand… – Hamisi s'arrêta brusquement et serra les lèvres.

— Oui, ce jour-là.

À l'inverse d'elle, Makori ne semblait pas du tout mal à l'aise.

— Si bien… si bien que tu as réalisé tes rêves.

— Non, pas tous.

De nouveau, un silence embarrassant se fit. La nièce de Njeri se mit à jouer avec les boutons de son chemisier, ne sachant pas trop quoi faire de ses dix doigts.

— Eh bien, il vaut mieux que j'aille aider ma tante à préparer…

— Tu es heureuse ? la coupa-t-il brusquement.

— Bien sûr. – Elle se mit sur la défensive une fois de plus. Pourquoi ne le serais-je pas ? Moi aussi, j'ai réalisé mon rêve. Être professeur dans l'un des pensionnats les plus sélects de Nairobi est certainement un rêve accompli. Quelle vie m'attendait ici ? Être la femme d'un… ?

Elle s'arrêta un temps, mais les mots « humble paysan » flottaient quasiment dans l'air.

— Cela me rend heureux de te savoir heureuse. – Makori inclina la tête dignement, ce qui provoqua quasiment des larmes aux yeux de Béka ; cette idiote ne méritait pas l'amour d'un homme comme lui. Sans plus, le *morani* fit demi-tour et s'éloigna en direction des plaines où paissait le troupeau.

Hamisi resta calme, le regardant s'éloigner. Soudain, elle porta une main à ses yeux et, même si elle ne pouvait pas l'assurer, Béka eut l'impression qu'elle séchait des larmes aux coins avec le bout de ses doigts. Des larmes ? Hamisi ? Cette femme qui pleurait en voyant s'éloigner Makori était la même harpie sans cœur avec laquelle elle n'avait jamais cessé de se battre depuis qu'elles n'étaient que des gamines ?

À ce moment-là, la nièce de Njeri lança une exclamation, comme si elle se sentait exaspérée contre elle-même, et s'éloigna dans le sens contraire.

Béka abandonna son poste de surveillance et entra dans le 4x4. Allons, allons, se dit-elle tout en tournant la clé de contact. Il faudrait qu'elle surveille ces deux-là, peut-être qu'il y avait encore un peu d'espoir pour son ami.

11

Après s'être douché pour éliminer les derniers restes de plâtre, MJ enfila une chemise écrue et un pantalon de la même couleur, et passa le reste de la matinée à travailler dans sa chambre, sans s'occuper des continuelles interruptions de Bili et de Twiggy. À cette occasion, Suri qui, apparemment, ne manquait pas à sa maîtresse, décida de lui rendre également une visite et se mit en boule sur ses pantoufles.

Quand la cloche qui annonçait que le déjeuner était prêt sonna, MJ eut l'impression que le temps était passé à très grande vitesse. Avec une main appuyée sur la rampe et la canne dans l'autre, il descendit prudemment l'escalier et, une fois de plus, s'émerveilla de ne quasiment plus sentir de gêne. Cette fois, il mangea seul dans la véranda ; Astrid et Peter avaient accompagné Makori dans les champs et Njeri avait préparé un savoureux pique-nique pour tous les trois.

La femme le présenta à sa nièce et ce fut cette dernière qui lui servit à manger. MJ décida de mettre son charme à l'épreuve avec une autre femme qui ne soit pas Béka ; par ailleurs, Hamisi était une très belle jeune femme. En peu de temps, tous les deux conversaient avec animation et MJ remarqua qu'il retrouvait son ancien amour-propre très maltraité ces derniers temps par l'indifférence – quand ce n'était pas la véritable aversion – que Mlle Darby lui opposait tout le temps.

Cependant, ce matin, il avait découvert que son hôtesse n'était pas aussi indifférente qu'elle voulait le laisser paraître. Durant la courte promenade qu'ils avaient faite avec les allers et retours dans la chambre, le mouvement agité de sa poitrine contre sa main et le ton rosé qui avait coloré ses pommettes saillantes ne lui étaient pas passés inaperçus. De même ne lui avait pas échappé le soupir de soulagement qui était sorti de sa bouche sensuelle quand il l'avait enfin lâchée. Non, se dit-il avec un sourire cruel ; à son grand regret, Vibéka Darby était consciente de lui comme d'un homme et MJ était décidé à profiter de cette petite, mais incontrôlable faiblesse à son encontre, comme il le faisait toujours.

— Ce sourire fait un peu peur, *mister* Jarrett, dit Hamisi avec une certaine coquetterie en retirant son assiette et en posant une autre à dessert à la place.

MJ s'empressa de remplacer ce sourire par un autre plus charmant.

— Appelle-moi MJ, s'il te plaît. Njeri ne s'y résout pas, mais j'espère que toi, tu le feras.

— Bien sûr, MJ, et bien sûr toi aussi, tu dois m'appeler Hamisi.

Ils continuèrent à bavarder un moment de tout et de rien, mais dès qu'elle lui servit le café, Hamisi annonça qu'elle devait aller aider sa mère. MJ resta seul, le regard perdu dans le fabuleux paysage qui se déployait devant ses yeux et, immédiatement, ses pensées se redirigèrent vers ce point où elles ne s'éloignaient jamais trop.

Est-ce que Mlle Darby n'allait pas trop tarder à terminer ses courses ? Il jeta un coup d'œil à sa montre, impatient. Il était deux heures. D'après ce qu'avait raconté Hamisi, Narok était à peine à deux heures de distance. Il espérait seulement qu'elle n'était pas en panne ou qu'elle n'avait pas crevé ; il avait vu le 4x4 poussiéreux qu'elle utilisait pour ses déplacements, qui avait pour le moins une douzaine d'années. Elle ne devrait pas aller seule n'importe où dans un tel tacot ! Et si elle avait un accident ? Se heurter à un éléphant ou à un buffle qui aurait décidé de traverser soudain la route devait être relativement fréquent. Elle pouvait aussi tomber en panne d'essence et se voir obligée de faire du stop. Mlle Darby était trop belle à son corps défendant ; ce serait terrible qu'elle se retrouve à la merci de n'importe quel indésirable qui viendrait à passer par là. MJ serra plus fortement l'anse de sa tasse.

« Typique de cette femme téméraire de ne pas s'arrêter à penser aux possibles conséquences de son manque de sens commun », se dit-il, de mauvaise humeur.

Soudain, l'image de Béka, aux cheveux blond platine laissés libres sur ses épaules et ce peignoir en soie qui se collait aux courbes de son corps comme une seconde peau, laissant à la vue les longues jambes bronzées, s'imposa à son esprit à son insu et, durant quelques secondes, cela lui coupa le souffle.

— Bon sang ! – Il posa la tasse sur le plateau d'un coup sec.

Enfin, lui non plus ne pouvait pas nier être également conscient d'elle comme d'une femme. Plus que conscient. Il la désirait comme cela faisait longtemps qu'il n'avait pas désiré quelqu'un. Oui, il ne pouvait pas le nier. Devrait-il s'en préoccuper ? Bien sûr que non. Il avait désiré de nombreuses femmes avant, mais jamais, au grand jamais, il n'avait perdu la tête pour une quelconque d'entre elles. Et il était certain que Vibéka Darby n'allait pas être, précisément, l'exception ; tous les deux avaient encore beaucoup de comptes à régler.

Environ deux heures plus tard, le bruit d'un moteur lui fit lever les yeux du bloc sur lequel il écrivait. Les rayons du soleil de l'après-midi transformaient le nuage de poussière que laissait le 4x4 à son passage en un halo doré. MJ suivit le véhicule du regard jusqu'à ce qu'il s'arrête face à la maison. Béka descendit d'un bond et appela les deux jeunes Kikuyus qui s'efforçaient d'installer les caoutchoucs d'un système d'arrosage en goutte à goutte sous le regard attentif du vieux Mukanda.

— Mugi, Muroki, aidez-moi à descendre les provisions !

MJ parcourut la nouvelle venue du regard. Le bermuda kaki et le chemisier à manches courtes de la même couleur, ainsi que les bottes de travail, avaient à présent un aspect poussiéreux. Quelques mèches frisées s'étaient échappées de sa tresse et encadraient son visage, qui portait aussi une tache sur une joue. Cependant, malgré cet aspect général négligé, Vibéka Darby était une vision charmante.

— Tu as besoin d'aide ?

Elle leva les yeux et le découvrit dans la véranda.

— Salut, je ne t'avais pas vu. Non, pas besoin, fais plutôt attention à ta jambe jusqu'à ce qu'elle soit complètement remise.

Les jeunes Kikuyus, chargés chacun d'une paire de sacs lourds, montèrent les escaliers et disparurent vers la cuisine.

Béka monta à son tour, s'arrêta près de lui et regarda le simple cahier en spirale. Notant sa curiosité, MJ s'empressa de le refermer.

— Quoi ? En train de faire des listes noires des gens qui se dressent sur ton chemin ? – Les yeux violets étaient chargés de malice, mais il ne tomba pas dans le piège.

— Je n'en ai pas besoin, rétorqua-t-il dans un bon esprit, ceux-là, je les ai bien présents dans ma tête.

Son interlocutrice fit une grimace.

— J'imagine bien. Bon, veux-tu que nous fassions le *tour* ou préfères-tu qu'on remette ça à un autre jour ? demanda-t-elle impatiemment.

— Bien sûr que je le veux. – MJ se leva immédiatement et prit la canne qu'il avait laissée à portée de main. Ça te dérange d'attendre que je remonte le cahier ? Je ne serai pas long.

— Si tu veux, je peux te le monter, moi.

— Non, ce n'est pas nécessaire, merci, je m'en sors plutôt bien.

Béka plissa les paupières.

— Tu ne me fais pas confiance ?

— Pourquoi ne devrais-je pas te faire confiance ? demanda-t-il à son tour avec un tendre sourire. Par ailleurs quel intérêt pourrais-tu avoir dans ce cahier ? Je t'ai déjà dit que mes listes noires sont dans ma tête.

— Comme tu le comprendras, je n'ai pas le moindre intérêt pour ton foutu cahier ; je voulais simplement que tu ne te fatigues pas plus que nécessaire.

MJ bondit, blessé dans son orgueil.

— Je ne suis pas un vieillard décrépit.

Béka leva les yeux au ciel.

— C'est bon, je t'attends. Mugi – elle se tourna vers le jeune qui venait de sortir de la maison –, porte les autres sacs à l'étable, s'il te plaît.

— Oui, *miss*.

Béka semblait l'avoir complètement oublié. MJ serra les lèvres, attrapa fermement la canne et s'empressa de monter l'escalier. Arrivé dans sa chambre, il le cacha dans le porte-documents en cuir et mit une montagne de documents par-dessus. Il ne voulait pas que Mlle Darby apprenne tous ses secrets. Satisfait, il descendit prudemment l'escalier et marcha le plus rapidement possible vers le 4x4 où elle l'attendait, assise au volant. MJ fit le tour, s'assit sur le siège passager et la voiture démarra sans qu'il ait eu le temps de fermer la porte, le plaquant contre le dos du siège.

— Désolée, nous sommes pressés, dit-elle sans le regarder.

À en juger par son attitude, Mlle Darby n'allait vraisemblablement pas lui faciliter la tâche, mais MJ n'était pas du genre à capituler au premier coup, si bien qu'il fit semblant de ne pas remarquer son hostilité et appuya la canne entre le siège et la portière. Il essaya de mettre sa ceinture de sécurité, mais il avait beau tirer, il ne réussit pas à la faire bouger.

— N'insiste pas. Ça fait des années qu'elle est cassée.

Pourquoi est-ce qu'il ne trouva pas ça étrange ? Bien sûr, le 4x4 n'avait pas non plus l'air conditionné et, malgré les fenêtres ouvertes de tous côtés, on crevait de chaleur à l'intérieur. À ce moment-là, la conductrice roula sur un nid-de-poule sans ralentir et la tête de MJ cogna contre le toit.

— Je suis vraiment désolée ! dit-elle sur un ton contrit des plus artificiels.

— J'imagine bien, murmura-t-il, sarcastique, sans cesser de frotter la partie supérieure de sa tête endolorie.

Cependant, elle dut l'entendre parce qu'il la vit serrer les lèvres comme si elle retenait un sourire. Les yeux de MJ glissèrent tout au long du bras bronzé jusqu'à sa main aux doigts fins qui changeait habilement les vitesses dures à passer. Puis il les posa sur ses cuisses, du même ton doré, avant de revenir à l'adorable profil. Vibéka Darby, les yeux fixés sur la route, conduisait adroitement le 4x4 sur les mauvaises routes en terre rougeâtre.

— Tu conduis très bien.

— Merci. Mon père m'a appris quand j'avais dix ans. Il est important de savoir conduire si tu vis à une vingtaine de kilomètres du voisin le plus proche.

Parler de son père parut adoucir un peu son état d'âme, et MJ en profita pour lui poser d'autres questions.

— On est toujours sur les terres des Darby ?

— En effet. Ce bâtiment que tu vois là-bas, c'est la fromagerie ; nous fabriquons des fromages artisanaux avec du lait de vache et de chèvre, et ils sont plutôt bien acceptés par les nombreux hôtels qui sont répartis dans la réserve.

— C'est une très grande propriété.

— Pas autant que d'autres fermes du Kenya, mais plus que suffisante pour moi. Depuis la colline où se dresse Kilima House jusqu'à la rivière, dit-elle en lui montrant une bande brune qui, depuis cette distance, ressemblait à filet d'eau qui traversait une immense plaine de plusieurs kilomètres, tous ces terrains font partie de la propriété. C'est la plantation de tamarins, une des cultures les plus rentables aujourd'hui et le projet phare de mon père, bien qu'il n'ait pas pu le voir terminé. Malgré la terrible sécheresse des dernières années, ils ont réussi à résister grâce à l'installation d'un système qui permet l'irrigation et la fertilisation en goutte à goutte et, si Dieu le veut, cette année, nous obtiendrons la première récolte.

MJ contempla les interminables rangées d'arbres qui s'étendaient presque à perte de vue.

— Raconte-moi comment tout cela a commencé. J'imagine que ça n'a pas dû être facile de construire une maison telle que Kilima House au milieu de nulle part.

MJ nota que son interlocutrice se détendait un peu plus.

— Non, ça n'a pas été facile. Mon arrière-grand-père, Oliver Darby – mon père a été baptisé ainsi en son honneur –, était le plus jeune des trois fils d'une famille de propriétaires terriens du Staffordshire. Mon arrière-grand-père était ce qu'on appelle un grand rêveur et il rêvait de l'Afrique depuis qu'il avait lu *À la recherche de Livingston* du grand explorateur Sir Henry Morton Stanley. Aussi, dès qu'il a atteint l'âge de la majorité, il a vendu la propriété que lui avait laissée une tante célibataire et, contre la volonté de son père, s'est lancé dans la plus grande aventure de sa vie.

— Pardon, mais ce n'est peut-être pas trop prudent de s'approcher davantage…

Un troupeau d'une trentaine d'éléphants, dont plusieurs petits, traversaient la route à quelques mètres devant eux.

MJ regarda, fasciné, les gigantesques pachydermes. Bien qu'il soit né au Kenya, jamais auparavant, il n'avait été aussi près de l'un de ces animaux.

— Ils sont énormes !

Béka tourna la tête pour le regarder et secoua la tête d'un air désapprobateur.

— C'est incroyable comme tu en sais peu sur ton propre pays.

— Tu as raison, reconnut-il d'un air contrit, mais je te rappelle que j'étais sur le point de vivre toutes sortes d'aventures passionnantes au cours d'un safari quand un 4x4 s'est mis en travers de mon chemin, le conducteur ayant eu l'imprudence d'oublier de mettre le frein à main.

Cela la fit rire.

— C'est vrai, même si c'était un peu tard, tu avais pris la bonne décision de devenir un vrai Kenyan. Tu devrais réserver un autre safari, tu ne dois pas rater cette expérience.

— Pourquoi ne m'emmènerais-tu pas ? – Il n'avait pas prévu ça, mais soudain, cela lui parut une idée géniale.

— Moi ? Impossible. J'ai trop de travail ; je dois faire face aux échéances d'un prêt, tu te rappelles ?

— Je te paierais, bien sûr. Et en voyant la façon dont tu aimes me le dire et le redire, cela te permettrait de solder un peu plus vite ta dette.

— J'ai dit non. Je suis sûre que tu finirais par me rendre folle.

« Au moins, sois sûre que je l'essaierais », se dit MJ.

Cependant, à en juger par l'angle particulièrement dangereux qu'avait pris le célèbre menton des Darby, il comprit que ce n'était pas le moment d'insister. D'accord pour ça, mais cette petite sorcière ne soupçonnait pas que lui, Matt Jarrett, pouvait être aussi têtu, voire plus, qu'elle.

Finalement les éléphants terminèrent de traverser. Béka démarra de nouveau et, à environ deux kilomètres, elle tourna vers la gauche et conduisit à travers champs sans, apparemment, se soucier le moins du monde de l'effet que pouvait avoir ce terrain cahoteux sur la transmission du véhicule délabré.

— On va d'abord voir Makori. Il y a des années, mon père avait décidé de partager la propriété sur le papier en surfaces de taille égale et le bétail alterne dans les champs de chacune d'elles, afin de ne pas trop affaiblir les terres. Dans ces champs, viennent paître aussi bien mes vaches que celles qui appartiennent à la tribu.

MJ vit au loin une demi-douzaine de *morani* avec leurs traditionnels *shukas* rouges qui accompagnait quelque chose comme une centaine de têtes de bétail, mélange de Hertford et de Boran – la race autochtone aux bosses caractéristiques –, qui paissaient tranquillement, dispersées parmi les hautes herbes jaunâtres.

— Makori ! fit Béka en agitant la main par la fenêtre.

Un des grands guerriers massaï leva la lance et la salua en retour. À son côté, MJ distingua la tête aux cheveux bicolores d'Astrid et les cheveux noirs de son neveu. Béka arrêta le 4x4 et descendit d'un bond. MJ la suivit plus lentement.

— Tante Béka !

— MJ !

Peter et Astrid agitèrent à leur tour la lance qu'ils portaient à la main et coururent vers le véhicule.

— Regarde, Makori nous les a offertes ! C'est lui-même qui les a fabriquées ! – Astrid montra la sienne à sa tante, émue, tandis que Peter faisait la même chose avec son oncle.

Les lances consistaient en un morceau de bois lisse au bout duquel se trouvait une pointe tranchante en acier, le tout rassemblé par une gaine faite de plumes d'autruche. Béka sourit avec une certaine nostalgie.

— Personnellement, c'est le père de Makori qui m'a offert ma première lance. – Elle se tourna vers le *morani*, souriante. Tu te souviens de ce jour-là ?

— Comment est-ce que je ne m'en souviendrais pas ? – Les dents de son ami brillèrent en un sourire éblouissant. Je t'avais prévenue : « Celui qui va lentement ne tombe pas », mais tu n'en as pas tenu compte. Voyons si vous devinez où cette lance a atterri.

Béka rit en l'entendant et le menaça d'un doigt.

— Je te préviens : si tu commences à sortir toutes mes bourdes, je vais me venger !

MJ remarqua chez lui une rare émotion en voyant la confiance qui régnait entre le grand guerrier d'ébène et la femme blonde à l'air fragile. Une émotion qu'il aurait prise pour de la jalousie s'il avait su ce que c'était.

— Oui, oh oui, raconte ! cria Astrid. Je parie cinquante shillings qu'elle a fini dans le derrière de quelqu'un.

— Oh, non – Makori hocha la tête sans cesser de sourire. – Grâce à l'intervention de Ngai, le puissant, la chose ne fut pas si grave.

— Où alors ? demanda Peter impatiemment.

— Nous étions en train de creuser dans un cercle que nous avions peint sur le tronc d'un acacia et, soudain, ne me demandez pas comment, la lance de Béka est partie vers l'arrière et s'est enfoncée dans la calebasse d'Arogo, la femme la plus grincheuse du village. Je ne mens pas si je vous dis qu'Arogo aimait cette calebasse plus que son mari et ses trois enfants réunis.

Béka ferma fortement les yeux.

— Ne continue pas, je ne veux pas m'en souvenir !

— Oui, continue, Makori, crièrent les enfants à l'unisson.

— Je peux seulement dire que si la vieille Arogo, armée de la branche qu'elle utilisait pour balayer la *manyatta*, avait réussi à te poursuivre, petite *miss*, ton derrière aurait fini plus rouge que celui de *nyani*, le babouin.

Béka essaya de paraître gênée pendant qu'Astrid et Pierre se tordaient de rire.

— Bref, je pense qu'il vaut mieux laisser le passé derrière nous. Tu as des nouvelles de Jike ?

Makori acquiesça, s'approcha d'une des vaches à bosse qui paissait près de là avec des sacoches bien remplies en toile de jute installées sur le dos et les attrapa d'une seule main.

— Je t'amène ça à la voiture.

Dès qu'il les eut mises à l'arrière, ils se dirent au revoir. Puis ils remontèrent dans le 4x4 et Béka démarra.

MJ fit un effort pour se débarrasser de cette sombre émotion qui s'était emparée de lui en voyant le *morani* et son hôtesse échanger des anecdotes de leur enfance avec tant d'animation.

— Que s'est-il passé avec l'arrière-grand-père Oliver ? demanda-t-il en essayant de récupérer les bonnes vibrations. J'imagine qu'il a réalisé son rêve.

Béka fit un détour pour éviter l'une des gigantesques termitières qui parsemaient la savane çà et là.

— Oui et non. Il a construit Kilima House avec la maison de Staffordshire à l'esprit, ce qui fut toute une prouesse à cette époque, mais malgré ses efforts, l'élevage de chevaux pur-sang n'a pas réussi.

— Des pur-sang ?

— Il faut tenir compte qu'à cette époque, le Kenya était encore une colonie britannique et il n'y a rien que les Anglais aiment le plus, en dehors du thé et de la bière, qu'une bonne course de chevaux.

— Il s'est ruiné ?

— Presque, mais mon arrière-grand-père était un homme plein de ressources, si bien qu'il a changé son fusil d'épaule et s'est consacré à l'élevage de bétail.

— Bien vu.

Béka sourit sans quitter la route des yeux.

— Magnifique. Les vaches se sont avérées un commerce très rentable jusqu'à ce que, quand j'avais environ dix ans, le prix de la viande ait commencé à baisser vertigineusement. Je conserve encore quelques vaches, mais c'est plus pour la vente du lait, pour les fromages et notre propre consommation.

— Et puis les tamarins sont arrivés.

— Non, pas encore. Ne va pas trop vite, monsieur l'impatient.

— Excuse-moi, madame je-sais-tout.

Cela la fit rire.

— Mon père a alors pensé que ce serait une bonne idée d'organiser des safaris. Au début, il fit ça très bien, mais il fallait beaucoup d'expérience et lui n'était plus aussi jeune, si bien que…

Elle se tut, se tourna vers lui pour le regarder et fronça un sourcil.

— Voilà les tamarins !

— En effet, dit-elle en souriant, voilà les tamarins.

Béka klaxonna une ou deux fois, ce qui effraya un petit dik-dik qui courut se cacher derrière des buissons.

— Tu l'as vu ?

— Un petit de… gazelle ? avança MJ.

Béka soupira impatiemment devant son ignorance.

— Froid, très froid. Un mâle adulte. Le dik-dik est l'antilope la plus petite d'Afrique.

— Ah. – Échaudé, il renonça à faire preuve de connaissances inexistantes et opta pour changer de sujet. Et où l'hôtel entre-t-il dans tout ça ?

Son interlocutrice haussa les épaules.

— Il devait faire quelque chose pendant que les tamarins poussaient. Au début, comme c'est le cas dans toutes les entreprises des Darby, tout ne marchait pas si mal, mais la crise est arrivée et… Regarde, nous sommes presque arrivés !

De nouveau, elle tourna à gauche et ils cahotèrent durant quelques minutes sur un sentier quasiment impraticable.

— Où allons-nous ?

— Tu verras, dit-elle d'un ton mystérieux.

Lorsqu'ils arrivèrent auprès de quelques rochers amassés à côté desquels poussait un acacia qui prodiguait une ombre exiguë, elle arrêta le moteur et, comme l'autre fois, descendit sans attendre. De même que l'autre fois, MJ la suivit très lentement et, appuyé sur la canne, regarda autour de lui avec un froncement de sourcils. Le bruit des cigales était assourdissant. Pas un seul nuage ne ternissait le bleu brillant du ciel et, à une hauteur considérable, il découvrit une paire de vautours aux grandes ailes déployées, qui traçaient des cercles, se laissant porter par les courants d'air. Là, en dehors des rochers, l'acacia, quelques papillons qui virevoltaient sans bruit et une poignée d'arbustes tordus, il n'y avait rien d'autre que des kilomètres et des kilomètres de savane.

— Aide-moi, s'il te plaît.

MJ l'aida à décharger les sacoches, qui pesaient beaucoup plus lourd qu'il ne l'aurait soupçonné en voyant Makori les porter.

— Laisse-les ici et attends, ordonna-t-elle en s'éloignant vers le tas de rochers.

MJ les laissa tomber sur le sol, déçu qu'elle le traitât comme un porteur. À partir de là, tout se passa avec une telle rapidité que son cerveau eut à peine le temps d'enregistrer. De derrière les rochers surgit une énorme lionne au pelage doré et, d'un bond, elle se jeta sur Béka en lançant un rugissement effrayant. MJ resta paralysé quelques secondes, mais, sans savoir comment, réussit à réagir. Il lâcha la canne et boita à toute vitesse à la recherche du fusil que Béka avait mis sur le siège arrière du 4x4. Le tenant en main, il s'empressa de chercher un angle de tir qui ne pourrait pas mettre en danger la vie, si elle était encore en vie, de la jeune femme qui restait quasiment cachée sous le corps de la lionne.

— Béka, ne bouge pas ! Je vais tirer !

— Non, Matt, ne le fais pas !

Mais le cœur de MJ battait si fort dans ses oreilles qu'il ne l'entendit même pas. Lentement, il ajusta le fusil et effleura la gâchette d'un doigt tremblant.

— Matt ! Matt ! Ne tire pas, c'est Jike !

Béka, qui paraissait miraculeusement indemne, s'était mise devant la lionne comme si elle prétendait la protéger de son corps. MJ n'entendait rien mais, peu à peu, descendit le canon du fusil jusqu'à le pointer vers le sol.

— Je ne comprends pas… dit-il, stupéfait.

— C'est Jike, ma lionne. Elle est complètement inoffensive, s'empressa-t-elle de lui expliquer, sans cesser de protéger l'immense animal de son corps.

MJ ouvrit la bouche, puis la referma et, sans très bien savoir ce qu'il faisait, il marcha en boitant jusqu'au 4x4 sur lequel il s'appuya quelques secondes avant de se laisser glisser sur le sol sans cesser de serrer le fusil contre sa poitrine.

— Si tu le tiens comme ça, tu vas finir par te faire sauter la mâchoire. – Béka s'agenouilla devant lui et, doucement, mais fermement, elle l'obligea à lâcher le fusil qu'elle déposa précautionneusement sur le sol, avant de lui tenir le visage avec les mains. Matt, Matt, regarde-moi.

MJ eut l'impression que sa voix lui parvenait de très loin ; les objets chancelaient devant ses yeux. Il l'entendit dire encore quelque chose, mais il ne la comprit pas. Quelques secondes plus tard, il sentit une agréable fraîcheur sur la nuque et le monde commença à retrouver son équilibre. Sa vision recouvra sa netteté et il vit que Béka versait l'eau d'une gourde sur un mouchoir et le lui passait sur le visage.

— Tu es très pâle, dit-elle en lui tamponnant les tempes et le front. Je suis désolée, à présent, je me rends compte que c'était une plaisanterie de mauvais goût.

— Une plaisanterie ? dit-il d'une voix rauque et son regard se posa sur l'énorme lionne qui, à quelques mètres d'eux, engloutissait de grands morceaux de viande que Béka avait sortis des sacoches.

— J'ai trouvé Jike quand elle n'était pas plus grande qu'un lionceau. Des chasseurs frauduleux avaient tué sa mère et un de ses frères. Quant à elle, ils lui avaient arraché les griffes, les crocs et le reste des dents. – Béka continua à lui rafraîchir le visage avec le mouchoir humide pendant qu'elle parlait. Je l'ai soignée et l'ai nourrie avec des petits morceaux de viande ; les lions avalent directement, leurs mâchoires ne sont pas comme les nôtres qui permettent de mâcher la nourriture. Je continue à la nourrir parce que, sinon, elle ne survivrait pas. Makori a trouvé l'autre jour un zèbre qu'un groupe de lionnes avait chassé. Après le festin, il a réussi à récupérer les restes avant l'arrivée des hyènes, des chacals et des vautours. Pardonne-moi, s'il te plaît – les merveilleux yeux violets le regardèrent, suppliants –, même si c'est une blague que Makori et moi faisons souvent, aujourd'hui j'ai compris que ce n'était pas drôle.

Jike. MJ se souvint que lionne en swahili se disait *simba jike*. À ce moment-là, il sentit qu'une furieuse colère l'envahissait, comme ça ne lui était jamais arrivé auparavant et, soudain, la rage la plus absolue obscurcit son cerveau. Avec les doigts qui tremblaient encore, il l'attrapa par le col de son chemisier et l'attira vers lui avec rudesse.

— Non, ce n'est pas drôle, dit-il d'un ton mordant avant de plaquer sa bouche contre la sienne dans un baiser qui avait plus l'air d'un châtiment que d'une caresse.

12

Putain. Putain de merde ! Il continua à l'embrasser rudement sans se soucier que ses dents heurtaient les siennes par l'élan de ses caresses, l'obligeant à écarter les lèvres pour faire place à sa langue. Il ne se préoccupait pas de savoir s'il lui faisait mal ; il savait seulement qu'il devait lui faire payer les terribles secondes qu'il avait passées en pensant que la lionne l'avait peut-être tuée. Il fallait que…

MJ remarqua que les poings de Béka le frappaient à la poitrine, mais ça aussi il s'en fichait. Quel genre de plaisanterie était-ce ? Comment pouvait-il y avoir quelqu'un qui… ? Peu à peu, de façon étrangère à sa volonté, le baiser s'adoucit ; ses lèvres ne voulaient plus blesser ; sa langue voulait seulement explorer la douceur chaleureuse de l'intérieur de la bouche qui essayait de se fermer en vain devant cette nouvelle attaque, beaucoup plus douce et donc plus dangereuse que la précédente.

Soudain, MJ reprit ses esprits et l'écarta de lui d'un coup. Béka tomba en arrière et resta assise sur la terre rougeâtre. La tresse était quasiment défaite, et les fines mèches que la légère brise agitait saisissaient l'éclat de ce soleil implacable. Par la bouche entrouverte s'échappait par saccades son haleine, et ses lèvres étaient très rouges à cause de la violence de ses baisers. Une paire de boutons de son chemisier avaient sauté avec la lutte, laissant apparaître une partie d'une poitrine beaucoup plus blanche que le reste de sa peau, couverte par un soutien-gorge en dentelle étonnamment féminin. Les yeux violets, qui paraissaient plus grands que jamais, le regardaient avec la même défiance qu'un animal sauvage qui pouvait l'attaquer n'importe quand.

Ils restèrent ainsi un bon moment, se regardant en silence.

— Je... – MJ passa ses doigts tremblants dans les cheveux ; il avait la gorge sèche.

Mais Béka leva une main, et ce simple geste suffit à le faire taire.

— Ne dis rien. – La voix féminine était plus rauque que d'habitude. Après un bref silence, elle se racla la gorge avant de poursuivre : Je... je n'avais pas le droit de te faire cette blague cruelle et tu n'avais pas le droit de m'embrasser. La nature, comme la vie, est un pur équilibre, et la balance ne penche pas plus d'un côté que de l'autre. Aussi, nous sommes quittes. Nous ne parlerons plus de ça.

MJ ouvrit la bouche ; il voulait protester, il voulait parler de ce qui s'était produit, du picotement qu'il ressentait encore sur les lèvres, de... En fait, il n'avait aucune idée de ce qu'il voulait lui dire, si bien qu'il la referma sans avoir prononcé une seule parole.

Béka se releva, secoua l'arrière de son bermuda, soulevant un petit nuage de poussière et s'approcha de lui, la main tendue. Surpris, MJ regarda la petite main brune quelques secondes avant de la saisir pour lui permettre ainsi de se redresser à son tour.

— Puis-je ? dit-il doucement et, sans faire de mouvements brusques pour ne pas l'effrayer, il approcha ses mains des boutons du chemisier. Avec des doigts malhabiles, il réussit à les reboutonner, même si cela lui prit plus de temps que nécessaire, tout en sentant encore sa douce haleine très près de son visage. Quand il eut terminé, il recula et la laissa partir.

— Merci, murmura-t-elle sans le regarder, avant de se tourner vers la lionne, qui avait déjà bien largement entamé la viande et qui, à présent, bâillait, paresseusement couchée au soleil. Béka s'agenouilla près d'elle et commença à lui faire des chatouilles. MJ se baissa pour ramasser le fusil et ne put s'empêcher de frémir en la voyant jouer avec cette bête immense, qui s'était retournée sur elle-même pour lui offrir un meilleur accès à son ventre, comme si elle était un chaton.

Au bout d'un certain temps, durant lequel MJ avait contemplé en silence le beau spectacle que composaient la jeune femme et la bête, tout en essayant de ne penser à rien, Béka se redressa et se contenta de dire :

— On ferait mieux de rentrer.

MJ constata alors que les ombres s'allongeaient progressivement. En étant si près de l'équateur, les couchers de soleil au Kenya ne duraient pas longtemps, si bien qu'il valait mieux se dépêcher.

Ils montèrent dans le 4x4 et retournèrent à Kilima House sans échanger plus d'une douzaine de paroles. Comme d'habitude, durant le dîner, Peter et Astrid n'arrêtèrent pas de parler avec enthousiasme de ce qu'ils avaient fait durant la journée et, bien sûr, les chicaneries entre eux ne manquèrent pas non plus, si bien que le silence des adultes passa inaperçu, excepté pour Njeri, que MJ surprit plus d'une fois en train d'observer fixement Béka.

— *Mister* Jarrett, un télégramme est arrivé pour vous ! – Njeri lui tendit l'enveloppe, l'air alarmé. J'espère que ce ne sont pas de mauvaises nouvelles.

MJ lâcha la tartine qu'il était en train de manger, s'essuya la main sur la serviette et ouvrit l'enveloppe, les sourcils froncés.

— Rien de grave, dit-il, une fois le message lu, mais j'ai besoin d'aller à Nairobi quelques jours. Peter !

Son neveu, qui venait d'entrer pour prendre des bananes dans la corbeille à fruits, se retourna.

— Fais tes bagages, nous devons aller à Nairobi.

— À Nairobi ? Maintenant ? – Le visage du jeune garçon ne pouvait dissimuler une profonde déception. Makori allait justement me montrer les chevreaux nés récemment, je suis venu seulement pour prendre quelques…

— Les chevreaux devront attendre. Nous partons dans une demi-heure. Compris ?

— D'accord, je vais prévenir Makori. – Peter remit les fruits à leur place et sortit en traînant les pieds.

MJ le suivit du regard sans cesser de froncer les sourcils.

— Je crains d'avoir trop lâché la bride ces dernières semaines.

— Ne vous fâchez pas contre lui, *mister* Jarrett, finalement « chaque homme laisse ses empreintes ». Peut-être que celles de Peter ne suivront pas les vôtres.

— Je ne crois pas que sa mère aimerait entendre cela. – MJ lui tendit la main. Merci pour tout, Njeri. Savez-vous où se trouve Mlle Darby ? J'aimerais lui dire au revoir.

— Béka est sortie avec Astrid ; cela fait des semaines qu'elle lui avait promis de la laisser conduire le 4x4 dans la réserve. Je crois qu'elles avaient prévu d'aller jusqu'à un des *lodges* avec un chargement de légumes verts et de fromages, et de rester manger là-bas.

MJ jura en silence. Même s'ils s'étaient vus durant les dîners et la plupart des déjeuners, Béka et lui avaient à peine parlé depuis les événements agités de ce maudit *tour*. À ce rythme-là, son plan n'aboutirait à rien.

« Pendant les jours où je vais être parti, il faudra que je planifie une nouvelle stratégie », décida-t-il.

Il était impératif que Vibéka Darby oublie complètement ce faux pas hyper gênant, plus propre à un débutant qu'à un homme qui, comme lui, se targuait de bien connaître les femmes.

— Alors saluez-la de ma part, s'il vous plaît, et dites-lui qu'elle ne se fasse pas d'illusions. Je reviendrai dès que possible.

MJ quitta la cuisine à la hâte, et Njeri ramassa la tasse tout en souriant.

Le soleil commençait à se coucher quand Astrid et Béka revinrent de leur excursion.

— Rappelle-moi de ne plus jamais remonter avec toi ! – Béka descendit du 4x4 et referma en claquant la portière.

— J'aurais évité le rocher si tu ne m'avais pas crié dessus ! Ça m'a énervée ! – Astrid descendit à son tour, ferma la portière et courut derrière elle.

— Tu as eu de la chance de ne pas l'avoir abîmé. Tu me refais ça et tu seras de retour dans un avion pour Copenhague en moins de temps que chante un coq.

La tante entra dans la maison, suivie de près par la nièce.

— Je t'ai déjà dit que je n'y retournerai pas ! J'ai l'intention de suivre les prochains cours à distance, maman est d'accord.

— On en reparlera.

— Makori dit que…

— J'ai dit qu'on en reparlerait !

— Je vois que la journée entre filles s'est bien passée. – Les bras croisés devant la poitrine, Njeri les regardait, amusée, depuis la porte de la cuisine.

Béka leva les yeux au ciel.

— Ne m'en parle pas.

— Tu es injuste, tante Béka, dit Astrid, vexée. Nous nous sommes bien amusées, du moins jusqu'à ce petit incident.

— Petit incident ? On a failli chavirer ! Je t'avais prévenue de ne pas aller si vite dans ce virage. – Elle s'adressa à Njeri comme si l'autre ne pouvait pas l'entendre : cette gamine désobéissante est un danger public au volant.

— Ce n'est pas vrai ! Peter dit que je conduis très bien. Peter ! cria-t-elle en direction des escaliers. Où es-tu ? Dis-lui, à tante Béka… !

— Peter et son oncle sont partis à Nairobi.

Cette information inattendue réussit à faire cesser la discussion et toutes les deux restèrent surprises en la regardant.

— À Nairobi ? Peter ne m'a rien dit ; nous avions projeté d'aller pêcher demain. Ah, les hommes ! – fit Astrid en réglant la question sur un ton dégoûté.

— Cela veut-il dire que nous ne verrons plus *son Irritante Majesté* ? dit Béka au bout d'un moment. Je ne dis pas que ça ne me réjouit pas, mais, au moins, il aurait pu dire au revoir.

Malgré ces paroles, on voyait bien que la nouvelle l'avait dérangée.

— *Mister* Jarrett a reçu un télégramme et, après avoir fait ses bagages, il a demandé à Muroki de les conduire à l'aéroport.

— Un télégramme ! répétèrent tante et nièce à l'unisson, et Béka ajouta : j'espère que ce n'était pas une mauvaise nouvelle.

— *Mister* Jarrett a dit que ce n'était rien de grave.

— OK, eh bien, je m'en réjouis et je me réjouis également de ne plus avoir à le revoir.

— Par rapport à ça… – Njeri se caressa le menton avec une expression hésitante, même si cela sautait aux yeux qu'elle réprimait l'envie de rire.

Béka et Astrid la regardèrent avec impatience.

— *Mister* Jarrett a dit aussi de te dire que tu ne te fasses pas d'illusions, qu'il reviendrait dès que possible.

— Ah oui ? – Béka essaya d'adopter un air indifférent. Bon sang, on dirait qu'on ne va pas se débarrasser de *son Irritante Majesté* si facilement.

— Personnellement, je ne tiens pas à me débarrasser d'eux ! Même si, parfois, j'ai envie de secouer MJ pour voir s'il se réveille, Peter m'aime bien et, à vrai dire, MJ est beaucoup plus sympathique ces derniers temps et, les filles – Astrid leur lança un regard de connivence –, il faut reconnaître qu'il est très beau.

— Très beau ? répéta sa tante avec mépris. John Harris est très beau. Matt Jarrett est… il est juste passable.

— Passable ! Bah. Je reconnais que ton ami, le blond, est mignon, mais MJ… MJ, c'est autre chose. MJ est… *muy macho* ! – elle compléta le commentaire avec une expression en espagnol très marquée, la considérant comme une imitation acceptable de l'accent mexicain.

Béka émit un grognement.

— Vraiment, ce qu'il ne faut pas entendre ! Je vais me laver les mains. Qu'y a-t-il pour dîner, Njeri ?

La réponse les fit courir vers l'évier, où, bien sûr, elles se battirent pour le savon. Durant le dîner, bien qu'elles aient décrit à Njeri les événements de la journée de façon très animée, on remarquait bien l'absence des hôtes. Jusqu'à présent, Béka ne s'était pas rendu compte que les commentaires pleins d'humour et de sarcasme de l'oncle aussi bien que ceux, d'un enthousiasme naïf du neveu, contribuaient en grande partie au succès de ces soirées.

Après dîner, elles aidèrent Njeri à ramasser la vaisselle et allèrent se coucher. Béka était fatiguée, mais malgré cela et, comme les dernières nuits, dès qu'elle se mit au lit, elle commença à se tourner et retourner dans son lit, tout en revivant dans sa tête ce baiser inattendu. Le choc initial, la lutte avec laquelle elle avait essayé de se libérer des douloureuses caresses et, enfin, l'intense chaleur qui l'avait envahie quand ces lèvres fermes étaient devenues douces et tentantes à la fois et, étonnamment, complètement irrésistibles.

— Vibéka Darby, arrête, enfin !

Une fois de plus, sa propre voix fit sursauter Suri qui, bien que cette dernière l'ait évité ces derniers temps – Béka soupçonnait que l'odeur de la lionne dont elle était imprégnée après avoir joué avec Jike y était pour quelque chose –, se rendormit, enroulée dans sa capeline.

Elle ne voulait plus penser à Matt Jarrett, ni à ses baisers, ni à son… Elle secoua vivement la tête. Elle ne voulait plus penser à lui, point barre ! Elle aimerait ne plus jamais le revoir, elle aimerait reprendre sa vie juste avant qu'il n'y apparaisse, elle aimerait… Mais c'était inutile. Les yeux gris et ce sourire séduisant, qu'il affichait rarement, le soupçonnant néanmoins d'en être parfaitement conscient, paraissaient la poursuivre partout où elle se trouvait.

Astrid avait-elle raison ? Était-ce son attrait physique évident et cet aspect « muy macho » dont parlait sa nièce qui l'attirait ? Elle avait connu beaucoup d'hommes au physique agréable et très virils, mais jamais avant, elle n'avait eu à se battre contre elle-même pour résister à son charme. Parce qu'elle devait reconnaître que, quand il le voulait, Matt Jarrett était bourré de charme ; un charme calculé au millimètre près. Peut-être parce qu'elle avait grandi en Afrique, Béka avait-elle toujours eu un sixième sens qui lui faisait pressentir le danger, mais même si elle ne l'avait pas eu, ces derniers temps, elle ne pouvait s'empêcher de se souvenir des paroles qu'avait prononcées Naserian dès qu'elle avait fait sa connaissance :

Il y a une puissante énergie qui vient de cet homme. Fais attention, petite miss.

Oui. Il n'existait plus le moindre doute. Matt Jarrett était un homme dangereux, du moins pour elle. Cependant, ce n'était pas à cause de ce charme qu'il gérait à sa guise qu'elle se sentait menacée. Non. Ce qui lui paraissait vraiment irrésistible, c'étaient les brefs aperçus que l'on devinait chez cet homme sous cette fascination calculée et cette stupéfiante faculté d'être si sûr de lui-même : un homme vulnérable, courageux, intelligent et ayant de l'humour, qui avait été sur le point de s'évanouir en pensant qu'une lionne l'avait attaquée.

Elle n'oublierait jamais la pâleur mortelle de son visage et la façon dont il tremblait comme une feuille, ni le courage qu'il avait montré en affrontant une lionne à moins de deux mètres, armé d'un simple fusil dont, apparemment, il n'avait aucune idée de comment s'en servir.

— Béka, Béka, ne sois pas dupe. – Elle frappa l'oreiller avec impatience et changea de position. Il est plus que probable que, en dessous de Matt Jarrett, il n'y ait, en réalité, que Matt Jarrett, l'avocat sans scrupule qui ne pense qu'à te prendre Kilima House. Ne tombe pas dans son jeu et, maintenant, dors !

Cinq jours plus tard, à quatre heures et demie en voiture de Kilima House ou à cinquante minutes en avion, allongé dans l'immense lit de sa chambre dans son luxueux penthouse de Westlands, MJ, également atteint d'une insomnie inhabituelle qui l'avait poursuivi depuis qu'il était arrivé à Nairobi, regardait fixement le plafond de la pièce.

Les bruits de la ville qui se faufilaient par les grandes fenêtres malgré le double vitrage – les sirènes, la circulation et les voix et rires de quelque passant qui revenait de la fête avec quelques verres de trop –, ne ressemblaient pas du tout au bruit incessant des grenouilles dans l'étang, interrompu seulement par le hurlement d'un chacal au loin ou par le rugissement d'un lion solitaire des nuits de Kilima House.

Depuis qu'ils avaient atterri à l'aéroport de Wilson, l'activité avait été frénétique, si bien que, durant la journée, il n'avait eu le temps de penser à rien d'autre que d'organiser des réunions avec certaines des personnes les plus influentes du pays pour débloquer la situation inconfortable dans laquelle la précipitation de William avait plongé le cabinet. Heureusement, il semblait que le subtil mélange de flatteries et de menaces dans lequel il était passé maître, bien qu'*in extremis*, commençait à redresser la barre, mais il était conscient que sa présence à Nairobi serait indispensable quelques semaines de plus, ce qui ne l'enchantait guère. De plus, depuis qu'il était ici, il n'avait pas écrit un seul mot dans son cahier en spirale.

Même Pierre semblait avoir perdu la joie de vivre. Il redevenait le garçon poli et sérieux qui s'était présenté le premier jour dans son bureau. Il exécutait les ordres qu'il lui donnait avec diligence et, bien sûr, il ne pouvait pas nier qu'il était intelligent, mais on voyait bien qu'il ne mettait pas son âme dans ce qu'il faisait. Parfois il l'observait à son insu alors qu'il avait le regard perdu vers les hauts buildings que l'on voyait par la fenêtre du bureau du cabinet et il était conscient que, même si son corps était avec lui, dans ce bureau, la tête de son neveu était toujours dans les interminables plaines de Masaï Mara.

Il laboura l'oreiller pour la énième fois en proférant des malédictions. Le plus drôle, c'est qu'il ne pouvait pas nier que sa tête continuait à être là-bas aussi. Kilima House lui manquait et tous ses habitants, y compris Twiggy et le petit Bili ; il regrettait le subtil arôme du jacaranda et le parfum des roses que Mucanda cultivait avec soin, les *mandazi* de Njeri et la chaleur dégagée par la terre rougeâtre à midi. Le lit moderne de son duplex n'atteignait pas la moitié de confort que celui de ce foutu lit de bois sculpté qui aurait pu aussi bien appartenir à un vice-roi de l'Inde et il regrettait la fenêtre, grande ouverte, par laquelle pénétrait la douce brise du matin qui gonflait les légers voilages de la même manière que les voiles d'un bateau.

Cependant, il ne pouvait pas se leurrer ; ce qui lui manquait le plus était la présence de Vibéka Darby. Parfois, il se réveillait en sueur après avoir rêvé qu'il l'embrassait. Il la revoyait comme ce matin-là, avec ses doux cheveux en bataille, les lèvres rougies par ses baisers, cette poitrine blanche dans son nid de dentelle qui jouait à cache-cache avec ses pupilles, et il était obligé de serrer les dents avec force, plein de désir.

Cela signifiait-il que l'histoire se répétait une fois de plus ? Que lui, comme son père, finirait, obsédé par une femme qui ne serait jamais sienne ? Non, bien sûr que non. Il avait toujours été un homme avec une volonté de fer. Il la désirait, il ne pouvait pas le nier, mais il ne permettrait pas à son souvenir de le dominer ; il était celui qui tenait les rênes, se rappela-t-il une fois de plus. Kilima House pourrait être à lui à tout moment, la seule chose à faire était de prendre la décision.

Tout à coup, l'image de Kilima House sans sa propriétaire, sans cette bouche aux lèvres pleines toujours prête à sourire à Njeri ; sans ce regard inquiet des yeux violets sous des sourcils légèrement froncés quand il l'observait, comme si elle n'était pas sûre de savoir à quoi s'en tenir sur ses actions à lui ; sans la tendresse qu'elle montrait à ses mascottes inattendues dont elle s'entourait…

— Ça suffit ! – Il frappa de nouveau l'oreiller de toutes ses forces.

Demain, il prendrait son agenda, se promit-il. Il sortirait avec une femme, peu importe laquelle, il l'emmènerait au lit et effacerait de sa tête une fois pour toutes ces images de lèvres rouges et de seins blancs qui le tourmentaient, qu'il soit éveillé ou endormi.

13

Béka sortit un tournevis de la ceinture à outils qu'elle portait autour de sa taille.

— Je vais essayer une dernière fois, Mugi. Si je n'y arrive pas, il n'y aura pas d'autre solution que d'acheter un autre frigo.

— Oui, *miss*.

— Aide-moi à l'écarter du mur.

À eux deux, ils réussirent à déplacer le lourd frigo de la fromagerie, un modèle des années 1980 qui, malgré les nombreuses avaries qu'il avait subies tout au long de sa durée de vie, continuait miraculeusement à fonctionner.

Béka desserra plusieurs vis, retira le relais de démarrage, l'approcha de son oreille et le secoua un peu ; elle était si concentrée qu'elle n'entendit pas que quelqu'un entrait. Les yeux brillants et sombres de son assistant regardèrent le nouveau venu, qui porta un doigt à ses lèvres et fit un geste expressif de la tête. Mugi acquiesça en souriant et sortit de la fromagerie.

— Le relais a l'air bien. Mugi, passe-moi la grande clé à molette, je crois que je l'ai laissée sur la table. – Sans se retourner, Béka tendit la main et quelques secondes plus tard, sentit le poids de l'outil sur la paume. Merci.

— Je n'aurais jamais pensé que la vision d'une femme avec une ceinture à outils et des bottes de travail serait aussi sexy. – Cette voix profonde n'était pas celle de son assistant kikuyu.

Le corps féminin se raidit soudain, mais quand, enfin, elle se retourna pour faire face au nouveau venu, son expression était sereine.

— Eh bien, on avait déjà écarté l'idée de te revoir par ici.

— Désolé si tu t'es fait des illusions. J'ai dit à Njeri de te prévenir que je reviendrais dès que possible. Elle ne t'a pas transmis le message ?

— Elle me l'a dit, mais après trente-six jours sans nouvelles, nous pensions que tu en avais eu assez de cette vie à la campagne pour un bout de temps.

— Tu as fait le compte ? Je me sens flatté, dit-il avec un sourire malicieux.

Les yeux violets ne perdirent pas un iota de leur calme.

— Bien sûr, un prisonnier tient toujours le compte des jours passés depuis la fin de sa captivité.

— Ma présence te donne-t-elle la sensation d'être une prisonnière ? dit-il avec un vif intérêt.

— Disons que cela me rappelle certaines choses que je préférerais oublier.

MJ cligna des yeux et planta un regard suggestif sur ses lèvres.

— Comme le baiser que nous avons partagé ce matin d'un tristement célèbre souvenir ? demanda-t-il sans perdre son ton aimable.

Cette fois, il réussit à la troubler.

— Bien sûr que je ne voulais pas dire… ! En plus, on a dit qu'on ne parlerait plus de ça !

— Toi – MJ insista sur le pronom, hypocritement –, tu as dit qu'on ne parlerait plus de ça, moi, je n'ai rien dit. Aussi, ne te fâche pas.

Béka rejeta sa tresse en arrière et releva son menton de quelques centimètres ; deux mouvements éloquents qui lui firent savoir qu'elle se préparait à la bataille.

— La seule chose que je vais dire à ce sujet, c'est que – elle imita son ton – ce ne fut pas un baiser partagé. Remercie-moi de ne pas t'avoir dénoncé pour harcèlement.

L'ignorant superbement, elle se retourna et continua à se battre avec un écrou qui lui résistait.

— Ça n'aurait pas marché. Je suis un avocat célèbre, tu te souviens ?

Béka ne daigna pas lui répondre et après avoir lutté quelques minutes de plus avec l'écrou rebelle, elle s'avoua vaincue, se jugeant maudite.

— Tu as besoin d'aide ?

— Je doute beaucoup qu'un « célèbre avocat » comme toi, dit-elle sans cacher son sarcasme, comprenne quoi que ce soit aux moteurs.

— Effectivement, je n'y entends rien aux moteurs, mais je crois que je saurai desserrer un écrou. Laisse-moi faire, pousse-toi.

Avec un soupir, Béka obéit et lui passa la clé à molette, et l'écrou rebelle se détacha instantanément grâce aux mains masculines.

— Autre chose ?

— Rien. – Sans trop de délicatesse, Béka l'écarta d'un coup de hanche.

MJ réprima un sourire et continua de regarder les fins cheveux blonds qui recouvraient à peine la nuque de Béka. Comme si elle pouvait ressentir l'intensité de son regard, Béka se frotta l'arrière du cou avec ses doigts, qui laissèrent une trace d'huile sur son passage. Sans pouvoir résister, MJ passa le bout de son pouce sur la peau douce, essayant de la nettoyer.

— Qu'est-ce que tu fais ? – Béka se tourna immédiatement vers lui et le pointa avec le tournevis.

MJ leva les deux mains en l'air.

— Du calme, du calme, tu t'es tachée. Je voulais simplement nettoyer l'huile.

— Je t'interdis de me toucher de nouveau !

Son interlocuteur soupira, exaspéré.

— Regarde-nous, je viens d'arriver après être parti quelques semaines et on se dispute déjà. Je pensais qu'on commençait à être amis.

— Amis, toi et moi ? Tu dois avoir de la fièvre, tu délires complètement. Au fait, j'espère que mon chèque te parviendra.

— Je l'ai eu.

— Je m'en réjouis, si tu as un peu de patience, j'arriverai à te payer tout ce que je te dois.

— Précisément, c'est de ça que je voulais te parler, Vibéka Darby… – Quelque chose dans son ton fit que les yeux violets clignèrent, subitement alarmés. Non.

Voyant qu'il ne disait rien de plus, elle fronça les sourcils.

— Non, quoi ?

— Je ne suis pas patient.

Béka serra fortement les poings, on voyait bien qu'elle réprimait l'envie d'en écraser un contre ce séduisant visage.

— Qu'est-ce que ça veut dire… ?

— Je veux mon safari, l'interrompit-il d'un ton tranchant.

Elle le regarda, visiblement déconcertée.

— De quoi parles-tu ?

— De mon safari. Je t'ai dit que je voulais faire un safari.

— Et je t'ai dit que je ne pensais pas t'y emmener !

MJ soupira avec une patience excessive.

— Écoute, je ne veux pas me répéter, mais je te rappelle que ce chèque extraordinaire que tu as été si aimable de m'envoyer n'a même pas couvert les frais du mois dernier.

Béka poussa un grognement.

— C'était un geste de bonne volonté. Je voulais que tu saches que je vais te payer jusqu'au dernier shilling ; les choses vont changer dès que j'aurais vendu la première récolte de tamarins.

MJ leva un sourcil.

— Tu as lu le conte de *La laitière et le pot au lait* ?

— Tout le monde a lu le conte de *La laitière et le pot au lait,* répliqua-t-elle d'un ton impatient, et c'est une manière très peu subtile d'insinuer que je fais des châteaux en Espagne.

— Quoi qu'il en soit, je ne pense pas attendre les tamarins. Je veux mon safari. Maintenant – L'enfant gâté reprenait possession de lui.

— Parle à John Harris !

— Je ne veux pas parler avec cet homme, à cause de sa négligence, j'ai failli rester estropié.

— Comme tu es injuste ! Ce fut un accident, pas une négligence.

MJ n'était pas prêt à accepter des excuses, aussi sensées fussent-elles.

— Il est inutile que tu essaies de défendre ton petit ami ; il a perdu ma confiance. Je veux que ce soit toi, mon guide. Je veux une tente au milieu de la réserve, un bon cuisinier noir, du champagne dans un seau, un feu à la lumière des étoiles… En résumé : le *pack Mémoires de l'Afrique* au complet.

Béka le regarda au travers de ses paupières entrouvertes.

— Tu nous as espionnés ?

MJ haussa les épaules.

— Ça se peut.

Elle secoua la tête et, sans rien dire, parut scandalisée.

— Alors – MJ rompit le silence au bout d'un moment –, j'aurai mon safari ou tu préfères que je t'envoie un représentant d'une de ces entreprises spécialisées dans le recouvrement des dettes des débiteurs ?

— Je ne pensais pas que tu tomberais si bas à me faire du chantage. – Sa voix était chargée de mépris.

— Non ? Comme c'est bizarre. – Les yeux gris avaient une expression moqueuse. Je pensais qu'à ce stade, tu savais bien que les avocats véreux étaient capables de tout.

Béka poussa un autre de ces drôles de grognements, mais MJ était conscient qu'elle savait aussi bien que lui qu'elle n'avait pas d'autre choix que de se rendre.

— C'est bon. Tu l'auras, ton safari ! – Tout à coup, MJ parut détecter un éclair de malice dans le regard féminin, comme si une idée machiavélique venait de surgir dans l'esprit de son interlocutrice. Il l'examina, les sourcils froncés, mais aussitôt les paupières voilèrent les yeux expressifs et elle ajouta sans le regarder : et maintenant, laisse-moi tranquille, je dois terminer de réparer le frigo avant que les fromages ne pourrissent.

Béka se retourna et continua à se démener avec l'ancien appareil.

« Je ne crois pas qu'elle osera me jouer un tour », se dit MJ sans pouvoir empêcher ses yeux de glisser vers le derrière un peu relevé que la lourde ceinture à outils faisait paraître encore plus féminin.

— Tu es encore là ? dit-elle sans se retourner.

La question, prononcée sur un ton impatient, l'arracha brusquement à la contemplation de cet agréable spectacle.

— Je… je m'en vais.

Et il sortit de la fromagerie en sentant une légère inquiétude et une pression familière dans l'entrejambe.

Malgré cette rencontre peu encourageante, quand, au coucher du soleil, ils se réunirent dans la véranda pour dîner, la conversation se déroula de manière animée, accompagnée de rires fréquents. Astrid, qui avait échangé ses cheveux bicolores par une gracieuse crinière blonde à la hauteur de la mâchoire, n'arrêtait pas de jacasser, mettant Peter au courant de tout ce qui s'était passé pendant son absence : elle lui parla de la famille de Hollandais qui avait passé deux semaines à Kilima House, dont la fille, une « demoiselle-qui-sait-tout » de l'âge de Peter, avait réussi à être absolument insupportable – à ce moment-là, Béka et lui avaient échangé un regard souriant, et cette manifestation inhabituelle de complicité lui avait fait sentir une sensation chaleureuse – ; elle lui raconta dans le détail les accouchements de tous les veaux et chevreaux nés pendant ce temps ; elle lui raconta aussi qu'une nuit, John Harris – en entendant ce nom, MJ avait aussitôt dressé l'oreille – avait amené un groupe de Japonais à dîner et que, après avoir bu d'énormes quantités de whisky, tous, y compris l'Américain, s'étaient retrouvés ivres morts et avaient dragué tante Béka.

— Je savais bien que cet homme n'était pas digne de confiance, dit sèchement MJ.

— Stupidités – Béka but une gorgée de café d'un air dégagé –, ce fut davantage une de ces cérémonies masculines d'exaltation sur l'amitié qu'autre chose. Finalement, ils ont fini par dormir ici, si bien que nous avons fait une bonne recette.

Malgré l'évidente tentative de la propriétaire de Kilima House de minimiser l'événement, l'intervention indiscrète de sa nièce n'aida pas à calmer la soudaine indignation qui avait envahi MJ.

— Le meilleur, ce fut quand John Harris l'a demandée en mariage – dit Astrid, sans tenir compte du regard menaçant que lui lança sa tante. C'était très amusant. Il a mis le genou à terre comme dans les films et lui a dit : « Tu es la femme la plus précieuse que je connaisse, mon amour, marie-toi avec moi et nous aurons les enfants les plus beaux du monde ». Sa parfaite imitation de la prononciation quasi inintelligible d'une personne en état d'ébriété fit rire sa tante et Njeri. Cependant, Peter et son oncle ne sourirent même pas.

— Quel connard !

MJ fut complètement d'accord avec l'analyse concise de son neveu.

— Il était tellement ivre qu'il a perdu l'équilibre, est tombé nez au sol et s'est mis à ronfler ici même, sur le tapis, tandis que les Japonais étaient écroulés de rire. Tante Béka a dû l'aider à monter dans sa chambre.

— Tu l'as aidé aussi à mettre son pyjama ?

Béka ignora le sarcasme qui découlait de la question et répondit tout naturellement.

— Il n'en avait pas, si bien que je lui ai seulement retiré ses bottes.

— Ça veut dire que s'il en avait eu un, tu le lui aurais mis ?

Son interlocutrice haussa les épaules et se servit un peu plus de café.

— Tu ressembles à une vieille fille scandalisée. – MJ sentit la comparaison mortelle, mais elle poursuivit comme si de rien n'était : Bien sûr que je l'aurais aidé. Qui crois-tu qui t'a déshabillé quand tu t'es évanoui après que Naserian t'a réajusté ta jambe ? Je suis une bonne personne, que veux-tu.

MJ imagina la scène : lui inconscient et elle lui retirant lentement ses vêtements… De nouveau, il remarqua une pression inconfortable au niveau de son entrejambe, mais essaya de la dissimuler.

— Bonne personne. Oui. Je suis sûr que tu aurais aimé voir si Harris, l'Apollinien, était aussi apollinien qu'il en avait l'air.

— Bah, ne crois que cela aurait été si terrible. Les hommes ivres perdent beaucoup de leur « apolliniature ». – Et après avoir prononcé cette sentence philosophique, Astrid mordit dans une banane qu'elle tenait dans sa main avant de se frapper le front avec cette même main et de dire, la bouche pleine : Oh, j'ai presque oublié le plus important ! Vous avez raté l'*emuratta*, mais ce soir, *enkang oo-nkiri* est célébré au village. Quelle chance que vous soyez arrivés à temps !

— Qu'est-ce que c'est que l'*emuratta* ? – Les yeux de Peter brillaient, pleins de curiosité.

— La circoncision. C'est quand on leur coupe… vous savez bien. – Astrid fit un geste avec deux doigts, imitant des ciseaux et haussa les sourcils plusieurs fois avec une expression malicieuse.

Peter, en effet, devait le savoir parce qu'il porta une main à ses parties intimes en signe de douleur.

Béka poussa un soupir d'impatience en entendant l'explication frivole de sa nièce et s'empressa d'expliquer la cérémonie avec un peu plus de rigueur :

— C'est le rite d'initiation le plus important dans la culture massaï, juste après la puberté. C'est valable aussi bien pour les filles que pour les garçons, bien que, ces dernières années, chez les femmes, ce ne soit plus aussi habituel. Mon père a lutté pour éradiquer cette coutume barbare ; il a parlé avec les hommes, les personnes âgées et les femmes, leur a expliqué les terribles conséquences et, aujourd'hui, grâce à Dieu, elle n'est plus pratiquée, du moins ici. La circoncision fait passer les individus de l'enfance à l'âge adulte et les garçons deviennent *morani* ou guerriers.

— Comme c'est dommage, j'aurais été enchanté de voir ça, dit Peter avec tristesse, mais il reprit tout de suite ses esprits. Et qu'est-ce que c'est, l'autre chose ?

Une fois de plus, Astrid entama les explications.

— *Enkang oo-nkiri* est la cérémonie de la viande. Elle est généralement fêtée en période de sécheresse, pour qu'il pleuve et pour demander que les femmes soient fertiles. On sacrifie un taureau blanc et, d'après ce que m'a raconté Makori, c'est une sacrée fête.

— Oui – pour une fois, la tante donna raison à sa nièce –, tous les rites d'initiation des Massaï sont un vrai spectacle.

— Alors, vous venez ? – Astrid les parcourut du regard, l'un et l'autre.

— Je ne voudrais rater ça pour rien au monde, dit Peter, les yeux brillants.

— Moi non plus. Quelqu'un m'a dit un jour qu'il était temps que je me convertisse en un vrai Kenyan. – MJ lança un regard éloquent à son hôte.

— Bien sûr, dit Béka avec un sourire tendre, il y a des personnes incroyablement sages.

MJ réprima l'envie de rire et changea de sujet.

— Finalement, tu as réparé le moteur ?

Elle soupira et écarta ses cheveux de son visage, l'air fatigué.

— Je l'ai laissé en marche, mais je ne sais pour combien de temps. J'espère seulement que ça va durer ; pour l'instant, je n'aimerais pas devoir acheter un nouveau frigidaire.

Elles pouvaient passer la plupart du temps à se disputer, mais Astrid n'aimait pas voir sa tante s'inquiéter ;

— Je dirai à maman d'envoyer plus d'argent. Sinon, c'est cet engin paresseux qui va finir par dépenser tout ce que grand-père a laissé.

Béka lui caressa les cheveux d'un geste affectueux.

— Ce n'est pas nécessaire. Dernièrement les choses vont beaucoup mieux.

Un peu mieux était préférable, mais le « beaucoup mieux » était une nette exagération, pensa MJ sans cesser de la regarder, les sourcils froncés. Malgré ses désirs de vengeance, lui non plus n'aimait pas la voir accablée pour des raisons économiques.

— Si tu as besoin d'un prêt…

Béka appuya sa joue contre la paume de sa main et le regarda fixement.

— Incroyable comme tu es bizarre…

MJ se mit aussitôt sur la défensive.

— Bizarre ? Pourquoi dis-tu que je suis bizarre ?

— Tu me menaces à longueur de journée de me prendre Kilima House – Béka ne tint pas compte des exclamations indignées de Peter et d'Astrid –, et maintenant tu m'offres un prêt. Personne ne te comprend.

Il se racla la gorge, mal à l'aise et lui lança un de ces regards froids qui, apparemment, ne faisaient pas le moindre effet sur Mlle Darby.

— Il ne t'est pas venu à l'esprit que plus tu m'es redevable, plus j'ai de pouvoir sur toi ?

— Oui, bien sûr que je m'en suis aperçue, dit-elle sur le même ton serein. Cependant, je ne sais pas pourquoi, mais cette explication ne me convainc pas. Il y a quelque chose de bizarre chez toi…

— Et allez donc ! – MJ frappa la table de la paume de sa main, furieux. Eh bien, fais gaffe, tu pourrais bien avoir une surprise.

— Ne t'avise pas de menacer tante Béka, espèce de brute !

— MJ n'a rien d'une brute ! lança Peter immédiatement.

Heureusement, Njeri intervint à ce moment-là avec son habituelle efficacité et le sang ne coula pas. Après l'avoir aidée à desservir, ils se sont retrouvés dans le hall quelques heures plus tard et prirent congé presque amicalement.

Ils se retrouvèrent dans le hall à l'heure convenue. Béka sortit le fusil de la vitrine et le porta en bandoulière. Voyant que Peter et Astrid portaient leur lance à la main, MJ fronça les sourcils.

— Pourquoi suis-je le seul à ne pas porter d'arme ?

— Parce que tu n'as pas de lance ?

— Parce que tu ne sais pas te servir d'un fusil ?

MJ grommela en les entendant.

— Du calme, nous te protégerons, dit Béka sur un ton maternel irritant, en lui donnant quelques petites tapes sur le bras.

Le visage de MJ était un poème. Le ricanement malicieux d'Astrid ne lui échappa pas et il remarqua que Peter serrait fortement les lèvres pour ne pas l'imiter.

— Njeri est partie depuis un moment, alors en route ! – Comme d'habitude, Béka ne tint absolument pas compte de son orgueil masculin bafoué.

Le village se trouvait à environ deux kilomètres et demi, et le trajet contribua à calmer les esprits. Une légère brise soufflait et les cigales poursuivaient leur concert monotone.

— Au fait, comment va ta jambe ? Je vois que tu boites à peine.

— Je suis allé dans une salle de sport pour la renforcer. Elle est presque comme avant l'accident.

— Je m'en réjouis beaucoup.

Dès qu'ils furent éloignés de quelques mètres de la maison, Bili sortit à leur rencontre et grimpa aussitôt sur la jambe de Béka, puis s'installa sur son épaule. Peter et Astrid étaient derrière eux, n'arrêtant pas de discuter, comme d'habitude.

— Tu n'as jamais pensé à avoir un animal de compagnie plus… normal ?

— Tout dépend de ce que tu appelles normal… Une fois, j'ai eu un caméléon.

— Je veux parler d'un chien ou d'un chat.

Béka réfléchit un moment.

— Maintenant que tu le dis, toutes sortes d'espèces sont passées à la maison, mais jamais un chien ou un chat. J'imagine que c'est parce que tous mes « animaux de compagnie », comme tu les appelles, sont… comment dire ? sont venus à moi. Ce sont des animaux qui ont eu un problème et je les ai soignés et, au fil du temps, ils sont revenus à leur état sauvage.

Avoir un chien ou un chat est une décision qu'il faut prendre consciemment. Une responsabilité de plus et, à vrai dire, j'en ai déjà trop. Qu'en est-il de toi ? – Elle le regarda du coin de l'œil. Tu es doué avec les animaux. As-tu déjà eu des animaux de compagnie ?

— Une fois, il y a bien longtemps. Deux chiens. À vrai dire, ce n'étaient pas les miens, mais ceux de mon grand-père. – MJ regarda sans voir la savane qui s'étendait à perte de vue ; c'était la première fois depuis des années qu'il pensait à Ron et à Tequila.

— Je remarque tu les aimais beaucoup. Que s'est-il passé ?

— Mon père m'a envoyé en Angleterre pour mes études. Je ne les ai pas revus, ni eux, ni mon grand-père, dit-il d'un ton plus tranchant que ce qu'il aurait souhaité.

— Ah.

Ils marchèrent un moment en silence en suivant le sentier. Soudain, Béka s'arrêta et leva la main.

— Silence ! murmura-t-elle.

Tous regardèrent le point qu'elle indiquait et, au bout d'un moment, réussirent à distinguer l'énorme silhouette d'un buffle qui se confondait avec les ombres de plus en plus épaisses.

— Il vaudrait mieux faire demi-tour, dit Béka sur le même ton, tout en détachant le fusil de son épaule et en l'armant. Les buffles ont très mauvais caractère et ils peuvent être très agressifs. Ce n'est pas courant qu'ils s'approchent tant du village. Suivez-moi et pas de bruit, ni de mouvements brusques.

Tous obéirent immédiatement et suivirent Béka en file indienne quand elle emprunta un des innombrables sentiers qui zigzaguaient dans toute la réserve, créés entre les orties et les ronces épineuses par le passage de milliers d'antilopes. Quand ils furent à une distance prudente, elle désarma son fusil et le raccrocha en bandoulière à son épaule. Le reste du chemin, les enfants marchèrent, plus attentifs, tout en commentant ce face-à-face inopiné, très excités, mais à leur grande désillusion, il n'y eut pas d'autre rencontre dangereuse et, peu après, le bruit des chants, des voix et des cris leur indiqua qu'ils étaient presque arrivés au village massaï.

14

Une foule de *morani* vêtus avec les traditionnels *shukas* et des *skinheads* maquillés avec de l'*olkaria*, pigment de la terre argileuse d'un rouge ocre, poussaient doucement le taureau choisi vers le lieu du sacrifice, parmi les cris aigus, pendant que les femmes, ayant également la tête rasée et les ornements qu'elles fabriquaient elles-mêmes avec du fil de cuivre et des perles de couleur – vrilles, bracelets et une grande quantité de colliers qui laissaient à peine voir un centimètre du cou –, contemplaient la cérémonie de loin sans cesser de chanter.

— Seuls les *morani* d'un groupe d'un certain âge peuvent approcher le taureau sacré, leur expliqua Béka.

Sans dire un mot de plus, un groupe d'hommes plus âgés soutenaient en l'air un des guerriers qui, à en juger par la rigidité de ses membres, semblait être dans une sorte de transe.

Un homme d'une soixantaine d'années les accueillit avec un chaleureux « Karibu ! » bien qu'il se soit mis immédiatement à parler le massaï, pendant qu'il leur serrait la main un par un, très souriant.

— C'est Wanbua, l'*oloiboni*, le chef religieux d'un des clans les plus importants. Il vous souhaite la bienvenue et souhaite que vous profitiez de la cérémonie de la viande.

Tous sourirent au vieil homme, qui s'éloigna ensuite pour saluer d'autres personnes.

— Je ne savais pas que tant de gens vivaient dans le village. – MJ haussa un peu la voix pour se faire entendre au-dessus de ce vacarme.

— Oh non, ils viennent de toutes parts pour la célébration.

Le soleil commençait à se coucher et les chants augmentaient en intensité, spécialement chez les hommes qui entouraient le taureau, accompagnés par le battement rythmique des tam-tam.

— Le sacrifice aura lieu peu de temps avant le coucher du soleil, mais nous ne pouvons pas nous approcher davantage. – Peter et Astrid affichèrent une moue de déception. Regardez, voilà Makori !

Le *morani*, qui faisait partie des guerriers adultes qui mettaient un peu d'ordre dans ce brouhaha, leur retourna leur salut de loin.

— Cela me fait un peu de peine pour le taureau, dit Astrid.

— Ils le droguent avec une boisson qu'ils fabriquent eux-mêmes. Puis ils le plaquent au sol et l'étranglent avant de faire une petite incision à l'arrière de la tête et de recueillir le sang pour qu'il soit bu par les *morani*.

— C'est dégoûtant ! – Sa nièce fit une grimace. Tu y as goûté ?

Béka haussa les épaules d'un geste indifférent.

— Bien sûr, plein de fois.

Peter la regarda avec une franche admiration.

— Tu es la femme la plus courageuse que je connaisse.

— C'est ça ou elle est complètement folle, dit MJ en réprimant le désir de donner une tape à son neveu et d'effacer cette pathétique expression d'adoration sur son visage.

— Vous aurez bien l'occasion d'y goûter aussi ce soir.

Peter et Astrid échangèrent un regard mi-excité, mi-terrifié, et MJ éluda cette information avec un « hum » concis.

Les cris montèrent en volume.

— Qu'est-ce qui se passe maintenant ? – Astrid se dressa sur la pointe des pieds, essayant de voir quelque chose.

— Les anciens sont en train de dépouiller le taureau pendant que les *morani* allument le feu.

Effectivement, près d'eux, quelques jeunes guerriers venaient d'allumer une petite flamme sans autre aide qu'une planchette, un bâton arrondi et quelques brins de paille. En peu de temps, plusieurs foyers brûlaient dans une vaine tentative de faire reculer les ombres, de plus en plus denses. Les hommes enfonçaient tout autour des bâtons sur lesquels ils avaient embroché de grands morceaux de viande pour les faire cuire.

Les chants continuaient et les guerriers commencèrent la danse rituelle qui consistait à faire des sauts avec les jambes ensemble.

— Plus ils sautent haut, plus ils prouvent qu'ils sont de grands guerriers.

Béka les avait habilement guidés et à présent, ils étaient assis près d'un des foyers, d'où ils pouvaient voir le spectacle quasiment au premier rang.

— J'en ai assez de les voir. Tu crois qu'il en reste beaucoup de cette viande ? J'ai faim, ronchonna MJ.

— Retiens-toi. Parfois, tu me fais penser à un petit garçon.

— Oui, les hommes sont très gamins, intervint Astrid qui, comme d'habitude, semblait être au courant de tout.

— Les hommes sont très gamins… l'imita MJ avec une voix de fausset. Que sais-tu des hommes ?

— C'est ce que dit ma mère, répondit l'adolescente très dignement, et elle en sait beaucoup sur les hommes

— Ma mère ceci, ma mère cela…

Un douloureux coup dans les côtes l'obligea à se taire.

— Aïe ! – MJ se frotta le côté et se mit à regarder Béka avec un air de reproche. Tu m'as fait mal.

— Gamin !

— Sorcière !

L'arrivée d'un *morani* avec une calebasse interrompit ce sublime échange d'amabilités. Le jeune s'accroupit devant MJ et la lui proposa.

— Non, non merci. – MJ se frotta l'estomac en un geste universel. J'ai trop mangé. Vraiment trop. Il le répéta en swahili pour qu'il n'y ait aucun doute.

Le jeune dit quelque chose en *maa* et lui retendit la calebasse, mais MJ répéta le geste et les mots.

— Lâche !

Béka allongea le bras et saisit la calebasse tout en remerciant le jeune dans sa langue. Puis elle la porta à ses lèvres et but comme si elle était morte de soif.

— Ah ! dit-elle, les lèvres tachées de sang, en faisant claquer sa langue avec un plaisir évident, il n'y a rien de tel que le mélange de sang et de lait fermenté. La boisson des *morani* et des dieux.

Puis elle se tourna vers MJ et lui tendit la calebasse avec un regard de défi.

— Le bébé a peur ? dit-elle d'un ton moqueur.

Furieux, MJ lui arracha la calebasse, la porta à ses lèvres et but une bonne gorgée.

— Putain ! lança-t-il en recrachant ce qui lui restait dans la bouche avant de porter une main à sa gorge et de vomir.

Un chœur d'éclats de rire, y compris ceux du jeune guerrier, s'éleva autour de lui. MJ, impuissant, vomit plus fortement que la première fois, ce qui déclencha une nouvelle vague d'hilarité.

— Tiens, c'est de l'eau.

Makori, sans cesser de rire, lui tendit une calebasse un peu plus grande. Après avoir reniflé le contenu avec méfiance, MJ but avidement.

— Merci, dit-il d'une voix rauque quand il la lui rendit

— Je vois que tu as été victime d'une des blagues préférées de Béka.

MJ se tourna vers la jeune femme, qui était morte de rire, avec un regard assassin.

— Une autre de tes blagues ?

Comme si elle venait de se souvenir de l'issue de la précédente, Béka reprit immédiatement son sérieux.

— Il n'y a rien de personnel, je te le jure. Je le fais avec tous ceux qui viennent pour la première fois à un safari, et en général, les gens rient beaucoup.

— Ah oui ? Ne me dis pas. Moi aussi je ris, tu vois ? – MJ lui montra les crocs. Donc, tu as fait semblant de boire…

Son interlocutrice dut arriver à la conclusion que ce serait une bonne idée d'essayer de le calmer, si bien qu'elle lui lança son sourire le plus innocent.

— Tu vois, moi aussi, je suis tombée dans le piège en son temps. Maintenant je fais comme si je bois, mais je ne fais que me mouiller les lèvres. Excuse-moi si ça t'a dérangé.

— C'est une très bonne plaisanterie, intervint Astrid complètement étrangère à la tension qu'il y avait entre eux deux, quel dommage que maman ne soit pas là pour y assister.

À ce moment-là, MJ se pencha jusqu'à ce que ses lèvres effleurent presque l'oreille de Béka et dit dans un murmure menaçant :

— Je vais devoir faire quelque chose pour en finir avec cette affection irritante pour les grosses blagues…

Béka s'écarta immédiatement de lui, mais le frisson qui la parcourut ne passa pas inaperçu à MJ.

— Qu'est-ce que tu lui as dit ? – Astrid les regardait avec curiosité.

— Rien qui t'importe, Mademoiselle fouine, répliqua-t-il sèchement.

Heureusement, l'arrivée de plusieurs femmes souriantes qui leur offraient des morceaux de viande fraîchement rôtis coupa court à la discussion. La nourriture, étonnamment savoureuse, ramena l'harmonie et, quelques minutes plus tard, ils riaient et parlaient comme avant en commentant tout ce qui attirait leur attention.

— Regardez Makori, c'est le meilleur ! – Astrid pointa du doigt le guerrier avec enthousiasme, qui rivalisait avec les autres *morani* pour voir qui sautait le plus haut.

— Bien sûr qu'il l'est. Makori est un grand *morani*. Vous n'avez pas remarqué le respect que tout le monde lui porte dans le village ? Ils le consultent toujours s'ils ont le moindre problème. Par ailleurs, c'est le meilleur homme au monde. Allez, Makori ! – Béka lança un cri qui n'avait rien à envier à ceux du reste des guerriers, pour l'encourager.

Ces mots affectèrent MJ de façon étrange.

— Le meilleur homme au monde ? Je croyais que A.F. Aaldenberg était pour toi le meilleur homme au monde.

— Lui aussi, bien sûr. La différence, c'est que Makori est comme un frère et avec A.F. Aaldenberg, je me marierais sans hésitation.

— Sans hésitation ? N'était-elle pas une femme ? lui rappela-t-il d'un ton sarcastique.

Son interlocutrice lança un grognement :

— Si elle est une femme, non, bien sûr, il faut tout t'expliquer. Mais peux-tu imaginer être la première personne au monde à lire chacun de ses romans ?

— Tu épouserais un homme seulement pour cela ?

— Pas toi ? soupira-t-elle avec une expression rêveuse.

— Bien sûr que non, dit-il d'un ton dégoûté. Tu ne sais rien de lui. Et si c'était un dégénéré ? Un avare, un type qui bat sa femme, un… ?

— A.F. Aaldenberg n'est rien de tout ça, répliqua-t-elle avec ardeur, il n'y a qu'à lire ses livres pour…

— Vraiment, tu es si naïve que tu crois qu'un auteur parle au travers de ses personnages ? – La voix masculine transpirait de mépris.

— Dans le cas de Cicéron Smith, j'en suis sûre. Mon cœur me le dit. – En entendant le grognement impatient de son interlocuteur, elle releva le menton, très digne. Tu ne le comprendrais même pas dans un million d'années, parce que tu n'as pas de cœur.

— Ah non ?

— Non, trancha-t-elle la question, catégoriquement, et elle lança un autre de ces cris à vous donner la chair de poule : Allez, Makori !

Astrid et Peter l'imitèrent et le guerrier, souriant, sauta encore plus haut sans donner le moindre signe de fatigue. Les tresses teintes avec de l'huile mélangée à de l'*olkaria* et les nombreux colliers de perles de couleurs qu'il portait autour du cou montaient et descendaient en suivant le mouvement.

MJ contint l'envie de hurler lui aussi. Il y avait quelque chose de magique dans la nuit sans lune, illuminée seulement par les feux, parmi les chants et les danses ancestrales de ces guerriers qui ne semblaient pas connaître la fatigue, à proximité de la femme qui était à son côté, qui semblait vibrer à chaque saut, à chaque cri, comme si elle répondait à un irrésistible appel intérieur ; l'appel d'une vie libre et sauvage.

Soudain, il remarqua un changement d'atmosphère. Étonné, il regarda de nouveau Béka. Les yeux violets n'étaient plus dirigés vers le groupe de guerriers, et elle était très sérieuse. Avec curiosité, il suivit la direction de son regard et découvrit Hamisi qui, bien que vêtue avec le *shuka* et les ornements traditionnels et entourée par le reste des femmes, donnait l'impression d'être étrangère à ce qui se passait autour d'elle.

La nièce de Njeri ne chantait pas ni ne dansait, elle se contentait d'observer les guerriers qui sautaient infatigablement. En réalité, MJ découvrit presque sur-le-champ les yeux noirs qui ne se détachaient pas de l'un d'eux et elle avait une curieuse expression de désir sur son beau visage.

— Il semblerait que notre Hamisi est folle de Makori, commenta-t-il sur un ton de conversation.

Ces mots parurent ramener Béka d'un lieu lointain Elle tourna la tête et le regarda, surprise.

— Tu ne peux pas être plus loin de la réalité, dit-elle au bout d'un moment, même si tu as raison ; quiconque la verrait arriverait à la même conclusion que toi.

— Allons, Béka, on voit à des lieues à la ronde qu'elle ne peut pas détacher ses yeux de lui. Si j'étais superstitieux, je dirais qu'elle essaie de l'attirer rien que par la force de son regard.

Effectivement, c'était l'impression qu'elle donnait ; MJ venait de mettre des mots sur quelque chose qui avait mis du temps à mûrir en lui. Béka le regarda les sourcils froncés.

— Comment peux-tu être le prototype d'un avocat véreux insensible une minute, et la minute d'après, te connecter d'une telle manière avec les émotions des autres ?

— Si tu essaies encore de me dire que je suis bizarre…

Béka fit un geste des mains, essayant de l'apaiser.

— Non, ce n'est pas ça, bien que oui tu… bon, il vaudrait mieux qu'on laisse tomber. Tu vois, avant que Hamisi parte à Nairobi, Makori lui a demandé sa main. Tout le village sait qu'il est amoureux d'elle quasiment depuis qu'il a l'âge de raison, ne me demande pas pourquoi – MJ ne le lui demanda pas, même si, contrairement à elle, il pouvait deviner ce que Makori voyait dans la fière Hamisi, en dehors de son indéniable beauté – ; le fait est qu'un jour il l'a emmenée voir le terrain où il avait pensé se construire une maison. Non pas une hutte d'adobe et de branches comme celles-ci, mais une maison avec des panneaux solaires et de l'eau courante, parce qu'il savait que *son Altesse* – elle souligna les mots d'un ton sarcastique –, ne se contenterait pas de moins. Là, il lui a demandé qu'elle se marie avec lui et tu sais ce qu'a répondu cette méchante vipère ?

MJ fit non de la tête sans détacher les yeux de la belle femme massaï, qui semblait l'image même de la solitude.

— Elle lui a dit qu'elle ne pensait pas pourrir dans ce village minable. Elle ne voulait pas devenir la femme d'un humble berger et la mère d'une demi-douzaine de marmots. Sais-tu combien c'est cruel d'entendre cela, pour un Massaï ? – il y avait des larmes dans sa voix –, « Que le Créateur te bénisse avec du bétail et des enfants », c'est le proverbe que les Massaï utilisent pour te souhaiter le meilleur.

— Il est clair qu'elle regrette.

— Tu crois ? dit-elle, incrédule. Je crois plutôt qu'elle a l'intention de le blesser de nouveau et je te jure que, cette fois-ci, elle va m'avoir en face.

MJ attrapa entre ses mains le poing qu'elle serrait fortement. Béka essaya de se libérer, mais il ne le lui permit pas. Un à un, il a séparé ses doigts et les a entrelacés avec les siens.

— Du calme. Je ne doute pas que Hamisi ait fait du mal à Makori, mais qu'est-ce qu'elle connaissait du monde quand cette conversation a eu lieu ? Les gens changent, Béké, et il est évident que Hamisi a changé.

— Alors, pourquoi ne fait-elle rien ? dit-elle, furieuse. Pourquoi laisse-t-elle Makori continuer à souffrir ?

— Cela saute aux yeux que Hamisi est en train de lutter contre ses propres démons et j'oserais dire que l'un de ses plus puissants est l'orgueil. Donne-lui du temps.

Béka regarda leurs mains unies quelques secondes avant de lever les yeux vers lui.

— Je sais que tu n'aimes pas l'entendre, Matt Jarrett, mais je continue à penser que tu es un homme très étrange.

MJ leva les yeux au ciel, mais se contenta de serrer sa main encore plus fort et ils continuèrent à contempler la cérémonie en silence, totalement étrangers au coup de coude qu'Astrid venait de lancer à Peter pour attirer son attention sur leurs mains jointes.

15

— Non, Astrid, tu ne peux pas emporter cette valise, seulement ce qui rentre dans le sac que je t'ai donné. Tiens, sors tout et recommence. Qu'est-ce que tu as dit ? Je te rappelle qu'il y a énormément de vols Nairobi-Copenhague qui…

— Rien, je n'ai rien dit ! – Et, sans cesser de marmonner entre ses dents, l'adolescente commença à vider sa valise.

— Béka, j'emporte seulement mes bottes ? – Peter, plus ébouriffé que d'habitude, passa sa tête par la porte de la chambre d'Astrid.

— Et des tongs pour la douche.

— Regardez comme c'est beau… – MJ entra en tenant dans la main un Nikon avec un énorme téléobjectif qui n'avait rien à envier à ceux qu'utilisaient les paparazzi qui poursuivaient sans trêve les célébrités.

Béka soupira fort et dit à voix basse :

— Il ne manquait plus que lui.

Heureusement, MJ montrait cet appareil aux enfants avec un enthousiasme digne de n'importe lequel des deux adolescents et ne l'entendit pas.

— Je l'ai acheté pour le dernier safari, la photo m'a toujours fasciné. Je commençais à penser que je ne m'en servirais jamais.

— C'est génial ! dit Peter en regardant dans le viseur. Je peux voir jusqu'aux taches jaunes que tu as dans tes yeux, Béka.

— Donne-le-moi. – MJ lui arracha l'appareil photo des mains, sans ménagement, le dirigea vers la même cible et appuya plusieurs fois sur le déclencheur.

— Hé, tu ne m'as pas prise en photo ! – Béka écarta la mèche de cheveux restée collée sur son front en sueur.

— Non, ne t'inquiète pas, je n'ai pas encore installé la carte mémoire.

— Puis-je ? – Hamisi avait frappé à la porte plusieurs fois avant d'entrer sans attendre de réponse.

— Entre, entre, bienvenue dans la cabine des frères Marx, dit Béka, sarcastique.

— Tu es au courant, Hamisi ? On part en safari ! – Astrid qui, selon les mots de sa tante, depuis qu'elle avait reçu la nouvelle, vivait dans un degré d'hyperexcitation des plus pénibles, s'approcha de la nouvelle venue, la prit par la main et la fit tourner sur elle-même.

Hamisi ne put réprimer un éclat de rire devant un tel enthousiasme et Makori, qui venait juste d'arriver avec des clés dans la main, resta,, quelques seconde, immobile sur le seuil de la porte, la contemplant avec un regard de désir qui fendit le cœur de Béka. Cependant, presque instantanément, son ami récupéra son expression habituelle et seule, elle, qui le connaissait mieux que personne, remarqua l'effort que cela lui coûtait.

— Eh bien, Makori, ne me dis pas que, toi aussi, tu as besoin que je te dise quoi emporter. – Le commentaire acide a déclenché, comme prévu, un des sourires chaleureux du *morani*.

Voyant qu'il venait d'entrer, Hamisi cessa de sourire et s'écarta immédiatement des mains d'Astrid. Cependant, Makori s'adressa à Béka comme s'il n'avait pas remarqué sa présence.

— Voici les clés du tout-terrain. J'ai changé l'huile, je l'ai dépoussiéré et j'ai rempli le réservoir d'essence, il est comme neuf.

— Parfait. Je le conduirai et tu nous suivras dans le Land Rover avec les bagages. Ils seront plus que suffisants si, bien sûr, j'obtiens que personne – elle lança un regard expressif à sa nièce – ne fourre de choses inutiles.

— Ok. Ok. J'ai compris. Pas besoin d'être si lourde, répliqua sa nièce, toujours impertinente.

Béka leva les yeux au ciel.

— Je ne sais vraiment pas à quel moment j'ai accepté d'organiser ce safari. – Elle lança un regard accusateur à MJ, mais ce dernier, qui avait finalement baissé l'appareil photo, se contenta de sourire innocemment.

À ce moment, la voix de Hamisi se fit entendre, hésitante :

— Béka, je voulais te demander si… si je pouvais… si je pouvais venir avec vous. – Aussi bien Makori qu'elle-même se retournèrent pour la regarder, surpris. Je peux m'occuper de la nourriture ; tu sais que j'ai toujours aimé aider ma tante dans la cuisine et…

Soudain, Béka prit conscience qu'elle avait la bouche ouverte et elle la referma d'un coup.

— Vraiment, tu veux venir faire un safari avec nous et te charger des repas ? l'interrompit-elle sans pouvoir cacher son étonnement. – La nièce de Njeri avait toujours pris soin de préciser qu'elle n'était la servante de personne ; en particulier d'elle.

Hamisi haussa les épaules.

— Oui, pourquoi pas, j'ai toujours voulu faire un safari.

Béka et Makori échangèrent un regard. La Hamisi que tous deux connaissaient n'avait jamais été une aventurière ; à vrai dire, elle avait toujours craint les animaux sauvages.

— Tu es sûre ? – La voix de Makori ne pouvait cacher ses doutes.

Hamisi esquissa un sourire tendu.

— Bien sûr que je le suis. Ce sera toute une expérience.

— Oui ! Plus on est de fous… ! – Profitant de cela, Astrid saisit Peter et recommença une autre de ces danses folles, et son enthousiasme dissipa la tension du moment.

Béka tapa dans ses mains pour rétablir l'ordre.

— Très bien. Très bien. Alors demain, dès l'aube, je veux que tout le monde soit à l'heure dans le hall, chacun avec ses bagages prêts. Makori, Hamisi et moi, nous nous occuperons de l'intendance. C'est clair ?

— Très clair.

— Limpide.

— Oui, commandant ! – MJ se redressa avec un geste comique.

MJ jeta un coup d'œil à ses bagages : un sac en toile de taille moyenne et la mallette avec l'appareil photo et le téléobjectif. Il vérifia que son cahier bleu était à l'intérieur du sac. Bien, il ne lui manquait plus que la trousse de toilette et ce serait bon. À ce moment-là, il remarqua que quelque chose était tombé par terre, près de l'armoire. Il se pencha pour le saisir et vit que c'était une boîte de préservatifs neuve. Elle avait dû tomber d'une poche d'un de ses pantalons. Il avait oublié qu'il l'avait gardée quand il était allé à son rendez-vous avec Thérèse.

Il resta à la regarder et fit une moue. Thérèse. Même en fournissant un effort de concentration, il ne pouvait pas se rappeler son visage. Ils avaient passé une nuit folle juste avant de s'embarquer pour son safari raté. Une nuit d'alcool, de sexe et rien d'important à se rappeler le lendemain. Malgré cela, elle avait été la première femme qu'il avait rappelée durant son séjour à Nairobi, décidé à mettre fin une fois pour toutes à ces nuits insupportables d'insomnie. La première et la dernière. Il l'avait emmenée dîner dans un restaurant de luxe, mais il avait à peine eu le temps de commander le vin qu'il avait déjà regretté de l'avoir invitée. Thérèse était belle, il ne pouvait pas le nier ; belle d'une manière un peu vulgaire malgré ses tentatives pour paraître sophistiquée. Rien à voir avec Vibéka Darby. Oui, la comparaison était odieuse, mais il n'avait pas pu s'en empêcher.

La propriétaire de Kilima House ne semblait pas attacher la moindre importance à son apparence, mais même ses moindres gestes révélaient qu'elle était une femme de classe. La conversation de Thérèse n'était pas non plus particulièrement excitante. En fait, il n'avait pas pu s'empêcher de jeter un œil discret à sa montre une demi-douzaine de fois. Thérèse avait été très surprise quand il avait refusé son invitation de monter chez elle pour prendre un verre et, malgré son insistance, MJ était resté ferme. À vrai dire, il avait eu hâte de retourner chez lui, même s'il savait bien que la seule chose qui l'attendait était de se tourner et retourner dans son lit pendant plusieurs heures. L'idée même de se coucher – et pas seulement de s'allonger –, en fait, la simple idée d'embrasser une femme autre que Vibéka Darby lui déplaisait du tout au tout.

« La mauvaise nouvelle, c'est que tu ne sembles pas avoir accru tes possibilités de l'embrasser de nouveau et, cela va de soi, coucher avec elle, n'en parlons même pas », se dit-il en se moquant de lui-même tout en rangeant la boîte de préservatifs dans un des tiroirs du bureau, et en le refermant avec une certaine brusquerie.

Ce safari était la clé. S'il voulait que Béka tombe amoureuse de lui, s'il voulait mener à bien sa vengeance, il devait profiter de ce qui serait, peut-être, sa dernière occasion de la conquérir.

« Tu y arriveras, MJ, tu as toujours réussi tout ce que tu as entrepris, tu ne vas pas échouer à présent, n'est-ce pas ? » – Déterminé, il finit de mettre sa trousse de toilette dans le sac en toile et ferma la fermeture éclair. Il saisit la poignée d'une main et celle de la mallette qui contenait son appareil photo de l'autre et sortit de la chambre.

À la lumière incertaine du lever du soleil, MJ distingua deux 4x4 garés au petit rond-point, en face de l'entrée principale. Le second était un 4x4 Toyota d'environ huit places, ouvert sur les côtés et recouvert d'un auvent en toile pour se protéger du soleil, qu'il n'avait pas vu avant.

— Waouh, vraiment cool ! – Astrid venait d'arriver avec ses bagages, elle semblait sur le point d'exploser d'excitation.

— Super ! – Peter ne pouvait pas non plus dissimuler son enthousiasme.

Hamisi et Béka mirent un carton assez volumineux à l'arrière de l'autre 4x4, qui était chargé à bloc.

— Makori, voyons si ces deux derniers sacs rentrent sur le siège arrière.

Makori prit les sacs de MJ et Astrid, comme s'ils ne pesaient rien et les plaça habilement dans un trou à peine visible.

Béka tapa des mains pour attirer l'attention des « touristes ».

— Avant de nous embarquer dans cette aventure qui peut changer notre vie – le ton dramatique qu'elle employa fit qu'Astrid commença à sauter sur place –, je veux que certaines choses soient claires dans votre esprit, parce que, une fois à bord du 4x4 – elle tapa plusieurs fois sur le capot du véhicule –, comme Shackleton et l'intrépide équipage qui l'a accompagné dans son expédition dans l'Antarctique, il n'y aura pas de retour en arrière. Dès qu'elle remarqua qu'elle avait capté l'attention de l'auditoire, elle poursuivit avec un sourire malin et les yeux fixés sur MJ :

— Si quelqu'un rêvait d'une demi-douzaine de porteurs, de champagne dans un seau à glace et ce que certains appellent le *pack Mémoires de l'Afrique* au complet, il peut carrément oublier. – MJ ouvrit la bouche pour protester, mais elle ne le laissa pas parler. Le montage du camp sera à la charge de ceux ici présents avec pour seule aide nos machettes. Nous arrangerons une rudimentaire douche portative et, notre seule concession au luxe sera une toilette chimique que, bien sûr, nous partagerons et dont le nettoyage et l'entretien seront de la responsabilité de chacun des membres de cette expédition. Il se peut qu'à un moment nous soyons obligés de chasser pour notre propre nourriture, même si nous devions l'arracher à *simba* lui-même. – Astrid et Peter échangèrent un regard plein d'excitation. Donc, je veux que vous sachiez que tout le monde devra se serrer les coudes. Si quelqu'un n'est pas d'accord, c'est le moment de le dire. Il restera à Kilima House pour profiter du confort inégalé de ses chambres et des délicieux ragoûts de Njeri ; les autres, nous partirons à l'aventure. Qui vient avec moi ?

— Moi !

— Moi !

Astrid et Peter levèrent la main avec enthousiasme, puis Makori et Hamisi les imitèrent, très souriants. Les yeux violets avaient un éclat de défi quand ils se posèrent sur MJ.

— Moi.

Finalement, lui aussi leva la main. Il remarqua que Béka essayait de deviner ce qu'il pensait, mais il garda son expression impénétrable et il la vit hausser les épaules d'un geste imperceptible.

— Tous à bord !

— *Safari nejema!*

Njeri, debout à l'entrée de Kilima House, leur souhaita bon voyage sans cesser d'agiter la main.

C'était donc ce que cette petite sorcière avait à l'esprit en lui lançant ce sourire machiavélique, quand elle avait finalement accepté de l'emmener en safari, se dit MJ en se laissant tomber près d'elle sur le siège du passager. Peter, Astrid et Hamisi étaient à l'arrière et Makori les suivait dans l'autre tout-terrain. Il était sûr qu'elle pensait qu'il était un avocat véreux incapable de sortir de la jungle urbaine, n'est-ce pas ? Il serra les mâchoires. Eh bien, elle allait avoir une bonne surprise ; il lui montrerait que Matt Jarrett était capable de s'adapter à n'importe quelles circonstances et situations.

La voix de Béka l'arracha à ses intrigues mentales.

— Que penses-tu du 4x4 ? demanda-t-elle en donnant des petites tapes sur le volant. Mon père l'a acheté quand il a décidé de se consacrer à organiser des safaris, mais cela faisait bien longtemps qu'il était dans le hangar, recouvert de poussière.

— J'aime bien, même s'il ne semble pas trop sécurisé, et si une bête féroce lui rentre dedans ?

— Y aurait-il de la peur, hein ? demanda-t-elle en raillant.

— De la peur ? Qui aurait peur en étant à côté de la grande Vibéka Darby, la mondialement célèbre chasseuse blanche ?

— Épargne-moi tes sarcasmes. En effet, à côté de Vibéka Darby, tu n'as rien à craindre.

— Idem pour toi qui n'as rien à craindre à mon côté, dit-il, piqué.

— Tu sais, Matt Jarrett ? Il se peut que tu sois un homme redoutable devant un tribunal, mais au milieu de la savane, tu serais aussi désemparé qu'un bébé, répliqua-t-elle en continuant à mettre son doigt dans la plaie avec cruauté.

— Allons, MJ, reconnais-le, intervint Astrid qui, comme d'habitude, ne perdait pas une occasion pour s'immiscer dans les conversations des autres, tu ne sais même pas comment tirer, tu ne sais pas où est le nord ou le sud, tu ne fais pas la différence entre la trace d'une hyène et celle d'un rhinocéros…

— Si, un de ces jours, tu retrouves ta nièce dévorée par une ou plusieurs de ces hyènes, n'aie pas le moindre doute que c'est moi qui les ai invitées à dîner, dit MJ comme s'il parlait du temps, ce qui fit que tous éclatèrent de rire, excepté Astrid.

— Nous allons faire une pause technique avant de nous mettre définitivement en route.

La pause technique consista à récupérer Jike et à la monter à bord.

— Sérieux ? Nous allons rouler avec une lionne durant tout le safari ? protesta MJ.

— Je n'aime pas la laisser seule longtemps, comme ça, nous pourrons la nourrir. Par ailleurs, sa présence fera fuir les autres prédateurs.

— Hé, toi ! – MJ se tourna pour regarder d'un air menaçant la lionne, qui s'était assise derrière lui.

— Qu'est-ce qui se passe ?

— Elle m'a léché !

— Elle est très affectueuse. – La conductrice, tout sourire, se tourna quelques secondes pour la regarder. Jolie Jike.

— Jolie Jike ? Tu es sourde ? Je t'ai dit qu'elle m'a léché le cou.

— Et qu'y a-t-il de mal ? Ça veut dire que tu lui plais.

— Je ne veux pas lui plaire, je ne veux pas sentir son haleine fétide sur ma nuque, je ne veux pas…

Heureusement, ils étaient arrivés là où commençait la savane proprement dite, et la voix de Peter arrêta immédiatement ce qui promettait être une longue tirade de choses que MJ ne voulait pas.

— Regardez, des impalas ! montra-t-il, tout excité, sur sa droite.

— Et des gnous, des zèbres et des gazelles… et ces animaux gris avec de longues cornes pointues ! – Astrid n'en pouvait plus.

— Ce sont des Oryx, intervint Béka, et les petites à la raie noire sur le côté, ce sont des gazelles de Thomson.

— Et ces bêtes bizarres, là-bas ? Couleur orange à cornes courtes, demanda MJ, qui s'était barricadé derrière son appareil et n'arrêtait pas de photographier.

— Ce sont des antilopes Topi.

Il y avait tant d'animaux différents qu'arriva un moment où il était difficile de savoir où regarder.

À ce moment-là, le talkie-walkie qui était suspendu à un crochet sur le tableau de bord émit un bruit statique, suivi de quelques phrases entrecoupées en swahili. Aussitôt, Béka sortit un bras par la fenêtre et indiqua à Makori qu'elle changeait de trajet.

— Makori nous attendra au point de rendez-vous.

Le détour était plein de bosses, mais Béka ne ralentit pas en suivant d'autres 4x4, similaires au sien, remplis de touristes avec des lunettes de soleil et des chapeaux de safari.

— Que se passe-t-il ? – Peter s'agrippa fortement pour ne pas s'envoler.

— Un des guides a repéré un léopard. Ils sont difficiles à voir, c'est pour cela qu'on y va tous.

— Yaouh ! cria Astrid en agrippant plus fort la barre latérale. J'ai vu un lion, des éléphants, un buffle… Parmi les cinq grands animaux, il me manque seulement le léopard et le rhinocéros.

— Avis aux navigateurs : je ne mettrai pas fin au safari tant je n'aurai pas une photo de chacun d'eux. – MJ avait été contraint de lâcher son appareil, à cause des cahots.

— Ne t'en fais pas, tu les auras. Makori est un traqueur de premier ordre et je ne le fais pas mal non plus, dit-elle sans trace de modestie, les yeux rivés sur le sentier à peine visible parmi les hautes herbes desséchées.

Au moins, il avait obtenu son premier trophée, se dit MJ quelques minutes plus tard, en passant dans le viseur de l'appareil les photos du léopard qui, malgré l'agitation qui s'était formée au pied de l'arbre – surtout quand certains touristes s'étaient aperçus de la présence de l'énorme lionne assise sur l'un des sièges du tout-terrain, comme un passager de plus –, dormait paisiblement, installé sur une grosse branche.

— Satisfait ?

— Dignes du National Geographic, répondit-il sans la moindre modestie, arrachant un sourire des lèvres sensuelles de la conductrice.

— Il ne t'en reste plus que quatre.

« Et le trophée le plus important : toi », se dit-il en lui-même ; il n'était pas prêt à perdre de vue une seule seconde le véritable objectif de ce safari.

— Tu l'as dit.

— Alors, en route ! Nous devons aider Makori à monter le camp.

Une demi-heure plus tard, ils aidaient tous à décharger le vieux Land Rover.

— Ces boîtes, ici. Nous monterons les tentes en demi-cercle, laissez-les là. – Béka dirigeait les opérations comme un général de division, alors que, contrairement à ce dernier, elle aussi donnait un coup de pouce parmi les plus actifs.

— Pourquoi ne nous installons-nous pas plus près de cet arbre ? suggéra MJ. Comme ça, nous aurons de l'ombre toute la journée.

— Les arbres sont dangereux. Un félin pourrait y grimper et se glisser dans le camp. Prends. – Elle lui tendit une énorme machette et MJ la prit sans savoir très que faire de ce truc qui avait l'air d'être très tranchant.

— Tu vois ces arbres ? Ce sont des épines d'acacia ? Coupe assez de branches pour construire une barrière autour du camp.

À en juger par le regard qu'elle échangea avec Makori, et qu'il intercepta et interpréta avec précision, Mlle Darby venait de le charger d'un des travaux les plus pénibles. MJ serra les mâchoires et se dirigea là où elle lui avait indiqué ; cette femme ignorait de quel bois était fait Matt Jarrett.

Il ne porta pas plus d'une demi-douzaine de coups de machette quand il comprit à quel point la tâche qu'elle lui avait assignée était pénible. Le soleil commençait à taper et, un quart d'heure plus tard, il avait obtenu un bon nombre de branches, mais aussi pas mal d'ampoules sur les paumes, de nombreuses blessures pleines de sang causées par ces épines pointues qui atteignaient jusqu'à quatre centimètres, et sa chemise était trempée de sueur. Cependant, il était conscient que Béka et Makori attendaient qu'il se rende, si bien qu'il serra les mâchoires un peu plus et continua la tâche, ignorant les regards qu'ils lui lançaient de temps en temps. Quelques minutes plus tard, Makori s'approcha avec une autre machette et à eux deux, ils finirent d'entourer le camp avec un *boma*, sorte d'enclos ou mur presque impénétrable de branches épineuses.

— Je vois que tu es presque aussi têtu que Béka, dit Makori en souriant, en même temps qu'il terminait de poser la porte rudimentaire qui fermait la clôture. Bon travail, à présent il vaudrait mieux que tu ailles te faire soigner avant que tes blessures ne s'infectent.

Soulagé d'en avoir enfin terminé, MJ suivit son conseil et s'approcha de Béka qui, à ce moment-là, achevait de monter une autre des tentes avec l'aide de Peter et d'Astrid.

— Je viens pour que tu me soignes. – Il tendit ses mains avec les paumes en l'air.

Béka observa les paumes blessées et se mordit fortement la lèvre inférieure avant de se tourner vers les enfants.

— Vous deux, continuez.

Elle lui fit signe de la suivre jusqu'au 4x4 et lui dit de s'asseoir sur le siège du conducteur pendant qu'elle fouillait dans la boîte à gants et sortait une boîte métallique avec une croix rouge décolorée. Elle contourna de nouveau le véhicule, se mit devant lui et examina les paumes ensanglantées.

— Tu aurais dû arrêter bien avant, dit-elle pendant qu'elle trempait une compresse dans une solution désinfectante et la lui appliquait soigneusement sur les blessures ; on voyait bien qu'elle n'avait pas la conscience tranquille.

MJ lui lança un regard paresseux entre ses paupières entrouvertes.

— J'imagine que c'est ce que tu attendais d'un avocat véreux de ville, non ?

— Je… non… Tu es impossible ! – Elle appuya plus fort que nécessaire.

— Aïe.

— Tu le mérites, espèce de têtu. – Malgré ses mots, elle continua à le soigner plus doucement.

— Lui dit l'hôpital qui se moque de la charité… répondit-il en raillant.

Sa réponse lui arracha un sourire contrit.

— Je suis désolée. Tu as raison, je pensais que tu te rendrais dès le départ et regarde maintenant comment sont tes mains. Je promets que désormais, j'essaierai de ne plus te jouer de sales tours.

— Non ? Allez, je commençais à m'habituer à tes lourdes blagues.

Béka fronça les sourcils.

— Je viens de te dire que je suis désolée ! Tu veux quoi ? Que je rampe à tes pieds ?

MJ leva les sourcils, comme s'il était en train de considérer cette option.

— Hum, l'idée ne me déplaît pas…

Il la vit serrer les lèvres comme si elle essayait de contenir un sourire.

— Considère-moi comme ton nouveau tapis. – Elle termina de désinfecter les blessures et regarda ses mains. Il vaudrait mieux que je te les bande.

— Tu crois vraiment ?

— Tu seras plus à l'aise, et puis je vais te laisser les doigts libres pour que ça ne te gêne pas.

— C'est bon, dit-il dans un profond soupir, même si, au fond, il était enchanté de la voir s'occuper de lui. C'était une sensation… une sensation… Bref, c'était un avant-goût de tout ce qui était agréable à venir, il était sûr de ça.

— C'est mieux comme ça ?

Souriante, elle leva ses extraordinaires yeux violets vers lui et MJ en oublia d'un coup tous ses plans. La seule chose à laquelle il pouvait pensait, c'était à quel point il aurait aimé l'embrasser à nouveau. Cette fois, il le ferait lentement, très lentement. Il parcourrait avec la pointe de sa langue le contour de ces délicieuses lèvres jusqu'à les apprendre par cœur et il lécherait consciencieusement le triangle parfait que formaient les trois grains de beauté juste au-dessus de la pommette avant de…

— Hep ! J'appelle Matt Jarrett. Il y a quelqu'un ici ?

Il revint d'un coup à la réalité. Béka le regardait, l'air moqueur.

— Excuse-moi. Tu as dit quelque chose ?

— Je voulais seulement savoir si ça va mieux.

— Oui, bien sûr, beaucoup… beaucoup mieux.

Elle lui lâcha la main et se redressa instantanément.

— Bien, alors continuons le montage du camp.

MJ serra les mâchoires, mais cette fois pour ne pas proférer la protestation qui montait à ses lèvres. Il regarda ses mains et, avec un profond soupir – cette fois-ci non simulé –, se leva à son tour pour aider Peter qui, à ce moment-là, se battait avec acharnement contre les cordes et les pieux d'une des tentes vétustes. Ils firent seulement une courte pause pour manger les sandwiches que Njeri avait préparés, et quelques heures plus tard, ils avaient fini de monter le camp.

MJ regarda autour de lui, l'air satisfait. Peut-être que ce n'était pas un de ces camps les plus glamours qu'il avait vus dans les brochures des agences quand il avait préparé son premier safari. Les tentes de Béka étaient très vieilles avec quelques reprises, mais elles étaient spacieuses et on pouvait tenir debout à l'intérieur. Il n'y avait pas de lits, mais les lits de camp offraient une protection contre les visites inopportunes des reptiliens, ainsi que des insectes, grâce aux moustiquaires placées sur chacun d'eux. Les légers sacs de couchage invitaient au repos.

Il aurait cent fois mieux préféré partager sa tente avec Mlle Darby qu'avec son neveu, mais, malheureusement, on ne lui avait pas laissé le choix. Une fois les trois tentes montées, Béka avait annoncé que Makori dormirait à la belle étoile, comme il le faisait toujours, Astrid et Hamisi partageraient une des tentes, Peter et lui l'autre, et la plus petite serait seulement pour elle. MJ avait ouvert la bouche pour protester – après tout, il était le « païen » de cette expédition, – mais avant de pouvoir dire un seul mot, elle l'avait regardé sévèrement avec le menton volontaire des Darby relevé de quelques centimètres, si bien qu'il s'était vu obligé de la boucler de nouveau, conscient que, quoi qu'il dise, la petite tortionnaire n'était pas prête à céder d'un pouce.

— Cela va sur ce crochet. – Astrid entra dans la tente et lui tendit une lampe à huile qui aurait pu avoir appartenu à un explorateur du siècle passé. MJ l'accrocha au crochet du plafond et regarda autour de lui avec la sensation du travail bien fait.

— On dirait que tout est bon, non ?

— Je crois que oui. Ça ne te paraît pas dingue de penser que nous allons dormir au milieu de la savane, entourés de fauves sanguinaires, de serpents venimeux, de scorpions… ?

— Épargne-moi le rester de l'arche de Noé, la coupa-t-il sèchement. J'aimerais pouvoir fermer l'œil cette nuit.

Astrid se mit à rire.

— Bah, avec Makori, tante Béka, Jike et ce mur d'épines autour du camp, nous sommes en sécurité.

— Bien sûr, j'espère que mon sacrifice – il leva ses mains bandées – aura servi à quelque chose.

— Astrid, Matt, on va faire un tour !

— Je viens ! – Astrid sortit à toute vitesse en entendant sa tante.

MJ fit de même un peu plus calmement. Il prit son appareil photo qu'il avait laissé sur l'un des lits de camp et, en sortant, il vit que Béka se disputait avec Hamisi, ce qui ne le surprit pas ; il avait déjà remarqué que ces deux-là ne s'entendaient pas trop bien.

— Vraiment, tu n'as pas besoin de rester pour préparer le dîner, nous pouvons t'aider au retour.

— Tu as dit que je pouvais venir en qualité de responsable de la cuisine, aussi laisse-moi décider ce que je considère comme nécessaire, répliqua-t-elle avec obstination.

— Ne t'en fais pas, Béka, je vais rester avec elle ; je sais qu'elle ne se sent pas encore à l'aise avec Jike tout près. – La nièce de Njeri regarda Makori, étonnée, parce qu'elle n'avait rien dit à ce sujet. Cependant, les autres n'étaient pas étonnés du commentaire ; ils avaient remarqué qu'à chaque fois que la lionne s'approchait, Hamisi restait immobile et retenait son souffle. Je vais l'aider à allumer le feu et à tout préparer.

Hamisi secoua immédiatement la tête.

— Ce n'est pas nécessaire, vraiment…

— Tu ne vas pas rester seule dans le camp.

Tous ceux qui connaissaient Makori savaient que, quand il parlait sur ce ton, calme et ferme, la discussion était terminée.

Béka rejeta sa tresse en arrière d'un geste déterminé.

— Très bien. Allons-y, mais après, ne va pas pleurnicher en nous disant que nous te traitons comme une bonniche.

— Tu es une menteuse ! Je ne vais pas pleurn… !

— Hamisi, laquelle de ces caisses veux-tu que je t'amène ? – Makori mit fin à la discussion avec l'art d'un diplomate de carrière.

Quelques minutes plus tard, le vieux 4x4 sillonnait les routes accidentées de Masaï Mara avec ses membres d'équipage intrépides à bord.

16

Durant cette sortie, MJ obtint son deuxième trophée : il réussit à photographier le roi de la jungle juste au moment où ce dernier et ses consorts profitaient d'un festin aux dépens d'une malheureuse gazelle.

— Je ne sais pas si je ne devrais pas abandonner la profession d'avocat et me consacrer à ça ; je pourrais gagner le *Pulitzer* cette année, affirma-t-il en repassant les images sanglantes dans le viseur, l'air satisfait.

— Je crois que tu veux plutôt dire le *Wildlife Photographer of the Year*, intervint Peter, également passionné par la photographie, bien que l'appareil photo du portable ne pût prétendre aux prouesses créatives de son oncle.

— Je suis sûr que je pourrais gagner les deux.

Astrid et sa tante soupirèrent bruyamment.

— De toute évidence, la modestie ne t'étouffe pas.

— Estimée Mademoiselle Darby, rendons à César ce qui est à César. Où m'emmènes-tu maintenant pour que je puisse continuer à me distinguer ?

Béka serra les lèvres pour retenir un sourire.

— Allons voir le Mara. C'est l'époque de la Grande Migration où plus de deux millions d'herbivores traversent cette frontière naturelle entre la Tanzanie et le Kenya en quête de survie.

— C'est énorme ! applaudit Astrid, enthousiaste.

— On estime qu'environ six mille gnous meurent chaque année en essayant de traverser la rivière, poursuivit Béka, très impliquée dans son rôle de guide.

— Les pauvres !

— Le côté positif, c'est que, grâce aux apports d'azote, de phosphore et de charbon des cadavres de ces animaux, la chaîne alimentaire de nombreuses autres espèces qui vivent dans la rivière est maintenue.

— Tu crois que les gnous vont se sentir réconfortés par cette pensée ? – MJ leva un sourcil, sarcastique.

Béka haussa les épaules et commença à chanter à voix haute la chanson *Le cycle de la vie* du *Roi Lion* :

— C'est l'histoire de la vie… le cycle éternel… !

— Qu'un enfant béni… ! – Peter et Astrid firent les chœurs, chantant complètement faux, absolument pas gênés.

— Assez, par pitié ! – MJ se boucha les oreilles, mais les autres continuèrent à chanter en riant, sans se soucier le moins du monde des animaux qui fuyaient sur leur passage.

Quand, la nuit venue, ils rentrèrent au camp, Peter et Astrid coururent pour raconter à Hamisi et à Makori les dernières aventures, se coupant tour à tour la parole :

— Et dès que le premier gnou a sauté dans l'eau, le reste du troupeau l'a suivi… !

— Comme dans ces bousculades dans les films de cow-boys, sauf que, au lieu de vaches, c'étaient des gnous… ! précisa Astrid.

— Les sauts qu'ils faisaient étaient incroyables… ! – Les yeux de Peter brillaient avec le même enthousiasme qu'il avait eu tout l'après-midi.

— Beaucoup de zèbres se sont glissés dans la file de gnous, qui devait mesurer au moins un demi-kilomètre… !

— Alors, les crocodiles ont commencé à arriver… !

— Vous ne savez pas la peur qu'ils provoquaient en attendant ici, sinistres, leurs victimes… !

— Et un pauvre zèbre… !

— Ils l'ont attaquée à deux ! C'était horrible !

— Oui, on pouvait voir les dents du zèbre, qui luttait désespérément, mais d'où nous étions, nous n'entendions pas ses cris… !

— On voyait du sang et l'eau, c'était comme si elle bouillait… !

— Et alors, ils l'ont entraînée vers le fond… !

— Et nous ne l'avons plus revue. – Astrid secoua la tête avec compassion.

— Je suis désolé pour ce malheureux zèbre, mais ici – MJ tapa l'appareil photo du doigt avec la même expression de satisfaction permanente qu'il avait eue durant l'expédition – est resté gravé un des plus incroyables témoignages graphiques sur la terrible cruauté de la nature dans la lutte pour la survie. J'attends vos applaudissements.

Peter fut le seul à applaudir.

— Très bien, dit Hamisi, souriante, je suis heureuse que votre expédition ait été un succès total, j'espère seulement que toutes ces émotions vous ont ouvert l'appétit.

— Ça, je crois bien. Je pourrais manger l'un de ces gnous, dit Peter.

— Moi, deux, confirma l'incorrigible Astrid.

Quelques minutes plus tard, assis autour du feu de camp, ils remarquèrent tout ce qu'Hamisi avait préparé et, même s'il n'y eut pas de champagne dans le seau, Makori sortit plusieurs bières bien fraîches du frigo relié au 4x4 et MJ l'éleva à sa propre gloire.

— Tout est absolument délicieux. – Béka se leva pour se servir d'un peu plus du contenu du pot de fer qui reposait sur des pierres chaudes près du foyer.

— Je crois que c'est la meilleure chose que j'aie jamais mangée. – Astrid tendit son assiette à sa tante pour qu'elle en rajoute et personne ne pensa qu'elle exagérait, parce que c'était la troisième ou la quatrième fois qu'elle en reprenait.

— C'est très gratifiant de sentir que ton travail est apprécié.

MJ ne se souvenait pas avoir jamais vu Hamisi aussi détendue et souriante. Il remarqua que Béka devait penser la même chose parce que ses yeux sautaient discrètement de Makori à la nièce de Njeri, comme si elle essayait de découvrir ce qui s'était passé exactement dans ce camp durant son absence. Le visage de Makori ne révélait aucune émotion, mais MJ sembla détecter une lueur spéciale dans les yeux noirs.

Le dîner fut un succès durant lequel ni les sujets de conversation, ni les rires ne manquèrent. Quand ils eurent fini le contenu du pot et une autre tournée de bière, Makori distribua de curieux tambours fixés sur un bâton, sur lesquels des morceaux de bois suspendus frappaient la peau de cuir, actionnés par le poignet. Dès que tous, après quelques tentatives ratées et de nombreux rires, eurent pris le contrôle sur le maniement de cette invention, Hamisi commença à chanter.

La voix douce et pénétrante s'éleva dans l'air nocturne, accompagnée du son hypnotique des tambours et, soudain, un profond silence se fit comme si les animaux, qui, jusqu'alors, n'avaient pas arrêté de hurler, bramer, brailler ou rugir, voulaient écouter aussi cette ballade qui, comme Béka le traduisit à MJ, parlait des Massaï, dont le nom signifiait « l'œuvre de Dieu », et comment Ngai, le dieu qui leur apportait les pluies saison après saison, les avait choisis parmi tous les peuples de la Terre.

MJ regarda autour de lui, en paix avec le monde. Il y avait quelque chose de magique dans ce petit camp, dont les murs étaient formés par une fragile barrière d'épines et dont le toit était constitué de milliers d'étoiles qui brillaient dans la voûte céleste. Pour la première fois depuis son retour au Kenya, il eut l'impression que la force vigoureuse qui battait dans ce pays courait également dans ses veines. Aussi, pour la première fois depuis bien des années, il ne se sentit pas un étranger sur sa propre terre.

— On dirait un endroit surnaturel, non ? murmura Béka comme si elle avait deviné ses pensées.

Il tourna son visage vers elle, qui était à moins d'un mètre de lui. Béka s'était appuyée contre Jike, comme si le dos de la lionne était celui d'un siège confortable. MJ regarda les traits délicats qui, à la lumière changeante du feu, étaient encore plus séduisants. Les grands yeux semblaient très sombres et liquides et, soudain, il eut le sentiment inquiétant qu'ils l'invitaient à plonger dedans jusqu'au fond.

Les applaudissements enthousiastes des enfants l'arrachèrent brusquement à cet enchantement et il se rendit compte que, comme attiré par un aimant, son corps s'était peu à peu penché vers elle. Aussi, il se redressa brusquement et détourna immédiatement le regard.

— Oui, c'est magique. – Sa voix se brisa, rauque et coupante.

Il n'osait pas la regarder. Il ne voulait pas qu'elle devine… qu'elle devine… Que diable était-ce ce qu'elle allait deviner ? MJ secoua la tête brusquement et, pour cacher son émoi, il se joignit aux applaudissements des autres. Cependant, il pouvait presque sentir le regard perplexe de Béka posé sur lui.

Puis les chansons devinrent plus animées et, bien sûr, il y eut plusieurs rondes de sauts autour du bûcher dans le plus pur style massaï où, entre rires et cris, aussi bien les femmes que les hommes se laissèrent entraîner par la joie de se sentir vivants, libres et heureux sous le manteau protecteur du ciel africain immaculé.

Beaucoup plus tard, ils allèrent se coucher. Peter s'endormit quasiment au moment où il posa sa tête sur l'oreiller. MJ sortit son cahier et un stylo et, à la lumière de la lampe à huile, écrivit sans s'arrêter durant près d'une heure. Satisfait, il rangea le tout dans son sac, éteignit la lampe et, s'aidant de la lampe de son téléphone portable, il se glissa dans son sac de couchage, ayant bien pris soin d'étendre la moustiquaire de façon à recouvrir le mieux possible son lit de camp. Cependant, malgré sa sensation de fatigue de ce jour rempli d'intenses émotions, il eut du mal à s'endormir et, quand il y parvint enfin, ses rêves furent habités par la présence d'un regard sombre et mystérieux qui, avec la douceur d'un serpent, glissait lentement, s'enroulant autour de son corps, tandis qu'il lui arrachait des gémissements de pur désir.

Malgré la nuit si agitée autour du feu de camp, comme d'habitude, Béka ouvrit les yeux dès l'apparition du premier rayon du soleil. Somnolente, elle s'étira lentement, détendit ses jambes sur le sol, secoua les bottes qu'elle avait laissées au pied du lit de camp et y enfonça ses pieds nus, sans prendre la peine d'attacher les lacets. Puis elle enfila le peignoir à fleurs qui pendait à l'un des crochets, prit sa trousse de toilette et, tout en bâillant, se dirigea vers l'endroit, légèrement à l'écart des tentes, où ils avaient installé la douche portable. L'air était imprégné de l'intense parfum des *leleshwas* et des milliers d'herbivores qui pullulaient déjà dans la savane à la lumière rosée de l'aube. Le rugissement amical de Jike lui dit bonjour.

— Bonjour, beauté. – Elle se pencha pour la gratter derrière les oreilles avant de repartir.

Les notes connues de *I want to break free*, fredonnées avec une voix de basse très juste, lui firent savoir que quelqu'un l'avait devancé.

— Eh bien, je ne savais pas que tu étais si matinal.

Le chant s'interrompit immédiatement et MJ tourna la tête pleine de shampoing pour la regarder.

— Dieu aide l'avocat qui se lève tôt.

L'armature métallique recouverte sur les côtés par une toile imperméable laissait seulement dépasser la tête et les épaules et une paire de mollets musclés. Béka constata que ces mollets étaient recouverts d'un fin duvet de poils sombres, qui avaient l'air d'être très doux au toucher, avant de se rappeler à l'ordre et d'obliger son regard à se concentrer sur le visage masculin. Les yeux gris, à leur tour, la parcouraient de haut en bas sans la moindre discrétion, et remarquant la chaleur de ce regard, elle dut réprimer le désir d'ajuster un peu plus la ceinture de sa robe de chambre.

— Tu n'as pas apporté tes tongs ?

— Hier soir et ce matin, j'avais trop sommeil pour me mettre à les chercher.

— Moi aussi, j'ai trop veillé hier soir, personne ne m'avait parlé de la vie nocturne animée des safaris.

Béka leva les sourcils plusieurs fois d'un geste coquin.

— C'est le secret le mieux gardé de tout guide de safari digne de ce nom.

Les dents blanches brillèrent sur le visage bronzé, et l'estomac de Béka fit un bruit bizarre.

— Je me rince les cheveux et je sors. Ne t'en fais pas, je n'ai pas gaspillé une goutte d'eau.

La veille, Béka leur avait parlé de l'opportunité d'économiser les ressources quand on se trouvait au milieu de la savane, loin de toute trace de civilisation.

— Bon garçon, dit-elle d'un ton provocateur, mais MJ, qui venait de tourner la petite clé en plastique, s'était rincé les cheveux, les yeux fermés, complètement étranger en apparence à sa présence.

Béka, en revanche, ne pouvait pas dire qu'elle était étrangère à la présence de l'homme qui, à ce moment-là, prenait une douche à l'air libre avec la même expression de plaisir que s'il se trouvait dans la salle de bains de la suite de luxe d'un hôtel cinq étoiles. Tout au contraire. Elle ne pouvait détacher les yeux de ces bras musclés et des grandes mains, aux longs doigts, qui frottaient les cheveux noirs. Pendant quelques secondes, elle imagina ces mêmes mains parcourant son corps avec le même mélange de force et de délicatesse et, soudain, elle remarqua qu'elle manquait d'air. À ce moment-là, MJ ouvrit les paupières et la surprit en train de le regarder. Les yeux gris se plantèrent sur son visage comme s'il pouvait lire dans ses pensées et Béka ne put s'empêcher de rougir.

— Tu… tu en as encore pour longtemps ? – Elle maudit cette voix peu ferme qui émanait d'elle.

— Je suis là. – MJ tourna la petite clé pour arrêter le jet et, d'un rapide mouvement de tête, écarta ses cheveux mouillés de son visage, l'aspergeant au passage avec une pluie de fines gouttelettes d'eau.

— Excuse-moi. – Le séduisant visage avait une expression malicieuse.

— *Hakuna matata.*

Béka fournit un effort pour retrouver son calme tandis qu'elle se rappelait intérieurement que cet attractif conglomérat de muscles et de peau brune, qui semblait s'être échappé d'une publicité de parfums fabriqués à partir de citrons des Caraïbes, n'était autre que l'être maléfique qui prétendait lui arracher sa chère Kilima House.

MJ prit la serviette suspendue au-dessus de la douche et, en quelques secondes, l'enroula autour des hanches et sortit.

— À votre tour, mademoiselle Darby. – Il lui fit une révérence moqueuse et, une fois de plus, Béka eut du mal à contrôler la direction de son regard, qui avait une fâcheuse tendance à se fixer sur ce poitrail musclé recouvert d'une couche de ces mêmes poils sombres découverts sur les mollets, et qui descendaient en une ligne droite suggestive jusqu'à se perdre en dessous du bord de la serviette. De nouveau cette expression malicieuse, et de nouveau aussi, l'incapacité de Béka à contenir la rougeur qui lui monta aux joues. MJ passa très près d'elle, effleurant délibérément le tissu de la robe de chambre de son bras humide avant de s'éloigner en direction de sa tente.

Sans se retourner, Béka inspira profondément et, quand elle considéra qu'elle avait récupéré un rythme cardiaque normal, elle entra dans la douche qu'il venait de quitter.

17

Hamisi prépara une montagne de sandwiches et chacun prit sa part et une bonne quantité d'eau dans un petit sac à dos, excepté Makori, qui mit tout dans son inséparable sacoche en cuir. Ils laissèrent le tout-terrain dans un endroit que son ami et elle connaissaient bien et, de là, ils poursuivirent le safari à pied en suivant les traces de différents animaux. Ce n'était pas quelque chose d'habituel, mais aussi bien Makori qu'elle-même faisaient partie de ces guides professionnels les plus expérimentés de la réserve.

Ils suivirent d'abord la trace fraîche de *tembo*, l'éléphant. C'était un mâle adulte et solitaire, si bien qu'un peu plus de précaution fut nécessaire pour s'approcher de lui sans qu'il les détecte ; il faut savoir que plus de cinq cents personnes mouraient chaque année par des attaques d'éléphants.

Finalement, ils l'avaient repéré près d'un petit étang où poussait une végétation abondante. Il n'avait pas été nécessaire à Béka ni à Makori de leur signaler de garder le silence. Tous avaient suivi leurs indications sans faire le moindre bruit, jusqu'à ce qu'ils soient bien cachés derrière des buissons, à une centaine de mètres de l'animal. Ils s'étaient placés contre le vent, aussi le gigantesque mâle ne pouvait pas les sentir, mais les éléphants ont le sens de l'ouïe très développé et toute précaution est la moindre des choses.

— Voici un autre des *Big Five* et je t'assure que celui-ci est énorme. À présent, c'est ton tour, Monsieur le photographe, avait-elle murmuré à l'oreille de MJ, qui ne se fit pas prier.

Sans hésiter, il s'allongea sur le sol de tout son long et, prenant grand soin de ne pas être trahi par le craquement d'une branche, il fit un vide entre les feuilles du buisson afin qu'il n'y ait aucun obstacle devant le téléobjectif.

En effet, le mâle était immense, un grand parmi les grands. Les défenses jaunâtres devaient approcher les trois mètres et demi de longueur. Sans faire le moindre bruit, MJ pressa le déclencheur une demi-douzaine de fois, ajusta le diaphragme et répéta l'opération jusqu'à se sentir satisfait. Puis il se tourna vers elle, qui était allongée près de lui et leva le pouce. L'éclat excité des yeux gris était quasiment irrésistible et, une fois de plus, l'estomac de Béka émit une de ces choses bizarres qu'elle ressentait quand cet homme était à proximité. Ils attendirent sans bouger jusqu'à ce que l'éléphant soit hors de vue, et alors tous commencèrent à commenter la scène en même temps :

— Trop bien ! – Peter secoua la tête, émerveillé. Je n'aurais jamais pensé être si près de l'un d'eux.

— Tu as vu la taille de la bouse ? dit Astrid alors qu'elle enfonçait un bâton dans les excréments fumants qui commençaient à se remplir de mouches.

— Je vous le dis sérieusement, je vais gagner le gros lot avec ces photos. Ou deux, intervint alors MJ, qui n'avait pas cessé de repasser les images, sans prêter la moindre attention à leurs commentaires.

— Je reconnais que j'ai eu un peu peur, dit Hamisi en souriant, un peu honteuse. Et elle s'éloigna rapidement de Makori.

La façon dont elle s'était accrochée au bras de son ami lorsqu'elle avait découvert l'énorme éléphant si près d'elle n'avait pas échappé à Béka. Les yeux de Makori croisèrent les siens, mais, pour une fois, Béka fut incapable de deviner les pensées qui défilaient dans sa tête à ce moment-là. Il détourna le regard presque sur-le-champ, avant de frapper le sol avec sa lance plusieurs fois et de dire avec une voix grave :

— Prêts pour la chasse au phacochère ?

— Oui ! – Peter et Astrid agitèrent les leurs en l'air.

— J'imagine que tu sais le préparer et le cuire, n'est-ce pas, Hamisi ? – Béka lui lança un regard malicieux.

— Eh bien… – La nièce de Njeri semblait un peu effrayée.

Béka afficha une expression bienveillante ; elle était convaincue que Hamisi s'était livrée à toutes sortes de jeux pour torturer son ami et elle avait envie de la torturer un peu à son tour.

— Ne t'en fais pas, je t'aiderai. C'est un peu gênant tout ce sang et, surtout, la puanteur qui s'en dégage. De plus, si le couteau n'est pas bien aiguisé, les mains se prennent d'énormes ampoules des plus douloureuses. – Hamisi semblait plus horrifiée que jamais après chaque seconde qui passait – et… ! Hélas.

Une forte traction de la tresse fit qu'elle se tut immédiatement. Elle se tourna vers Makori avec un air de reproche, mais ce dernier n'en tint absolument pas compte.

— Ne t'en fais pas, Hamisi, nous n'allons pas le tuer. On va juste le poursuivre jusqu'à son repaire et après, nous mangerons les sandwiches que tu as préparés.

Tous rirent en voyant l'expression de soulagement qui se dessina sur le beau visage sombre.

Makori trouva aussitôt la trace d'un troupeau dans une zone de termitières, territoire habituel du phacochère. Il se pencha et étudia les empreintes avec attention.

— Celles-ci – Il montra un mélange d'empreintes, que la majorité de ceux qui se penchaient dessus, en les examinant avec attention, auraient mis un million d'années avant de savoir les interpréter. Ce sont celles d'une femelle et de ses petits. Celles-là – elles étaient un peu plus grandes et s'éloignaient des autres – sont celles de notre cible. Un jeune mâle d'environ soixante-dix kilos.

Peter et Astrid acquiescèrent, très concentrés, pendant que MJ photographiait une termitière de terre rougeâtre de plus d'un mètre et demi de haut.

— Suivez-moi sans faire de bruit. Dès que nous le verrons, nous courrons derrière lui et le suivrons jusqu'à son repaire. Compris ?

— Compris, dirent-ils tous.

— Hamisi et moi, en attendant, nous emporterons vos sacs à dos à l'endroit où on a laissé le 4x4 et nous préparerons le repas.

MJ prit un air étonné.

— Tu ne viens pas ?

Béka haussa les épaules.

— Je n'éprouve pas spécialement de sympathie pour les phacochères. Une fois, j'ai vu comment l'un d'eux déchirait la cuisse d'un ami de Makori avec une de ses défenses. Le pauvre type a failli se vider de son sang, aussi, faites attention. Ne le harcelez pas trop.

Les membres de la partie de chasse hochèrent la tête très sérieusement et s'éloignèrent en essayant de se maintenir à la hauteur des longues enjambées du *morani*.

Plus de deux heures plus tard, les vaillants chasseurs revinrent sains et saufs et ils les mirent au courant de leurs aventures en parlant tous à la fois, comme d'habitude.

— Dès qu'il nous a vus, le monstre est sorti en courant, la queue en l'air, comme une antenne. Il était si drôle ! dit Astrid.

— Makori l'a poursuivi à toute vitesse. Je n'ai jamais vu quelqu'un courir aussi vite ! – La voix de Peter était remplie d'admiration.

— Sans cesser de courir, il a retiré le shuka et l'a attaché autour du bras. – MJ regarda le grand *morani* avec une évidente désapprobation. Je me réjouis que les dames aient évité un tel spectacle.

— Moi aussi, je suis une dame et je l'ai vu courir à poil ! protesta Astrid.

Béka leva un sourcil, méprisante.

— Matt Jarrett, tu es un puritain. Quand je chassais avec lui et ses amis, c'était un spectacle, comme tu dis, des plus habituels ; les shukas les gênent pour courir.

— Tu as eu de la chance que courir à toute vitesse et prendre des photos ne soit pas compatible. – MJ montra Makori d'un doigt accusateur, mais le sourire blanc éblouissant ne s'effaça pas de la bouche du guerrier, qui croisa un regard amusé avec Hamisi. La bonne nouvelle, c'est que j'ai quelques photos absolument incroyables du phacochère se réfugiant dans sa tanière.

— Il s'est mis juste derrière pour ne pas perdre l'ennemi de vue ! intervint Astrid.

— Et alors, ajouta Peter à bout de souffle, alors qu'on s'y attendait le moins, il est ressorti, enveloppé dans un nuage de poussière et… !

Astrid termina la phrase pour lui.

— Et si Makori ne l'avait pas frappé à la tête avec le bois de sa lance juste à temps, tu aurais fini comme son ami.

— N'exagère pas trop non plus !

— Je n'exagère pas ! MJ, dis-lui !

— Pour une fois, Astrid a raison. – MJ ignora le regard indigné de cette personne et ajouta d'un ton sévère : Tu as pris un grand risque en t'approchant autant de la tanière, Peter. J'espère que cela ne se reproduira pas ; je n'aimerais pas devoir annoncer à ta mère que son fils est blessé, ou encore pire, à cause d'une imprudence.

Peter secoua la tête, gêné.

— Je promets que je ferai plus attention, MJ. Je suis désolé.

Cependant, quand, après un joyeux pique-nique au milieu de la savane, avec une petite table portable et des tabourets pliables qu'ils disposèrent à l'ombre d'un acacia, ils s'étaient approchés de la rivière à la recherche d'un autre des *Big Five* que MJ voulait photographier – cette fois-ci un buffle d'eau –, ce dernier ignora ses propres conseils avisés.

À l'insu de Béka et Makori – qui étaient plus attentifs à la possible réaction de l'énorme buffle qui buvait de l'eau un peu à l'écart du reste du troupeau, avec quelques oiseaux tranquillement posés sur son dos couvert de boue –, MJ pénétra dans la rivière jusqu'aux genoux à la recherche du meilleur angle pour la photo, totalement étranger à l'énorme crocodile qui, complètement immobile à peu de mètres de lui, devait décider si cet étrange animal à deux pattes serait une proie plus facile que le puissant quadrupède. Le crocodile entra dans l'eau avec une rapidité stupéfiante et, si ce n'est parce que Béka, à ce moment-là, qui avait senti les poils de sa nuque se hérisser avec une sensation familière de danger, s'était retournée pour regarder autour d'elle et avait poussé un hurlement perçant d'avertissement, la jambe de MJ – qui, heureusement, réagit avec des réflexes incroyables – se serait retrouvée prise entre les mâchoires du gigantesque reptile, dont la morsure était trois fois plus puissante que celle d'un lion.

— Que je t'y reprenne à faire quelque chose comme ça… !

Béka fit face à MJ, les mains sur les hanches ; ses yeux lançaient des éclairs. Elle était si fâchée qu'une menace suffisamment effrayante ne lui vint pas à l'esprit pour créer de la terreur dans le corps de ce, de ce… de cet idiot qui n'en avait fait qu'à sa tête !

Son interlocuteur semblait légèrement embarrassé, mais cela ne l'apaisa pas du tout. Elle avait vu sa moue de satisfaction quand il avait commencé à repasser les photos dans le viseur de son appareil. Chaque fois qu'elle pensait à…

— Je t'ai déjà dit que je suis désolé. Mon instinct de photo journaliste a pris…

— Photo journaliste. Ah ! l'interrompit-elle avec dédain. La prochaine fois, je vais prendre ce stupide appareil photo et je vais le jeter dans la rivière Mara !

— Après la tirade que tu m'as faite, tu as vraiment le nez fin. Bien sûr, MJ… – Peter claqua sa langue de façon expressive.

— Bon, vous n'avez pas besoin d'être aussi durs avec lui, n'importe qui peut commettre une erreur.

Étonnamment, Astrid prit la défense de MJ, qui la remercia de cette intervention inattendue avec un sourire hésitant.

— Une erreur. Une erreur ! Un peu plus et il se retrouvait sans cette jambe qui nous a tant coûté, à Naserian et à moi, pour la sauver. Écervelé ! Stupide abruti !

Sans plus, Béka fit demi-tour, monta dans le 4x4, démarra le moteur qui se mit en marche brusquement.

— Astrid, monte devant !

MJ, qui avait ouvert la porte du passager, prêt à s'asseoir à sa place habituelle, se vit obligé de la refermer et de monter sur l'un des sièges arrière, où il dut supporter les regards désapprobateurs de Hamisi et de Makori.

« Et voilà comment se termine une journée fantastique », se dit Béka, furieuse.

Elle passa en seconde, troisième, puis quatrième avec la même brusquerie. Avocat véreux insensé. Citadin ignorant… Dans sa tête passaient les épithètes les plus offensantes qui lui venaient à l'esprit. Ce n'était pas la première fois qu'elle était confrontée à une situation dangereuse, mais voir MJ sauter à la dernière seconde pour éviter d'être attrapé par les implacables mâchoires d'un crocodile d'environ cinq mètres de long lui avait pris au moins dix années de vie en un rien de temps.

— Bâtard inconscient… marmonna-t-elle.

— Je t'entends.

— Je me fiche que tu m'entendes, espèce… espèce de… ! – Elle trouva enfin un surnom suffisamment blessant. Espèce de gamin irresponsable !

Le « gamin irresponsable » regarda Makori, les sourcils froncés, à la recherche d'un appui masculin mais le *morani* se contenta de hausser les épaules, avec un visage de joueur de poker.

— Mieux vaut que tu ne dises rien, fit Astrid dans un murmure sonore ; elle s'était mise à genoux sur le siège pour se retourner et le regarder. Quand elle est fâchée, tante Béka n'a rien de raisonnable.

À présent, ce fut au tour de Béka de crier, menaçante :

— Je t'entends !

Les passagers du tout-terrain choisirent de garder un silence prudent et, dès qu'ils arrivèrent au campement, Béka descendit du 4x4 en claquant la porte, poussa un sifflement aigu pour appeler Jike et, sans dire un seul mot et sans tenir compte des regards déconcertés qu'échangèrent certains des membres de l'expédition, s'éloigna avec elle, trottant à ses côtés.

Elle marcha jusqu'à une petite colline où le tronc sec d'un acacia de tonne taille, abattu par la foudre il y avait bien longtemps, l'invitait à s'asseoir. Elle s'assura qu'il n'y avait aucune trace de fourmis *siafu* et se laissa tomber dessus avec un soupir. Jike s'assit à côté d'elle et appuya son énorme tête sur ses genoux, comme si elle comprenait qu'elle avait besoin de réconfort.

— Je sais que c'est stupide, murmura-t-elle sans cesser de caresser la lionne derrière les oreilles tout en contemplant le ciel qui se teintait d'un orange brillant. Au fond, j'aurais préféré que ce *mamba* l'ait avalé. Il m'aurait évité une montagne de problèmes, ça, c'est sûr.

Mais, même si elle essayait de se le cacher, elle était consciente que la terreur paralysante qu'elle avait éprouvée en voyant les effrayantes mâchoires sur le point de se refermer comme dans un piège sur une des jambes de MJ n'était pas quelque chose qu'elle avait souvent ressenti, grâce à Dieu. De toute manière, cet épisode lui avait ouvert les yeux d'un coup sur ses véritables sentiments. Cela lui était égal qu'elle se dise à elle-même que MJ était le type le plus odieux qu'elle avait croisé dans sa vie – même si elle devait reconnaître que, ces derniers temps, il s'était beaucoup amélioré de ce point de vue –, ou qu'il la soumette à un chantage permanent, comme le démontrait cet absurde safari dans lequel ils s'étaient embarqués en échange de ne pas lui enlever sa chère Kilima House, tout du moins dans les prochains mois. Elle ne pouvait pas continuer à se leurrer : Matt Jarrett la faisait craquer.

Ou la rendait dingue, pour être complètement sincère.

Elle se surprenait en train de l'espionner souvent, parcourant du regard les larges épaules sur lesquelles ses chemises en coton écru s'ajustaient au millimètre près, et elle brûlait d'envie d'emmêler ses doigts autour des doux cheveux sombres qui bouclaient à la hauteur de sa nuque. Chaque fois qu'elle le voyait sourire, cela lui provoquait un nœud dans l'estomac ou les poumons, elle ne savait pas très bien où. En revanche ce qu'elle savait, c'était qu'elle manquait d'air et qu'elle devait fournir des efforts surhumains pour détourner le regard.

— Ça m'apprendra à mener cette vie absurde de nonne cloîtrée. Si j'étais à Nairobi, en train de faire tout le temps la fête, je n'aurais pas ces problèmes. – Jike ouvrit les mâchoires dans un énorme bâillement qui laissait voir l'absence de dents et de crocs. Je vois que, toi aussi, je t'ennuie. C'est bon, je me tais. Je veux seulement que tu saches une chose : malgré ce qui semble être, je ne suis pas amoureuse ou quoi que ce soit. Bon sang ! Je devrais être une vraie idiote pour tomber amoureuse de cet homme. Cependant, l'idée de coucher avec lui me donne le vertige. Littéralement. À chaque fois que je pense à ça, je perds un peu la tête ; comme si j'étais dans une barque au milieu d'une mer quelque peu agitée. Ou sur une montagne russe ou dans une grande roue qui tourne à toute allure, ou sur une balançoire géante ou…

— On peut savoir ce que tu marmonnes ? Et peut-on savoir aussi ce que tu fais ici, toute seule ? Tu prends un risque inutile.

La voix unique de MJ la fit se tourner en sursaut. Ici se trouvait l'homme à qui elle ne pouvait arrêter de penser, plutôt ébouriffé et plus beau que jamais.

— Tu m'as fait peur ! – « Est-ce qu'il a entendu autre chose que cette stupide liste d'attractions de fête foraine ? » se demanda-t-elle en remarquant une chaleur inconfortable sur ses joues. – Et c'est vraiment drôle que ce soit toi, précisément, qui me parles de courir des risques inutiles. Pour ton information, l'odeur de Jike maintient éloigné quatre-vingt-dix-neuf pour cent des habitants de la savane. Pourquoi es-tu venu ?

— Je suis venu te chercher. Ton absence a mis fin à l'animation qui règne habituellement dans le camp ; Peter erre comme une âme en peine et Astrid…

— Vas-y, le coupa-t-elle avec une expression dédaigneuse, même si, au fond, elle était flattée de penser qu'ils s'amuseraient mieux si elle était présente.

— Je suis sérieux. Je suis venu m'excuser.

— T'excuser ? Toi ?

MJ contourna le tronc, s'assit à côté d'elle et commença à caresser distraitement la tête de la lionne, qui s'était levée en le voyant arriver et qui était venue s'appuyer à présent sur ses genoux.

— Je reconnais que ce n'est pas quelque chose que je fais souvent, si bien que j'espère que ça ne va pas être un désastre.

MJ s'éclaircit la gorge plusieurs fois pendant que Béka levait les sourcils et le regardait, dans l'expectative.

— Hum. Je suis vraiment désolé, dit-il enfin.

Quelques secondes passèrent.

— C'est tout ? demanda-t-elle, incrédule.

MJ se mit sur la défensive.

— Que veux-tu de plus ?

Béka secoua la tête, comme si elle n'en croyait pas ses oreilles.

— Qu'est-ce que je veux de plus ?! Je veux des excuses correctes. Tu m'as fait passer un sale moment. Un des pires de ma vie, pour être exacte. Si tu crois qu'avec un « je suis vraiment désolé », tout va être réglé, tu es très…

— C'est bon, d'accord ! l'interrompit-il et il serra les mâchoires fortement pendant quelques secondes. Je me suis comporté comme un véritable connard, tu préfères ?

— Même un connard n'aurait pas fait une telle imbécillité.

Les mâchoires masculines semblaient soudées. À ce rythme, calcula Béka, il allait réduire quelques molaires en bouillie.

— D'accord, j'ai compris ! – MJ souffla l'air fortement. Ce que j'ai fait est digne d'un idiot, d'un stupide, d'un insensé… – Il s'arrêta pour reprendre son souffle, mais elle, implacable, lui fit un geste de la main lui indiquant de poursuivre. – Un taré, euh… un simplet, un… un… – il lui fallut quelques secondes pour trouver un autre de ces noms avilissants. Un imbécile !

— Un authentique imbécile, souligna son interlocutrice qui paraissait un peu plus calmée.

— Le plus authentique des imbéciles. Le prince des imbéciles. Non, mieux : le roi des imbéciles !

— Très bien. Excuses acceptées, dit-elle avec une expression bienveillante. En vérité, je suis surprise par ta capacité à enfiler les synonymes.

— C'est digne de ton A.F. Aaldenberg préféré, pas vrai ? dit-il, très fier.

Béka fit un geste en l'air de la main.

— Ne t'excite pas non plus. Même en mille ans, tu n'arriverais pas à la cheville de mon cher A.F. Aaldenberg. – Ces mots chargés de dédain parurent le dégonfler complètement et MJ reprit immédiatement son sérieux.

— Alors, tu me pardonnes ? – Il lui jeta un regard contrit, capable d'attendrir le cœur d'une personne encore plus dure que lui et, bien sûr, Béka ne put résister, même si elle tenta de le dissimuler.

— Jure-le sur ce que tu veux le plus au monde… – Elle s'arrêta sans cesser de le regarder, les sourcils froncés. Qu'est-ce qu'un avocat véreux comme toi veut le plus au monde ?

— Tu m'offenses. – MJ resta également un moment à réfléchir et dit enfin avec un léger air de doute : que dirais-tu si je le jure sur mon *Code justinien* ? J'ai une édition originale de 1780.

Son interlocutrice leva les yeux au ciel.

— Pathétique ! dit-elle dans un murmure, et pourtant, à en juger par le regard indigné des yeux gris, elle l'écouta, si bien qu'elle s'empressa d'ajouter sur un ton normal : d'accord, jure-le sur ce très précieux incunable…

— C'est seulement une modeste édition originale, précisa-t-il, les incunables ont été imprimés avant 1500.

Béka croisa les bras et le regarda d'un air hostile.

— Je ne suis pas pressée. Quand tu cesseras d'être prétentieux, on poursuivra avec le serment.

MJ grogna, exaspéré.

— Désolé de t'avoir interrompue pour essayer de soulager ton ignorance, continue, s'il te plaît, dit-il sarcastique.

— Jure sur ton *Code justinien* que tu ne referas jamais plus rien de pareil, tout au moins tant que je suis responsable de toi.

— Ah, je vois. – MJ remua la tête comme s'il ne pouvait en croire ses oreilles. Seulement tant que tu es responsable. Bien sûr. C'est la seule chose qui te préoccupe ; ta responsabilité civile potentielle, n'est-ce pas ? En réalité, ça t'est égal si un crocodile me dévore ou pas.

— Mec, si je prends en compte que ce *mamba* t'avait dévoré, beaucoup de mes soucis auraient disparu… – Béka se sentit très fière de sa prétendue indifférence.

— Je vois, répéta-t-il d'un ton sec.

En le voyant si offensé, Béka retrouva d'un coup sa bonne humeur.

— C'est bon, excuses acceptées. Nous pouvons retourner au camp. Allez, Jike ! – Elle se mit en marche sans se donner la peine de l'attendre et lui demanda par-dessus son épaule : Sais-tu ce qu'il y a pour dîner ? Je suis morte de faim.

MJ leva les yeux au ciel. Il faisait presque nuit, aussi se hâta-t-il de la rejoindre et, ensemble, ils retournèrent au camp sans cesser de discuter.

18

Bien. Elle semblait lui avoir enfin pardonné. MJ ressentait un curieux soulagement. Le reste des membres du safari les attendaient, assis autour du feu que Makori avait allumé, et les plus jeunes de l'expédition les reçurent avec des « vivats » et des applaudissements.

La bonne ambiance avait été rétablie et Hamisi commença à distribuer le populaire *nyama choma*, viande de chèvre cuisinée sur un gril installé au-dessus du feu, assaisonnée avec un peu de curry, d'ail, de paprika et de jus de citron.

— Hé, Hamisi, tu cuisines presque aussi bien que Njeri, la félicita Astrid, la bouche pleine.

— Je confirme, dit Makori de sa voix profonde et, même s'il était impossible de le savoir, MJ eut la sensation que la susmentionnée avait rougi.

Il regarda Béka, qui était assise entre Makori et lui, et qui avait aussi les yeux fixés sur la cuisinière talentueuse ; il était évident qu'elle aussi n'avait pas échappé au trouble de Hamisi. Peter et Astrid étaient en face et, comme d'habitude, ils mangeaient comme si c'était le dernier repas qu'ils allaient faire d'ici longtemps. À quelques mètres du foyer, la lionne s'occupait à lécher un os énorme que son neveu avait trouvé à quelques kilomètres et qu'il avait rapporté. L'air sentait le barbecue et l'herbe fraîche, et pendant qu'il savourait un morceau de viande juteuse, MJ remarqua une fois de plus cette curieuse sensation d'appartenance qui commençait à lui être familière.

— Je vous propose un jeu ! – La voix d'Astrid l'arracha à sa rêverie. Quand j'allais camper avec le collège, la nuit, nous racontions toujours des histoires autour du feu. C'est super amusant.

— Quel genre d'histoires ? demanda Peter avec intérêt.

Astrid haussa les épaules.

— De terreur, drôles… ce qui vous passe par la tête. Elles peuvent être vraies ou inventées, mais les autres doivent deviner si c'est vrai ou faux.

Peter applaudit avec enthousiasme.

— Oui, jouons-y. Qui commence ?

— Je vais commencer.

Makori qui, comme la plupart des membres de sa tribu, appréciait énormément une histoire bien racontée, se racla la gorge plusieurs fois avant de se lancer à raconter une anecdote amusante sur la première fois où ses amis et lui avaient essayé de chasser une antilope, qui provoqua d'énormes éclats de rire, surtout durant les moments les plus cruciaux de la chasse.

— Verdict ? demanda MJ sur le ton d'un juge assez grincheux qu'il avait souvent rencontré.

— Vrai !

Le verdict fut presque unanime, excepté pour la précision de Béka :

— Vrai, mais avec quelques exagérations.

Makori hocha la tête, souriant.

Lorsque les applaudissements cessèrent, Astrid leva la main et raconta l'histoire confuse d'une adolescente rebelle qui détestait sa vie dans un pays froid et sombre, jusqu'à ce que sa mère l'envoie vivre dans une ferme au milieu de la savane africaine.

— Vrai ! – Cette fois-ci, tous furent d'accord.

Après les applaudissements, ce fut au tour de Peter. Son récit était si terrifiant à propos d'étudiantes en voyage d'études que, une fois de plus, le verdict fut unanime.

— Tu l'as inventé du début à la fin, dit Astrid.

— Inventé. – Makori, Hamisi et Béka n'en doutaient pas non plus.

— Cela m'a plu, mon neveu, tu as de l'imagination. – Peter acquiesça, souriant. Bien, je crois que c'est mon tour. Je vais vous raconter une histoire. Vous êtes prêts ?

Les autres s'empressèrent d'approuver.

— Il était une fois…

— Comme c'est original, l'interrompit Béka, les yeux levés au ciel.

— Chut ! – Makori la fit taire.

MJ la regarda, les sourcils froncés quelques secondes avant de recommencer :

— Il était une fois une petite fille qui aimait beaucoup jouer avec ses poupées, d'autant plus que, pendant qu'elle s'enfermait dans sa chambre pour préparer le thé pour Phoebe et Mrs Potts, qui s'appelaient ainsi et étaient ses préférées, elle entendait à peine les disputes de ses parents presque chaque soir, depuis qu'elle avait l'âge de raison.

— Oh, je n'aime pas les histoires tristes. Spécialement si des enfants sont impliqués. – Béka l'interrompit de nouveau, récoltant le regard désapprobateur du reste des auditeurs, qui n'hésitèrent pas à la rabrouer une fois de plus. Pardon. Continue, s'il te plaît.

MJ lui fit un geste menaçant, lui signifiant de ne plus l'interrompre, avant de poursuivre son histoire.

— Cependant, ce soir-là, les cris étaient plus forts que jamais, et le bruit d'un objet tombant sur le sol et se brisant fit que la petite fille reposa la minuscule tasse de thé qu'elle tenait contre les lèvres de Mrs Potts très, très lentement…

MJ s'arrêta et regarda autour de lui. Malgré ses protestations, il voyait que Béka était autant prise par l'histoire que les autres. Il se savait bon narrateur, chose qui lui avait toujours été très utile au cours de ses plaidoiries devant le jury ; il était capable d'exprimer toutes sortes de nuances avec sa voix profonde et d'accentuer habilement les points les plus dramatiques pour amener le public sur son terrain.

— La petite fille avait peur. Très peur. Son premier réflexe fut de se mettre sous les draps et de se couvrir les oreilles avec l'oreiller, mais ensuite, elle pensa à sa mère, si fragile, et à son père, si grand et corpulent, et malgré le fait que ses genoux tremblaient, elle sauta du lit et, pieds nus et en chemise de nuit, elle se dirigea vers la chambre de ses parents et colla son oreille contre la porte.

« Tais-toi donc, si ça continue, la petite va t'entendre ».

« Mathilda n'est plus une enfant, elle vient d'avoir dix ans. Il est grand temps qu'elle sache ce qui se passe dans cette maison ».

Elle entendait sa mère rire et pleurer en même temps, si bien que, incapable d'en supporter plus, la petite ouvrit la porte et entra :

« Maman, papa, s'il vous plaît. Je ne veux pas que vous vous disputiez ».

Sa mère, encore jeune et belle malgré les rides profondes qui commençaient à apparaître près de sa bouche, s'agenouilla face à elle et la prit dans ses bras. La petite fille regretta aussitôt d'être entrée dans la chambre, et à présent, elle voulait seulement s'enfuir de là, mais sa mère la tenait si fort qu'elle lui faisait mal.

« Écoute-moi bien, Mathilda. Ton père ne nous a jamais aimées. Jamais ! Les seules choses qu'il a aimées dans sa vie, c'est son travail et cette garce qu'il aime encore ».

La petite fille ne savait pas de quoi elle parlait et elle jeta un regard suppliant à son père, mais il avait les yeux fixés sur une photo tombée sur le sol. La petite fille tourna les yeux vers le papier cartonné et vit le visage d'une femme aussi belle que la princesse de son conte préféré.

« Assez ! Lâche la petite, tu es folle ! » – La voix furieuse de son père l'arracha à la contemplation du beau visage.

Sa mère éclata de rire et la petite en eut la chair de poule.

« Folle, oui. Folle de m'être mariée avec un homme castré émotionnellement par une autre femme ». Elle prit alors des ciseaux qui étaient sur la table de nuit et les planta dans la photo une fois, deux fois… sans cesser de hurler : « J'aimerais que ce soit elle, en chair et en os ! »

« Lâche ces ciseaux ! » – Le père de la petite saisit le poignet de sa femme avec ses doigts et serra jusqu'à ce qu'elle les lâche.

« Monstre. Tu es un monstre ! ».

Il se pencha en silence, saisit la photo et dit sur un ton glacé :

« À partir de maintenant, tu ne vivras plus ici. Tu peux rester ou partir avec ta mère, tu es assez grande pour décider ».

La fillette décida de rester avec sa mère, si fragile, mais celle-ci mourut à peine quelques années plus tard et, quand son père revint la chercher, il lui annonça que désormais, elle irait étudier dans un pensionnat dans un pays lointain. La fillette se vit obligée d'abandonner tout ce qu'elle aimait et de repartir de zéro dans un pays inconnu, entourée de filles inconnues qui la traitaient cruellement. Mais elle était forte et réussit à surmonter tous les obstacles et quand, quelques années plus tard, déjà adulte et ayant accompli une carrière fulgurante, elle retrouva la femme de la photo et jura qu'elle se vengerait d'elle.

La voix profonde se tut d'un coup et un profond silence se fit. MJ prit la tasse en métal remplie d'eau à côté de lui et but une longue gorgée pour apaiser la sécheresse de sa gorge. Les auditeurs étaient tellement plongés dans l'histoire qu'ils en avaient oublié d'applaudir.

— Waouh, quelle histoire ! – Peter secoua la tête, visiblement impressionné. Je crois qu'elle est inventée, mais tu l'as racontée d'une façon si convaincante…

— Tu l'as tirée d'un livre ? Qu'est-ce qui se passe à la fin ? Elle s'est vengée de la femme que son père aimait ? – Astrid le mitrailla de questions pratiquement sans respirer.

— Elle ne devrait pas. Où est la faute de la pauvre femme si le père est tombé amoureux d'elle ? – Makori acquiesça, donnant raison à Hamisi.

— Ce n'est pas sa faute. Cependant, je peux comprendre le désir de vengeance de la fillette. Après tout, cet amour l'a amenée à perdre ce qu'elle aimait le plus. – Béka enroulait et déroulait l'extrémité de sa tresse autour de son doigt sans détacher les yeux du feu.

— Donc, tu penses que la petite devrait se venger. – MJ planta ses yeux sur elle.

— Non, bien sûr que non. – Elle secoua fermement la tête négativement. La seule chose que je dis, c'est que je peux comprendre son désir de vengeance.

— Moi, je ne me vengerais pas. Ressentir de la haine pour quelqu'un te pourrit de l'intérieur, dit Peter.

— Mais cet amour a ruiné la vie de la fillette, sur le plan divin. – Il était évident qu'Astrid n'était pas trop opposée à la vengeance.

— Peter a raison. – Béka lui sourit et le jeune garçon lui retourna son sourire avec une expression de chiot dévoré d'amour. Ce que la petite fille devrait faire, c'est oublier une fois pour toutes cette histoire sordide, sortir faire la fête, rencontrer un beau garçon, tomber amoureuse, se marier avec lui et ne pas répéter les stupides erreurs de son père.

Les yeux gris ne la quittaient pas.

— C'est ce que tu crois ? demanda-t-il, la voix rauque.

— Eh bien oui, acquiesça-t-elle fermement.

— Alors, intervint Hamisi, réelle ou inventée ?

— Inventée. – Encore une fois, le verdict fut unanime.

— C'est pas ça, MJ ? voulut s'assurer Astrid en remarquant une drôle d'expression sur le visage masculin.

Ce dernier esquissa un sourire tendu et son visage perdit un peu de la dureté qu'il avait acquise.

— Bien sûr que oui. Tu avais raison, Astrid, je l'ai lue dans un livre. – MJ intercepta le regard sombre de Makori et il comprit que celui-ci avait quelques doutes sur sa sincérité, si bien qu'il s'empressa de dire : Qui est le prochain, maintenant ?

Béka leva la main.

— Il est sûr qu'après avoir entendu ton histoire, la mienne va paraître minable… – Et elle ajouta à contrecœur : Il faut reconnaître que tu es un conteur fantastique d'histoires. Qui l'eût dit ?!

MJ accepta le compliment par une inclinaison moqueuse de la tête.

— Bref, la voilà…

Béka redressa le dos et commença à raconter la rencontre qui avait eu lieu près de l'étang de Kilima House, entre *nyani*, un babouin grincheux, et une femelle d'impala et son petit. Après le conte de MJ, l'histoire légère et contée avec grâce, les fit rire et aida à dissiper l'aura dramatique de l'atmosphère. La fin fut accueillie par des applaudissements retentissants.

Cette fois-ci, le verdict ne fut pas unanime et Béka dut préciser que c'était une histoire vraie.

— Il ne manque plus que toi, Hamisi, dit Makori avec un sourire.

Les yeux baissés, la nièce de Njeri joua avec un petit morceau de bois qui s'était échappé du feu.

— Je suis très mauvaise pour raconter des histoires.

— Hé, nous sommes ici pour jouer ! dit Astrid, indignée.

— Allons, Hamisi, ne sois pas timide, je suis sûr que tu le fais super bien, l'encouragea Peter avec un de ses sourires enchanteurs.

— On dira que certaines personnes n'aiment pas se faire prier… – Bien qu'elle l'ait dit à voix très basse, MJ entendit le commentaire de Béka et, vu la tête de Hamisi, elle aussi.

MJ la vit serrer très fort le bâton, jusqu'à ce qu'elle rompe le silence avec un claquement de langue.

— C'est bon. Je vais vous raconter une histoire… dit-elle finalement d'une voix ferme tandis qu'elle parcourait du regard les visages des personnes présentes jusqu'à ce que les yeux sombres se posent sur ceux de Makori, et ce sera vous qui jugerez si elle est vraie ou inventée.

Au bout de quelques secondes, elle détourna le regard et le plongea dans les flammes, tout en se mordant la lèvre inférieure. À ce moment-là, les uns et les autres eurent le pressentiment qu'ils étaient sur le point d'entendre une de ces histoires dont on se souvient jusqu'à la fin de sa vie.

Hamisi inspira fortement avant de commencer à parler à voix basse, mais pénétrante :

— Il y a de très nombreuses années, dans un village massaï reculé, naît une petite fille qui adore étudier, si bien qu'elle se distingue rapidement de ses camarades d'école missionnaire. Les années passent et la fillette devient une belle jeune femme un peu vaniteuse dont, malgré toute son instruction, on peut se dire que sa connaissance du monde équivaut à celle de cette petite fille du conte de MJ.

À son âge, beaucoup de ses amies sont déjà mariées et certaines sont même déjà mère, mais la jeune femme les regarde de haut et les méprise en secret. Elle vaut mieux que le reste, se dit-elle ; elle est spéciale ; elle ne va pas finir ses jours dans ce village perdu ; la jeune femme veut voir le monde, vivre dans la grande ville, travailler, gagner de l'argent… Dans le village, il y a un garçon qui a toujours été amoureux d'elle… – Instantanément, tous les regards convergèrent sur Makori, mais celui-ci avait les yeux plantés sur Hamisi avec une expression impénétrable sur le visage. C'est l'un des *morani* les plus courageux ; un garçon sensé auquel même beaucoup des anciens de la tribu demandent conseil. Tous l'admirent et la jeune femme, tout en le traitant avec indifférence, ne peut éviter de se sentir flattée par les sentiments qu'il ne peut dissimuler. Un jour, ce jeune homme l'emmène sur un promontoire d'où l'on peut contempler des kilomètres et des kilomètres de savane. Le jeune homme lui dit qu'il l'aime et lui demande d'être son épouse ; il lui promet que, juste à l'endroit où ils se trouvent à ce moment-là, il construira une maison moderne pour qu'elle ne manque de rien. Pendant quelques secondes, l'idée de vivre avec le garçon là-bas, dans une maison ayant tout le confort, éblouit la jeune femme, mais presque instantanément, elle se souvient de ses rêves de connaître le monde et d'indépendance.

Avec une cruauté inutile, la jeune femme rejette la proposition. « Je ne veux pas devenir l'épouse d'un humble berger et la mère d'une demi-douzaine d'enfants sales », dit-elle avec un sourire dédaigneux. Il est bien connu que l'âne remercie toujours d'un coup de sabot. Alors, la lumière s'est éteinte d'un coup sur le visage séduisant du garçon. Aujourd'hui encore, la jeune femme songe parfois à cette scène ; dans son rêve, elle essaie de retenir ses paroles avant qu'elles sortent de sa bouche, mais ce qui est dit est dit et ne peut plus se dédire.

La même semaine, la jeune femme reçoit une lettre l'informant que sa candidature a été acceptée pour travailler à Nairobi dans une école pour filles de familles huppées. Le rêve de sa vie s'est réalisé ; mais la joie qu'elle ressent est mêlée à un goût amer qu'elle n'est pas capable de nommer. Quelques jours plus tard, chargée d'un petit sac dans lequel sont rangés tous ses effets personnels, elle fait ses adieux à sa famille et aux voisins. Tous les membres de la tribu sont venus lui dire adieu, aussi fiers qu'ils le seraient si c'était leur propre filles. Tous ? Non, il en manque un. La jeune femme regarde tout autour d'elle, mais le garçon n'est pas venu lui dire au revoir. La jeune femme essaie d'étouffer cette curieuse amertume qu'elle ressent à cause de sa fierté : « Bien, se dit-elle, je vais montrer à tout le monde jusqu'où je peux aller sans l'aide de personne ».

Le travail est ce dont la jeune femme a toujours rêvé ; elle adore avoir dans son pouvoir la possibilité d'ouvrir l'esprit de ses petites élèves sur de nouveaux horizons ; elle se sent fière quand arrive son chèque, ponctuel, à la fin de chaque mois ; elle adore ouvrir le robinet de la petite salle de bains qu'elle partage avec une autre enseignante, d'où sort de l'eau froide ou chaude, selon ses besoins ; elle s'est fait des amies parmi ses camarades et les sorties de fins de semaine ne lui manquent pas ; cela lui arrive aussi de rencontrer plusieurs garçons qui ne sont pas de sa tribu, mais qui sont joyeux et charmants…

Alors, si tout est merveilleux, pourquoi la jeune femme ne peut-elle s'empêcher de penser au ciel étoilé qui protège son village et ses habitants ? Pourquoi regrette-t-elle l'odeur pénétrante des *leleshwas* et le bêlement des chèvres à l'aube ? Pourquoi la nourriture ici a-t-elle un goût de sable ? Pourquoi se réveille-t-elle toutes les nuits avec les joues trempées et frappe-t-elle son oreiller en regrettant la litière inconfortable de la hutte de ses parents ? Pourquoi, à chaque fois qu'elle ferme les yeux, peut-elle voir les kilomètres de savane qui s'étendent devant le promontoire où le jeune homme l'a emmenée ce jour-là ? Pourquoi ne peut-elle oublier le regard de reproche qu'elle a lu dans ses yeux sombres ? Pourquoi, en résumé, a-t-elle toujours cette sensation d'angoisse, de manque d'air ?

Les vacances arrivent et la jeune femme retourne chez elle. Ici, rien n'a changé, mais elle sent que tout a changé. Quand on lui demande ce qui lui plaît le plus dans son travail, le collège, sa vie dans la grande ville… Elle ne dit rien du vide qui la ronge de l'intérieur, elle est trop fière pour reconnaître qu'elle s'est peut-être trompée, que peut-être…

La voix de Hamisi se brisa. MJ la vit essuyer les larmes qui coulaient le long de ses joues avec le dos de sa main avant de partir en courant et de se perdre dans l'obscurité qui régnait en dehors du cercle lumineux du feu.

Makori sortit derrière elle.

— Hamisi ! – Astrid essaya de se lever à son tour pour aller la chercher, mais sa tante la saisit par le bras et la pinça douloureusement. Aïe, tu m'as fait mal !

— Laisse-les tranquilles, dit Béka avec fermeté.

— Putain ! – Choqué, Peter écarta une mèche de cheveux de son visage.

— Oui, putain ! – MJ regarda Béka et la surprit en train de se sécher elle aussi une larme du bout des doigts. Je crois que Hamisi vient de vaincre par KO le démon de la fierté.

Il l'entendit déglutir fortement avant de dire d'une voix étouffée :

— On dirait bien.

— Elle a du mérite.

Même si elle remarquait qu'elle le faisait à contrecœur, elle se vit obligée de le reconnaître.

— Elle a certainement du mérite à faire une telle confession devant nous, spécialement devant moi. Elle a toujours eu horreur de me montrer ses faiblesses.

— Réel ou inventé ? – dit Peter. À chaque fois qu'il jouait à quelque chose, il aimait bien suivre les règles jusqu'au bout.

— Réel, dirent MJ, Astrid et Peter en même temps.

— La vie elle-même, confirma Béka.

19

MJ céda enfin. Ces confessions inattendues près du feu, aussi bien la sienne que celle de Hamisi, l'empêchaient de dormir. Il se leva du lit de camp et mit ses chaussures. Il portait seulement son pantalon de pyjama, aussi, il sortit un t-shirt du sac et l'enfila également. Sans faire de bruit pour ne pas réveiller Peter, il sortit de la tente.

Il restait à peine quelques braises orangées dans le feu, mais la nuit était claire. En dehors du bruit lointain d'un chacal et le hululement régulier des oiseaux nocturnes, le camp était complètement silencieux. Il respira l'air frais avec délice et regarda autour de lui. La lanterne de la tente de Béka était allumée. Tout à coup, il eut une envie irrépressible de lui parler.

Ce que la petite fille devrait faire, c'est oublier une fois pour toutes cette histoire sordide, sortir faire la fête, rencontrer un beau garçon, tomber amoureuse, se marier avec lui et ne pas répéter les stupides erreurs de son père…

Les paroles qu'elle avait prononcées après avoir écouté son « conte » ne lui sortaient pas de la tête. Était-il possible que ce soit aussi simple ? Pouvait-il mettre de côté, comme si de rien n'était, toute la rancœur qu'il avait accumulée en lui pendant tant d'années ? Sans s'en rendre compte, il était arrivé devant l'entrée de sa tente.

— Béka, murmura-t-il pour ne pas troubler le silence du camp, puis-je entrer ?

Quelques secondes plus tard, il entendit sa voix.

— Entre.

MJ baissa la tête en entrant dans la tente et réajusta la toile pour éviter que les insectes ne rentrent.

Béka, bien enveloppée dans cette élégante robe de chambre qui rehaussait ses courbes et la longueur de ses jambes d'une manière qui lui laissait la gorge sèche et qui paraissait complètement hors de propos au milieu de la savane primitive, se tenait debout près du lit.

— Tu ne peux pas dormir non plus ? demanda-t-il inutilement.

Elle secoua la tête. Ses cheveux étaient détachés et la lanterne du plafond distilla des étincelles éblouissantes des mèches dorées.

— Je crois que j'ai parcouru des centaines de kilomètres dans cet espace minuscule. – Elle le regarda, les sourcils légèrement froncés. Vous croyez qu'ils seront heureux ?

Il était évident que ce qu'elle demandait en réalité, c'était s'il croyait que Hamisi serait capable de rendre son ami heureux.

— Personne n'a une boule de cristal pour deviner si un couple sera heureux ou malheureux, mais pour le peu que je connaisse sur ces deux-là, je suis convaincu qu'ils ont plus de chances que la moyenne pour suivre la première solution. Je pense que, quand on a été sur le point de perdre quelque chose de réellement important, la majorité d'entre nous fournit des efforts deux fois plus grands pour le conserver.

Elle acquiesça de la tête.

— Je crois que tu as raison. – Son sérieux s'évapora d'un coup et, bougeant la tête, elle dit sur un ton beaucoup plus léger : Je n'arrive pas à m'habituer à ce qu'un avocat véreux froid et calculateur soit capable de faire preuve de sensibilité sur des sujets comme ceux-ci.

— Tu me vexes, je suis un homme très sensible. Je suis seulement froid et calculateur dans une salle d'audience.

— Hum, dit-elle sans se compromettre.

Son interlocuteur fronça un sourcil.

— Que signifie ce « hum » ?

— Seulement « hum ».

— Putain !

Soudain, MJ se jeta sur elle et commença à lui frapper la poitrine avec la paume de sa main comme s'il était victime d'une crise de folie. Puis il leva une jambe et laissa tomber son pied, chaussé avec une nouvelle chaussure de marche, de toutes ses forces. Il la retira et regarda l'énorme araignée écrasée.

— Putain ! répéta-t-il sans cesser de trembler.

Béka se pencha à côté de lui et examina calmement le corps.

— Tu as de bons réflexes.

— Un de tes petits amis ? – Malgré sa tentative de paraître insouciant, il sentait son cœur battre à mille à l'heure.

— Celle-là, non. C'est une tarentule, je dirais du genre des *Pterinochilus*. Sa morsure n'est généralement pas mortelle, mais elle est extrêmement douloureuse et peut provoquer une enflure, une forte fièvre, des étourdissements, des spasmes musculaires, des vomissements... Allez, je me réjouis sincèrement que tu l'aies réduite à un timbre-poste.

Soudain, MJ eut une idée horrible et il se tourna vers elle.

— Tu es sûre que tu vas bien ? – Avec des doigts tremblants, il repoussa encore plus le rabat de la robe de chambre et la bretelle de la chemise de nuit en cherchant une piqûre sanglante sur la peau soyeuse.

— Certaine. Elle ne m'a pas piquée.

La voix féminine semblait plus rauque que d'habitude et, en l'entendant, MJ arrêta sa recherche frénétique. Très lentement, sans écarter la main de sa poitrine, il glissa son regard vers le haut, jusqu'à le poser sur les yeux violets qui paraissaient presque noirs à la lumière de la lanterne.

— Béka… murmura-t-il d'une voix rauque.

— Matt… – Son nom retentit comme une caresse.

Matt pouvait sentir le battement rapide de son cœur sous la paume de sa main et sa tête se pencha peu à peu, comme attirée par une force irrésistible, jusqu'à ce qu'il pose ses lèvres sur les siennes. Le premier baiser qu'ils avaient échangé, bien qu'inoubliable, tout du moins pour lui, avait été un châtiment. Son but avait été de lui faire payer d'une certaine manière ce terrible sentiment de panique, de vulnérabilité extrême, qui l'avait envahi en étant victime de la stupide blague qu'elle lui avait faite. Cependant, ce baiser-ci n'avait plus rien à voir. Leurs lèvres se cherchèrent avec beaucoup plus de délicatesse, mais il était évident que la passion avec laquelle elle répondait à ses caresses égalait la sienne.

Béka avait entouré ses doigts dans les cheveux de sa nuque et l'attirait à elle avec un désir évident. MJ ne pouvait que penser à son rêve de l'avoir ainsi, cédant à ses caresses, douce, tendre et passionnée en même temps, donnant et recevant avec la même intensité, avec le même feu qui le brûlait, lui, à l'intérieur. Sans cesser de l'embrasser, il descendit un peu plus la bretelle de sa chemise de nuit et passa le bout de son pouce sur son mamelon, dur et dressé. Un faible gémissement jaillit de la bouche de Béka et il absorba cette dernière avec la sienne. Il colla ses hanches un peu plus contre les siennes, conscient que la fine barrière de soie ne pouvait dissimuler l'intense excitation qu'il ressentait.

— Béka... murmura-t-il contre ses lèvres avant d'écarter sa bouche et de la glisser le long de la délicate colonne du cou, parcourant la peau brune du décolleté jusqu'à la poser sur la poitrine découverte. Béka...

Il ne pouvait s'empêcher de prononcer son nom. Il l'étreignit encore plus fort et ses lèvres s'emparèrent avidement de ce sein, pâle et parfait, dont le souvenir lui avait fait passer tant de nuits blanches.

— Matt... – Le nom jaillit comme un soupir entre les lèvres féminines alors qu'elle serrait sa tête contre sa poitrine comme si elle ne voulait pas le laisser s'échapper.

MJ grogna avec impatience et commença à lutter avec le nœud de la ceinture de la robe de chambre. Il avait besoin de se fondre en elle le plus tôt possible, il avait besoin de la faire sienne, il avait attendu trop longtemps, il avait besoin...

— Matt ! – Le ton avait changé et MJ remarqua que les mains qui l'avaient caressé ces dernières secondes avec abandon essayaient à présent de l'éloigner d'elle.

Avec une accablante frustration, MJ se retira enfin, cependant ses mains continuèrent à la tenir dans ses bras. Haletant, il la regardait avec une muette interrogation dans les yeux.

— On ne peut pas. Tout du moins, pas ici. – Le murmure, sans souffle, était accompagné d'un regard suppliant.

Sa poitrine montait et descendait à toute vitesse, la superbe crinière d'or pâle était très décoiffée et elle avait les lèvres légèrement enflées et rougies par les baisers qu'ils avaient échangés. MJ pensa qu'elle était la femme la plus désirable qu'il avait jamais vue dans sa vie. Pendant quelques secondes, il se sentit tenté de tout envoyer au diable et de continuer ce qu'ils avaient commencé ; il connaissait suffisamment les femmes pour savoir qu'elle ne résisterait pas trop, il pouvait voir le désir qui brûlait encore dans les iris violets. Cependant, quelque chose lui disait que Béka s'en voudrait plus tard, et pour une étrange raison, la seule idée qu'elle regrette d'avoir fait l'amour avec lui était insupportable.

— Bien. – Il ferma les yeux quelques secondes, inspira fortement et répéta sur le même ton rauque : Bien. Laissons cela. Pour le moment.

Il rouvrit les yeux et la vit se mordre fortement la lèvre inférieure. Le geste, inconsciemment provocateur, fut presque plus qu'il ne pouvait supporter. De nouveau, il dut lutter de toutes ses forces pour ne pas se pencher sur la bouche tremblante et l'embrasser à nouveau jusqu'à tout oublier, en dehors de l'irrésistible besoin de se fondre l'un dans l'autre qu'aucun des deux ne pouvait dissimuler.

— Je vais y aller. – Béka acquiesça de la tête sans rien dire, et MJ bougea la sienne avec un geste de résignation. Au fond, j'espérais que tu protesterais, que tu supplierais que je ne m'en aille pas.

Ces mots lui arrachèrent un sourire hésitant.

— À vrai dire, je serre les poings pour me retenir.

MJ dirigea son regard vers le bas et vit que, en effet, elle avait les poings serrés. La tension sexuelle qui, jusque-là, avait imprégné le moindre coin de la petite tente, se dissipa d'un coup et un muscle révélateur vibra à la commissure de la bouche masculine.

— Cette information me redonne un peu de l'amour-propre que je pensais avoir perdu.

Alors, les lèvres rougies se détendirent en un sourire charmant qui inonda MJ d'une chaleur extraordinaire.

— Votre estime de vous peut être tranquille, Monsieur Jarrett.

— Vous m'ôtez d'un grand poids, Mademoiselle Darby. Finalement, il vaut mieux que je m'en aille maintenant, sinon je crois bien que je ne serai pas capable de le faire. Bonne nuit, Béka.

Délicatement, il tint son visage entre les mains, se pencha et lui donna un baiser chaste sur le front.

— Bonne nuit, Matt.

MJ fit demi-tour, écarta la toile de l'entrée et sortit. Pendant quelques secondes, il resta calmement à écouter les bruits du camp, puis il écarta ses cheveux de son front d'un geste impatient, se dirigea vers la tente qu'il partageait avec Peter et disparut à l'intérieur.

Assis dans l'obscurité, Makori et Hamisi échangeaient un sourire chargé de complicité et il la serra un peu plus contre lui. De l'extérieur, les ombres que la lanterne projetait contre la toile de la tente avaient été aussi révélatrices qu'un spectacle d'ombres chinoises.

Obtenir la photo du rhinocéros, le cinquième des Big Five, ne fut pas une tâche facile, mais grâce à l'expérience de Makori, le dernier jour, ils localisèrent la trace d'un mâle solitaire. Ils durent ramper comme des serpents pour réussir à s'approcher le plus possible de ce spécimen de rhinocéros noir, une espèce en grave danger d'extinction, qui broutait, ignorant leur présence. Les deux cornes avaient été sauvées des mains avides des braconniers ; elles étaient intactes et d'une taille considérable et, plus tard, quand tous allèrent dormir, en examinant à la lumière du feu de camp les photos qu'il avait faites, MJ se sentit plus que satisfait.

Cependant, sa nouvelle facette de reporter photo sur la faune sauvage ne l'enthousiasmait plus comme au début. Depuis cette scène torride dans la tente de Béka, son passe-temps favori consistait à prendre des photos d'elle quand elle était occupée ailleurs. Des gros plans qui mettaient en évidence l'éclat de ses cheveux si blonds, la coupe classique du profil, le nez droit et le menton obstiné, ou l'étrange nuance violette des grands yeux. Son sourire, particulièrement, le fascinait ; il avait plus de deux douzaines de photos uniquement de cette bouche sensuelle qui, quand elle souriait avec sa chaleur habituelle, laissait des dents blanches et régulières à découvert.

Le baiser passionné qu'ils avaient échangé il y a deux nuits avait eu un curieux effet sur lui : c'était comme si une antenne qui détectait la présence de Vibéka Darby sous tous les angles avait poussé. Il se sentait intensément conscient d'elle à tout moment. Il pouvait déjà se concentrer sur le visionnage des photos dans le viseur de l'appareil ou capturer avec ce même appareil l'image d'un animal pour l'ajouter à sa collection, soudain, un léger picotement dans la nuque l'avertissait que Béka se trouvait près de lui. Dès qu'il se retournait pour le vérifier, elle était là. Alors leurs yeux se bloquaient et leurs regards se soutenaient de longues secondes ; un regard dans lequel ils échangeaient une myriade d'émotions silencieuses.

Un puissant courant électrique crépitait entre eux deux à chaque fois qu'ils étaient proches. Une fois, il avait suffi du contact innocent de ses doigts au moment de lui passer la gourde pour recevoir une décharge intense qui lui avait provoqué un sursaut et, vu la façon dont les pupilles de Béka s'étaient dilatées, MJ était sûr qu'elle avait ressenti la même chose.

Une autre fois, MJ était en train de raconter à Peter et à Astrid une anecdote plutôt amusante d'un procès dans lequel il était intervenu, quand Béka, qui revenait de la douche, enveloppée dans sa robe de chambre, les cheveux trempés et chaussée de tongs, était passée près d'eux. MJ était resté à la regarder, bouche bée et, quand enfin il réussit à reprendre le fil de l'histoire, le coup de coude qu'Astrid donné à son neveu sur le côté avec un geste moqueur ne lui échappa pas.

La vérité, c'était qu'il mourait d'envie de la toucher de nouveau et il devait fournir des efforts surhumains pour se contenir.

C'était frustrant, se dit-il, en mettant l'appareil photo de côté d'un geste brusque. Puis il se pencha en arrière jusqu'à s'allonger sur le sol, croisa les mains derrière la nuque et planta son regard dans le ciel constellé d'étoiles. Depuis cet instant torride dans la tente, il ne pensait qu'à elle. Le désir qu'il ressentait, qu'il avait considéré jusqu'à présent comme une petite gêne, était devenu une véritable obsession. Il la cherchait tout le temps des yeux et, plus d'une fois, il l'avait surprise en train de le regarder à son tour. Était-elle victime, elle aussi, de cette tension sexuelle perturbante qui ne lui permettait pas de se concentrer sur autre chose ? Rêvait-elle, comme lui à toute heure, d'éviter Peter et le reste de l'expédition, et de finir ce qu'ils avaient commencé il y avait deux nuits ? Seulement deux nuits ? Il avait l'impression qu'il s'était passé une éternité.

Le lendemain, ils retourneraient à Kilima House. D'un côté, cela lui faisait de la peine que se termine ce safari qui avait été l'une des expériences les plus intenses de sa vie. Il était à court d'excuses et il savait que, bientôt, il devrait songer à retourner à Nairobi ; il était conscient qu'il devait reprendre le travail au cabinet avant que son second, dont l'ambition le rendait parfois irréfléchi, ne cherche à le rouler. D'un autre côté, il avait besoin de parler sérieusement avec Béka, et, pour cela, un peu d'espace était nécessaire. Avec son neveu, Astrid et les autres rôdant dans les environs, c'était impossible.

Jike surgit de l'obscurité et se coucha à côté de lui. MJ se redressa et s'assit par terre, les jambes croisées.

— Tu crois que ton amie pense à moi comme je pense à elle ? murmura-t-il d'une voix rauque tout en caressant l'énorme tête.

Les flammes arrachèrent des éclairs des yeux jaunes, et MJ eut l'impression que la lionne le regardait avec pitié.

— C'est ce que tu crois ?

Jike ouvrit ses mâchoires en un énorme bâillement et, sans le savoir, MJ répéta pratiquement les mêmes paroles que sa maîtresse lui avait dites quelques jours auparavant.

— Je vois que je t'ennuie. OK, j'ai compris l'insinuation. Je vais dormir.

MJ se leva, secoua son pantalon, se pencha pour prendre son appareil photo et, avec ça dans la main, se dirigea vers sa tente et y pénétra.

20

Njeri les attendait avec un délicieux dîner qu'elle avait disposé sur la table de la véranda. Sans prendre la peine d'avaler avant de parler, Astrid et Peter se coupaient la parole pour raconter les incroyables aventures qu'ils avaient vécues ces derniers jours et Njeri les écoutait en souriant, même si les yeux sombres allaient plus d'une fois de sa nièce à Makori, qui étaient assis l'un à côté de l'autre, très souriants, et qui avaient à peine ouvert la bouche. Cependant, les regards qu'elle intercepta entre eux deux à plusieurs reprises durent être suffisamment révélateurs pour qu'elle puisse à son tour planter les siens sur ceux de Béka, qui répondit à la question silencieuse en haussant les épaules. Les yeux sombres se posèrent ensuite sur MJ, et elle fronça les sourcils comme si elle pensait que, lui aussi, était bizarre. À vrai dire, quiconque aurait regardé MJ penserait qu'il avait l'air inquiet d'un tigre enfermé dans une très petite cage.

Il y avait beaucoup à dire et, seul le clignotement de la banderille de lampions qui éclairaient la véranda quelques secondes avant de s'éteindre complètement mit fin à la réunion. Les coupures électriques étaient monnaie courante, et Njeri et Béka entrèrent pour prendre les bocaux en verre contenant une bougie qu'elles gardaient pour ces occasions. Après les avoir allumées, elles les distribuèrent.

Hamisi refusa la sienne et se leva à contrecœur.

— Il est tard. Je dois rentrer.

— Je t'accompagne, dit Makori en se levant à son tour.

Tous les récupérèrent et, après les adieux, chacun alla dans sa chambre ; après tout, la journée avait été bien longue.

MJ, cependant, n'était pas fatigué, mais plutôt impatient. Même s'il appréciait ces dîners, il avait ressenti un profond soulagement quand celui-là, particulièrement, s'était terminé. Arrivé dans sa chambre, il prit une douche froide à la lumière vacillante de la bougie et enfila son pantalon de pyjama et un t-shirt. Il s'assit sur le bord du lit et attendit sans cesser de jeter un œil impatient à la montre de sport qu'il portait à son poignet. Quand, enfin, une demi-heure fut passée, il prêta l'oreille. La maison était complètement silencieuse. Sans prendre la peine de mettre ses pantoufles, il s'approcha du bureau et sortit la boîte de préservatifs du tiroir. Avec celle-ci dans une main et la bougie dans l'autre, il entrouvrit la porte et passa sa tête avec précaution, regarda d'un côté et de l'autre du couloir et, en faisant bien attention, il sortit de la chambre, marcha sans faire de bruit et s'arrêta devant la porte de la chambre de Béka. Le cœur battant à mille à l'heure, il appela doucement. Il n'eut pas à trop attendre, car quelques secondes plus tard, la porte s'ouvrit et Béka se mit sur le côté pour qu'il entre et elle referma derrière lui ; elle portait sa robe de chambre.

— Tu ressembles à Monsieur Rochester, dit-elle avec un petit rire nerveux en le voyant là, immobile avec la bougie à la main et les cheveux foncés très ébouriffés, comme s'il avait subi les effets d'une tempête.

— Tant que je lui ressemble et non pas à la folle de sa femme…

Ils continuèrent ainsi, face à face, se regardant en silence.

— Tu m'attendais ? – Béka acquiesça de la tête. – Je n'étais pas sûr.

— Tu as un… ?

MJ ouvrit la main et lui montra la boîte de préservatifs.

— On voit que tu es bien préparé.

— C'était un pur hasard, la vérité, c'est que… – MJ s'arrêta juste à temps. Qu'allait-il lui raconter ? Qu'il les avait achetés pour coucher avec une autre femme pour voir s'il pouvait l'oublier ? – Il vaut mieux que je te le dise un autre jour.

Quiconque aurait assisté à un tel dialogue aurait pensé que la seule chose qu'ils ressentaient l'un pour l'autre était l'indifférence la plus totale. Cependant, ce n'étaient pas les mots qu'ils disaient qui était important, mais ce que leurs yeux se transmettaient. Et leurs yeux n'avaient cessé de s'envoyer des messages depuis qu'elle lui avait ouvert la porte.

« Cette nuit, tu seras mienne. Enfin ».

« Cette nuit, tu seras à moi. Enfin ».

« Je vais te lécher depuis la pointe de tes cheveux jusqu'au bout du gros orteil et, d'un point à l'autre, je ne pense pas oublier la moindre partie de ton corps ».

« Je vais dessiner du bout de mes doigts chaque muscle et tendon de ce corps qui me rend folle jusqu'à ce que tu oublies ton propre nom ».

— Alors, d'accord, n'est-ce pas ?

Béka hocha de nouveau la bête.

— C'est d'accord.

Avec précaution, MJ posa la bougie sur la table de nuit, où brûlait celle de Béka et se tourna vers elle.

— Un…

— Deux…

— Et trois ! dirent-ils en même temps, se dirigeant l'un vers l'autre.

MJ l'étreignit fortement contre sa poitrine, en même temps que Béka nouait ses bras autour de son cou et se collait le plus possible contre ses hanches. Leurs bouches se joignirent et se dévorèrent avidement.

— J'espère… me rappeler comment… cela se faisait… dit Béka dans un murmure haletant contre ses lèvres, sans cesser de l'embrasser.

— Ne t'en… fais pas… – MJ semblait aussi hors d'haleine et en profita pour la mordre avec force juste dans le cou. Si tu oublies… une étape… je pense te la rappeler.

D'un seul coup, il défit le nœud de la ceinture de la robe de chambre. D'un seul coup, Béka lui arracha son t-shirt par la tête et s'appuya davantage contre lui. Sans la lâcher, MJ s'approcha du lit à baldaquin, qui était aussi grand que le sien, et se laissa tomber sur le matelas, l'entraînant avec lui. Sans cesser de s'embrasser et de chuchoter des mots vides de sens, ils finirent de se déshabiller l'un l'autre. MJ ferma la bouche autour d'un mamelon qu'il tenait d'une main et Béka se courba contre lui avec un gémissement qui le mit dans tous ses états. Incapable de résister davantage, il releva la tête et demanda dans un murmure rauque :

— Tu es prête ? Mieux vaut que tu le sois, parce que je suis sur le point de faire le pire des trucs ridicules.

— Je ne pourrais… pas l'être plus. Mets fin une fois pour toutes à cette torture, bon sang !

MJ tendit la main pour prendre la boîte qu'il avait laissée sur la table de nuit. Il sortit un préservatif, arracha l'emballage avec ses dents et, sans savoir comment, parce que Béka n'arrêtait pas de le caresser avec une passion qui menaçait de lui court circuiter les neurones, il réussit à le mettre.

Alors, il se redressa sur les avant-bras et ordonna avec les yeux fixés sur les siens :

— Ne ferme pas les yeux, je veux te regarder et que tu me regardes, compris ?

— Je n'aime pas qu'on me donne des ordres. – Béka leva la tête, attrapa la bouche masculine avec la sienne et l'embrassa avec passion.

MJ fut sur le point de perdre le contrôle, mais serra les dents et, reprenant tout son sang-froid, il réussit à se positionner entre ces spectaculaires jambes brunes, dont la douceur n'avait rien à envier à celle de la soie. Elle lui retourna un regard de défi, avec un éclat sauvage de désir qu'il trouva irrésistible. Il aurait aimé l'éblouir avec l'endurance et la capacité d'aimer de ceux qui ont toujours fait des exploits dans leurs relations avec d'autres femmes, mais il remarqua à peine la façon dont les muscles féminins se refermaient autour de lui, toute idée préconçue avait disparu dans les airs et la seule chose qu'il put faire fut d'entrer et de sortir rapidement, une fois… deux fois, avant de se vider complètement et de s'effondrer sur elle avec un rugissement qui jaillit du plus profond de sa poitrine. Il fut incapable de bouger pendant quelques secondes et, comme cette fois-là dans le hamac, il se contenta de respirer la délicieuse odeur de sa peau. Au bout de quelques secondes, il se redressa à contrecœur sur les avant-bras pour la regarder en face.

— Je n'y crois pas. – À la lueur vacillante des bougies, les yeux violets lui retournèrent son regard chargé de reproches.

— Oui. Moi non plus. – Cependant MJ était trop satisfait pour se sentir honteux.

— Je pensais que tu étais un avocat véreux expérimenté.

— Je le pensais aussi.

Béka bondit, l'air indigné et en l'entendant, MJ ne put retenir un sourire chargé de tendresse.

— C'est pas drôle !

— Non, vraiment pas. – Une goutte de sueur glissa sur son front et retomba entre ses deux seins parfaits ; immédiatement, MJ pencha la tête et la lécha avec la pointe de la langue, la faisant frémir.

— Bon, écarte-toi. Tu as de la chance que je n'aie pas d'amie proche avec qui commenter ce genre de choses. Tu serais la risée de tous.

— Quel soulagement ! – L'attention de MJ se concentra alors sur l'un des seins et, de nouveau, cette langue effrontée commença à faire des siennes avec le mamelon.

— Ne... ne recommence pas.

— Non, sois tranquille. – Il changea de sein et répéta son mouvement.

— Tu es en train de recommencer. – Malgré son intention de l'accuser, Béka sembla plutôt avoir le souffle court.

— Tu te trompes, je ne suis pas en train de recommencer...

— Ah. – La tentative de sarcasme échoua aussi, parce que, à ce moment-là, MJ glissa vers le bas et... – Oh !

— Tu vois ? dit-il d'une voix rauque.

Mais Béka ne voyait rien. En réalité, elle était incapable de penser.

— Quoi... ? Oh !

— Je vais finir ce que j'ai commencé.

— Ah ! Non ! Oui ! Oh, mon Dieu !

Béka se cambra une fois de plus contre lui, et MJ la serra entre ses bras et enfonça son visage dans la courbe de sa gorge jusqu'à ce que cessent les violents soubresauts qui secouèrent son corps.

Plus tard, le bras de MJ au-dessus de ses épaules et la tête appuyée contre son flanc, Béké réussit à récupérer suffisamment pour dire :

— C'est bon, je te pardonne.

— Je suis soulagé.

La main masculine lui caressait un sein, possessif.

— Tu peux retourner dans ta chambre, vas-y. – La bouche de Béka s'ouvrit dans un bâillement incontrôlable, fruit de l'agréable somnolence qui l'envahissait.

— Je ne peux pas.

Ces mots la réveillèrent et Béka tourna la tête pour le regarder.

— Comment, tu ne peux pas ?

— Je dois encore te prouver que je ne suis pas un amant inexpérimenté, comme il pourrait sembler après ce petit fiasco.

— Tu n'as pas besoin de me prouver quoi que ce soit, n'importe qui peut avoir une défaillance. – Béka bâilla de nouveau. En plus, finalement, tu as arrangé ça. Et comment !

Elle éclata d'un petit rire malicieux pendant que ses paupières se refermaient petit à petit.

— Tu t'endors, dit MJ, d'une voix accusatrice.

— Quel observateur… murmura-t-elle, presque endormie.

Alors, d'un mouvement fluide, MJ l'attira jusqu'à la placer au-dessus de sa poitrine, lui enveloppa le visage de ses mains et commença à l'embrasser. Ce n'étaient pas les baisers affamés des minutes précédentes. Maintenant, MJ l'embrassait sans se hâter, mais avec une habileté qui affirmait haut et fort cette expérience qu'elle avait mise en doute. C'étaient de longs baisers consciencieux, des baisers qui avaient l'effet d'une drogue, des baisers hypnotiques, profonds, irrésistibles… Et chacun de ces baisers était accompagné par les caresses de ses mains aux longs doigts forts qui semblaient la parcourir sur tout le corps.

Comme d'habitude, Béka se réveilla avec les premiers rayons de l'aube. Se demandant pourquoi elle était si fatiguée, elle s'étira avec une lenteur sensuelle et, soudain, ouvrit les yeux d'un coup.

— Bonjour.

La voix grave de MJ si proche de son oreille lui provoqua un sursaut. Il était appuyé sur un coude et les yeux gris, qui avaient un éclat ardent, la dévoraient sans la moindre gêne.

— Qu'est-ce que tu fais ? murmura-t-elle, incapable de détacher le regard de son visage tout en remontant pudiquement les draps pour cacher sa poitrine. – Elle trouva qu'il était très beau avec ses cheveux noirs, qui commençaient déjà à avoir besoin d'une bonne coupe, plus ébouriffés que jamais et sa barbe matinale, non rasée, projetant une ombre sur ses joues.

— Je ne sais pas si tu te souviens – les lèvres masculines se crispèrent en une moue chargée de malice –, mais hier soir…

Il laissa sa phrase en suspens avec une idée suggestive.

— Oui, je sais bien ce qui s'est passé hier soir. Ce n'est pas la peine que tu me le rappelles. – Béka sentait une chaleur ardente sur ses joues ; il est vrai que la contemplation de ce torse musclé et dénudé qu'elle avait parcouru, la veille, du bout de ses doigts jusqu'à l'apprendre par cœur ne l'aidait pas à se calmer. Mais je t'ai dit de retourner dans ta chambre. Je ne veux pas qu'Astrid nous surprenne, ce serait la pire des choses.

— J'allais partir, je te le promets… – MJ pencha la tête et commença à déverser une pluie de baisers le long de son cou, qui la fit retenir son souffle –, mais je me suis endormi et j'ai pensé…

Les baisers tombaient comme des éclaboussures sur l'épaule, sur les délicates clavicules, sur le creux de l'extrémité de son cou.

— Quoi ? dit-elle d'une voix rauque pendant que ses doigts s'emmêlaient, de sa propre initiative, dans les douces mèches de la nuque de MJ.

— Que, puisque je suis là… – Une fois de plus, il laissa sa phrase qui contenait un monde de suggestions, en suspens.

— D'accord, mais vite, répliqua Béka d'un ton pratique. Je ne veux pas qu'on se fasse prendre.

— À vos ordres.

MJ se mit à la tâche avec diligence. Il fut rapide. Il fut intense. Il fut amusant et, finalement, il fut aussi incroyablement bon que les deux fois précédentes. Une demi-heure plus tard, Béka dut le pousser hors de sa chambre, tout en esquivant ses lèvres et ses mains. À présent, elle comprenait le succès de MJ comme avocat véreux, se dit-elle ; elle ne pouvait pas nier que c'était un type insistant. Elle réussit enfin à le chasser, même si, quelques secondes plus tard, la sombre tête apparut de nouveau à la porte.

— Souviens-toi. Encore plus, ce soir.

Béka leva les yeux au ciel, mais en vérité, le désir que les yeux gris reflétaient lui donna la chair de poule.

21

Béka était assise devant le bureau, essayant d'équilibrer ses comptes, mais en vain, sa tête était très loin de ces chiffres qui, dès qu'elle les regardait, lui faisaient davantage penser à des hiéroglyphes égyptiens. Depuis que MJ et elle avaient fait l'amour pour la première fois, elle avait la sensation qu'elle flottait sur un nuage et elle avait beaucoup de mal à se concentrer sur son travail. Elle n'était pas sotte. Elle savait que, tôt ou tard, il retournerait à son cabinet et à sa vie à Nairobi et, à chaque fois que la partie la plus raisonnable de son cerveau se demandait comment tout cela allait finir, la partie la plus irresponsable lui ordonnait de se taire, d'un ton tranchant.

Elle ne voulait pas penser, elle ne voulait pas faire de plans, elle ne voulait pas savoir ce que MJ pensait d'elle en réalité, elle ne voulait pas savoir ce qu'il ressentait pour elle, si c'était quelque chose de plus que du désir. Et, bien sûr, elle ne voulait pas non plus se poser de question par rapport à ses propres sentiments.

S'il y avait un trait qui caractérisait les Darby – et Béka, en tant que descendante directe de ses ancêtres, n'était pas l'exception – c'était qu'ils acceptaient ce que le destin leur traçait avec une sportivité britannique. À cet égard, on pouvait se dire qu'ils étaient des survivants nés, comme cela s'était démontré depuis que l'arrière-grand-père Oliver avait vendu tout ce qu'il avait pour repartir de zéro en Afrique.

La seule chose que Béka savait était que le sexe avec MJ était incroyable ; rien à voir avec les rares fois où elle avait couché avec son ancien fiancé. C'est vrai qu'il n'avait pas été un coureur de jupons irréfléchi, comme elle soupçonnait que c'était le cas du séduisant avocat, mais un garçon aussi inexpérimenté qu'elle.

Dès qu'ils terminaient de dîner et que la maison était enfin silencieuse, MJ appelait à la porte et ils passaient la nuit dans le gigantesque lit sculpté dans lequel elle avait dormi depuis toute petite, mettant le feu aux draps jusqu'à tomber, épuisés, quelques heures avant l'aube. La boîte de préservatifs se vidait à toute allure. C'était comme s'ils ne pouvaient pas se rassasier l'un de l'autre et qu'ils avaient besoin de faire des réserves, conscients qu'il ne leur restait pas beaucoup de temps.

Cependant, on ne pouvait pas s'y tromper : ce n'était pas que du sexe. En plus du matelas, ils partageaient un tas de rires et de conversations animées. Elle ne se souvenait pas avoir passé de si bons moments avec quiconque ; pas même avec Makori, qu'elle avait toujours considéré comme son âme sœur.

Matt Jarrett, en tant qu'amant, était un homme complètement différent du type, grincheux et désagréable, qui, un jour, était apparu à la porte de Kilima House, étendu sur une planche de bois avec la jambe cassée. Lequel des deux était le vrai ? ne pouvait-elle s'empêcher de se demander parfois, même si elle n'était pas sûre de vouloir connaître la réponse. Elle se répétait souvent que MJ était une présence passagère qui disparaîtrait de sa vie aussi soudainement qu'il était arrivé. Par ailleurs, il y avait la question du prêt ; aucun n'avait rien dit à ce sujet, mais elle ne pouvait pas nier que la question était toujours là, aussi gênante que le bourdonnement d'une mouche. Elle ne supporterait pas qu'il pense qu'elle avait couché avec lui pour qu'il lui efface sa dette.

— Béka, j'ai ce que tu voulais ! – La voix joyeuse de Makori se glissa par la fenêtre, l'obligeant à mettre de côté ces pensées sombres qui ne la menaient nulle part.

— Je descends ! – Reconnaissante pour la distraction, elle mit de côté les pages pleines de chiffres.

C'était du passé et point final, se dit-elle en descendant rapidement l'escalier. L'impensable était arrivé et elle était décidée à en profiter tant que ça durerait.

Makori l'attendait devant la porte avec un carton dans les mains d'où sortait un jappement de temps en temps. Béka écarta les rabats et regarda à l'intérieur.

— Ça te plaît ?

— C'est parfait.

Ce soir-là, au lieu du dessert habituel qui était un fruit en général, Njeri apparut avec un gâteau surmonté d'une seule bougie allumée.

— Joyeux anniversaire, joyeux anniversaire, joyeux anniversaire, MJ… ! Joyeux anniversaire ! – Le chœur chantait plutôt faux, mais on ne pouvait pas nier qu'il était enthousiaste.

Pour unc fois, MJ ne semblait savoir que dire.

— Viens faire un vœu et éteins la bougie en une fois ! dit Astrid impatiemment.

MJ ferma les yeux quelques secondes, les rouvrit et éteignit la bougie en un souffle, gagnant les applaudissements des personnes présentes.

— C'était toi, mon neveu ? – Il regarda Peter en fronçant les sourcils, faisant semblant d'être en colère, et ce dernier lui répondit avec l'un de ses grands sourires.

— Oui, mais sois tranquille, je ne leur ai pas dit ton âge.

MJ fit un geste de soulagement pendant que les autres riaient.

— Et maintenant, les cadeaux ! – Astrid, excitée, fit quelques petits sauts sur sa chaise ; n'importe qui aurait dit que c'était elle, la lauréate.

— Il y a aussi des cadeaux ? – MJ esquissa un de ses sourires séduisants. C'est sûr que je ne m'y attendais pas.

Béka, qui était allée un moment dans la cuisine, réapparut avec un carton, entouré d'un énorme ruban rouge en papier.

— Ouvre-le, ouvre-le, le pressa Astrid.

MJ regarda la boîte, bosselée et tachée par endroits, les sourcils froncés.

— Ça n'est pas l'une de tes blagues ? – Il regarda Béka avec méfiance.

— Pour qui tu me prends ? répliqua-t-elle en faisant semblant d'être offensée. Je t'ai promis que les blagues, c'était fini.

— Hum, se contenta de répondre MJ, en même temps qu'il tirait l'extrémité du ruban. Puis il écarta les rabats du carton et regarda le chiot de race indéterminée avec désarroi.

— C'est un chien, déclara Béka comme s'il était aveugle et idiot.

— Merci pour l'information, dit-il, sarcastique.

— Béka nous a dit que, quand tu étais enfant, on t'a envoyé étudier en Angleterre et que tu avais dû te séparer des chiens de ton grand-père, que tu aimais beaucoup. Nous avons pensé que ce serait le cadeau parfait. Ça te plaît, MJ ? — Peter le regarda, hésitant.

Un petit museau apparut sur les bords de la boîte et le chiot lécha les doigts de MJ. Béka remarqua qu'il clignait des yeux fortement plusieurs fois, comme s'il avait une mouche dans l'œil.

— Makori a dit que ses parents sont de grands chasseurs et qu'il était le meilleur de la portée.

— Cela me plaît beaucoup, même si c'est la dernière chose à laquelle je m'attendais, dit enfin MJ d'une voix rauque. Merci beaucoup à tous.

Souriant, il saisit prudemment le chiot aux oreilles pointues, aux poils roux, avec une tache blanche sur l'un de ses yeux, le sortit du carton et l'approcha de son visage.

— Et comment allons-nous l'appeler, ce petit ?

— *Luna* ! dit Astrid.

— C'est un mâle, idiote. Que pensez-vous de *Sultan* ? suggéra Peter.

— Ou bien de *Mbwa* ?

— *Mbwa* est un chien en swahili, non ? Comme c'est original, tante Béka. – Astrid leva les yeux au ciel.

— Selon la tradition familiale, il s'appellera *Whisky*. Qu'en dis-tu, *Whisky* ?

Pour toute réponse, *Whisky* tira sa langue et lui lécha le menton.

— Ça lui plaît ! crièrent Peter et Astrid à l'unisson.

Ce soir-là, après avoir laissé Whisky endormi dans la cuisine sur une vieille couverture que Njeri avait sortie d'une armoire, ils firent l'amour lentement, très lentement. Ils s'embrassèrent et se caressèrent durant des heures comme un couple d'adolescents qui font l'amour pour la première fois, sans cesser de parler à voix basse et de rire tout bas pour qu'on ne les entende pas. Béka avait l'impression que c'était la façon qu'avait MJ de lui dire merci pour quelque chose qui allait bien au-delà du cadeau d'un chiot. Pour la première fois, elle pensa que ce qu'il y avait peut-être entre eux était quelque de beaucoup plus profond que ce qu'elle pensait et quand ils étaient étendus, épuisés, dans les bras l'un de l'autre, juste avant de fermer les yeux, Béka se souvint d'une curieuse scène qui avait eu lieu ce matin même.

Ils venaient de terminer de prendre leur petit déjeuner quand Makori était arrivé, portant dans les bras une gazelle de Thompson qu'il avait trouvée quand il avait emmené son troupeau pour paître. Apparemment, elle attendait un petit et avait des problèmes. En l'entendant, Peter jeta sa serviette, disparut quelques secondes dans la cuisine, réapparut, les bras levés comme les chirurgiens dans les films après s'être désinfecté les mains, et courut l'aider. Ils l'étendirent sur l'herbe et pendant que Makori – après avoir demandé aux autres de rester dans la véranda – essayait de tranquilliser le pauvre animal comme lui seul était capable de le faire, le neveu de MJ, sans hésiter, avait mis une main dans le vagin de la bête pour l'ausculter.

— Je sens seulement une des pattes avant, dit-il en faisant preuve d'un calme extraordinaire pour un jeune de dix-huit ans dans de telles circonstances.

— Je m'attendais à quelque chose comme ça, essaie de faire ce que je vais t'enseigner.

Peter tira un peu sur l'extrémité qui apparaissait par l'étroit passage pour lui donner plus d'espace. Il ferma les yeux et se concentra en tournant l'autre patte jusqu'à la placer dans la position correcte. Au tout de quelques minutes, durant lesquelles les bêlements plaintifs n'avaient pas cessé de retentir, il dit :

— Je crois que ça y est.

Une goutte de sueur glissa le long d'une de ses tempes. Puis il saisit les sabots avant avec la main et commença à tirer tout doucement. Au bout de quelques secondes, le bébé gazelle, encore enveloppé dans le placenta, était sur l'herbe et Astrid commença à applaudir avec enthousiasme.

À ce moment-là, le regard de Béka avait croisé celui de MJ. Une muette interrogation était apparue dans les yeux gris pénétrants. Elle avait haussé les épaules avec un geste expressif et il avait tourné de nouveau son regard vers l'endroit où se trouvaient Peter et Makori – qui, à ce moment, regardaient avec un sourire de profonde satisfaction la petite gazelle, qui n'arrêtait pas de lécher son petit –, fronçant les sourcils d'un air pensif. Béka avait alors senti un intense désir de le toucher, si bien que, sans se soucier que quelqu'un puisse les voir, avait posé sa main sur la sienne, qui était appuyée sur la rambarde en bois et, immédiatement, il l'avait retournée et lui avait serré les doigts fortement. Plus tard, elle se dit que cela n'avait été rien de plus qu'un geste amical, mais à présent, allongée contre cette poitrine dure et en sueur qui montait et descendait en rythme, elle comprit avec un nœud dans l'estomac que, bien qu'elle ait tenté de réduire la profondeur de ses sentiments, elle était tombée follement amoureuse de l'homme qui, à ce moment-là, dormait à ses côtés.

Deux jours plus tard, Béka monta dans la chambre de MJ avec un vase en cristal rempli de roses, avec la rosée encore sur les pétales, que Mucanda venait de couper. Après le petit déjeuner, MJ était allé, avec son neveu et Astrid, voir le nid de marabouts que les enfants avaient découvert lors de l'une de leurs escapades. Ce grand oiseau dégingandé, avec un air de grand-père centenaire, était l'un des rares qui avait échappé à l'objectif du photographe amateur.

En fredonnant une chanson, Béka posa le vase sur le bureau et arrangea avec soin les roses, jusqu'à être satisfaite du résultat. Quand elle eut terminé, elle vit du coin de l'œil un cahier bleu qui apparaissait de dessous une housse d'ordinateur en cuir usé : le mystérieux cahier que MJ emportait partout et dans lequel il prenait des notes à tout instant. Elle resta là, les yeux rivés sur ce coin de carton bleu relié avec une spirale métallique qui semblait l'appeler, mais au bout de quelques secondes de lutte contre elle-même, elle bougea la tête et recula d'un pas, en surmontant la tentation d'envahir l'intimité d'une personne qui avait tout droit sur elle.

À ce moment-là, Twiggy passa la tête par la fenêtre et lui donna une légère poussée sur l'épaule.

— Coucou, ma jolie, ça fait longtemps que je ne t'ai pas vue par ici, dit-elle en lui caressant le front, c'est comme ça que tu apprends à te comporter !

Comme si elle voulait démentir ses paroles, la girafe renversa avec son museau la pile de dossiers qu'il y avait sur un coin du bureau et s'empara d'une enveloppe tombée de l'un d'eux.

— Non, viens ici ! – elle se battit avec l'animal et réussit à lui arracher sa proie, qui s'envola et atterrit sur le sol en bois verni, répandant son contenu. Béka pointa l'animal avec un doigt menaçant. – Twiggy, c'est mal ! Va-t'en !

Sans trop de délicatesse, elle poussa la tête de la vilaine girafe hors de la chambre et ferma la fenêtre. Elle ramassa les dossiers par terre et les réempilas sur le coin du bureau. Puis elle prit l'enveloppe qui était tombée quelques mètres plus loin, se baissa et, soudain, elle resta parfaitement immobile : des yeux très connus, parce qu'ils étaient similaires aux siens, la regardaient depuis une photographie. Déconcertée, elle saisit la photo et l'examina avec attention. Que faisait un portrait de sa mère, de ceux que, d'un autre côté, elle n'avait jamais vus auparavant, en possession de MJ ? Elle examina les trous qui traversaient le morceau de carton, que quelqu'un avait essayé d'arranger avec du scotch, et elle ressentit soudain un malaise ; quelque chose lui disait que la personne qui avait abîmé la photo l'avait fait, emporté par la haine.

Aussi, elle prit l'enveloppe qui était restée cachée sous le lit et lut l'adresse écrite au recto. Cela ne lui rappelait rien. Cependant, la calligraphie pointue et élégante lui était très familière : c'était celle de sa mère. Les dents de Twiggy avaient arraché un des coins de l'enveloppe, mais quand elle sortit la feuille de papier à l'intérieur, elle vérifia qu'elle était intacte. C'était une lettre écrite d'un seul côté avec la même écriture que sur l'enveloppe. Béka s'assit sur le fauteuil en face du bureau, lissa le papier avec des mains tremblantes et commença à lire. Dès qu'elle eut terminé, elle la relut depuis le début. Au moment où la porte de la chambre s'ouvrit et que MJ entra dans la chambre, elle la savait pratiquement par cœur.

— Tu es là ! Si tu savais pour les photos ! À ce rythme, je vais avoir le Nobel ! – MJ s'approcha en deux enjambées, la prit par les bras pour la soulever du fauteuil et lui donna un baissé passionné sur la bouche.

Elle ne répondit pas.

Surpris par l'accueil plutôt froid, MJ l'écarta un peu et la regarda dans les yeux, inquiet.

— Qu'y a-t-il ? Tu vas bien ?

— Très bien, dit-elle d'une voix rauque avant de se détacher et de faire un pas en arrière pour s'éloigner de lui.

MJ regarda autour de lui, les sourcils froncés et, soudain, ses yeux se posèrent sur la lettre et la photographie qui étaient sur la table. Les yeux gris, subitement alarmés, perdirent d'un coup toute leur chaleur et acquirent cette expression impénétrable et glacée dont elle se souvenait, ô combien.

— Tu as fouillé dans mes affaires ? demanda-t-il sur un ton inexpressif.

— Twiggy a failli les manger, je les ai retirés de sa bouche et…

Béka haussa les épaules.

— J'imagine que tu te demandes ce que fait une photo de ta mère en ma possession, dit MJ, rompant le silence au bout d'un moment.

Au moins, Béka le remercia de ne pas tourner autour du pot.

— Ça, c'était au début, dit-elle d'une voix aussi inexpressive que la sienne. Puis j'ai lu la lettre et là, j'ai tout compris.

— Ah oui ?

Était-ce du sarcasme que l'on pouvait deviner dans cette simple question ? Oui, se répondit-elle, ça l'était. Soudain, ce qui jusqu'à présent avait été une horrible sensation de choc, se transforma en une rage incandescente.

— Oui, je crois bien que oui.

— Alors, éclaire-moi. – Elle fut surprise qu'un avocat avec l'expérience de MJ commette l'erreur de se montrer provocateur à ce moment-là ; lui aussi dut se rendre que l'attitude qu'il avait adoptée n'était pas la plus appropriée, parce qu'il tenta immédiatement de faire marche arrière. Pardonne mon ton, Béka, je…

Elle fit un geste de la main qui le fit taire tout de suite.

— Je t'ai dit que je n'ai pas besoin d'explications. J'ai compris dès le départ.

— Qu'est-ce que tu as compris ? Même moi, je ne le comprends pas très bien.

Pour la première fois, il la regarda, suppliant, mais elle ne se laissa pas émouvoir. À cet instant, elle avait compris que Matt Jarrett était un homme capable de tout.

22

Le bruit des pas de Peter, qui avait dû se lever pour boire de l'eau, le sortit de sa rêverie et il se rendit compte qu'il était assis depuis plus d'une demi-heure dans la même position, les yeux fixés sur le mur.

Cela faisait déjà deux jours qu'ils étaient rentrés à Nairobi, et même s'il avait repris le travail dans son cabinet, il n'arrivait pas à se concentrer. Il se sentait comme un boxeur qui aurait été mis hors d'état de nuire au cours du combat le plus important de sa carrière.

Quand Béka lui avait dit de quitter Kilima House, il n'avait pas essayé de s'expliquer ; malgré sa capacité à convaincre n'importe quel tribunal, il savait que, quoi qu'il tente, il ne trouverait pas les mots justes. Au fond, elle avait raison : il était vrai qu'il avait pensé à se venger de la femme qu'il considérait comme responsable de la destruction de sa famille en la personne de sa fille. Que pouvait-il alléguer pour sa défense ? Qu'il avait eu une enfance malheureuse ? Il n'était plus un petit garçon ; les vrais hommes ne se victimisent pas en rejetant leurs frustrations sur le dos des autres. Comme elle le lui avait dit également, il était devenu un homme plein de rancune. En vérité, à présent qu'il s'en rendait compte, la force motrice qui l'avait poussé à réussir tenait plus du ressentiment que de l'ambition. Tout cela était vrai. Oui, il ne pouvait pas le nier et cependant…

Cependant, il savait parfaitement que, quand il l'avait embrassée sous la tente… MJ secoua la tête. Non, en réalité, c'était bien avant ; il ne se souvenait ni du jour, ni du moment, mais presque depuis le début, à chaque fois qu'il posait les yeux sur Vibéka Darby, ses plans de vengeance dégoûtants s'effaçaient de son esprit.

Ce que la petite fille devrait faire, c'est oublier une fois pour toutes cette histoire sordide, sortir faire la fête, rencontrer un beau garçon, tomber amoureuse, se marier avec lui et non pas répéter les stupides erreurs de son père…

Le commentaire qu'elle avait fait, cette nuit-là, autour du feu de camp quand il avait terminé de raconter son histoire avait mis en mots quelque chose qu'il avait retourné inconsciemment dans sa tête depuis des mois. Et quand il l'avait embrassée sous la tente, la dernière chose qui lui était passée par la tête avait été tout le contraire d'une pensée de vengeance. Ce qu'il avait ressenti à ce moment-là n'avait pas été seulement un désir frénétique ; en même temps, et même si des émotions pouvaient paraître quasi opposées, il avait été envahi par une immense sensation de paix. La même que les gens devaient ressentir quand ils rentraient enfin chez eux, imagina-t-il. Vibéka Darby était ce foyer qu'il n'avait jamais connu.

Il ne l'avait pas compris à ce moment-là, mais quand Béka lui avait demandé de partir, il était devenu de nouveau ce petit enfant impuissant que le destin, sous la forme d'adultes contre lesquels il ne pouvait pas lutter, détournait de tout ce qui lui était le plus cher. Et comme un enfant qui se sent victime d'une épouvantable injustice, il s'était refermé sur lui-même et il avait été incapable de lui expliquer ses véritables sentiments. Il avait été incapable de lui faire comprendre que, durant ces nuits qu'ils avaient passées à faire l'amour jusqu'au petit matin, il lui avait donné le meilleur de lui-même : tout l'amour qu'il portait en lui et qu'il n'avait jamais eu l'opportunité d'exprimer auparavant. Au fond, il était furieux qu'elle ne l'ait pas compris et il était conscient que son orgueil blessé, d'une certaine manière, avait joué un rôle important dans la maladresse absolue qu'il avait montrée.

Et à présent, quoi ? se demanda-t-il en plantant ses doigts sur le dessus en verre de la table. Qu'allait-il faire maintenant ? Comment allait-il survivre sans elle ? Pour la première fois, il sentit qu'il comprenait son père ; le vieil homme avait essayé de tourner la page, de refaire sa vie quand la femme qu'il aimait était partie avec un autre, mais, malgré tout ce qu'il avait essayé, il n'avait jamais pu le surmonter et ce sentiment incontrôlable les avait condamnés tous les trois – sa mère, son père et lui – au malheur le plus absolu. Allait-il répéter le passé ?

— Jamais ! se promit-il à voix haute. Jamais je ne serais avec une femme que je ne pourrais pas aimer.

Alors, était-il condamné à la solitude à vie ? La profonde sensation de défaite qui s'empara de lui, lui fit enfoncer la tête dans les épaules. À ce moment-là, des doigts ont frappé doucement à la porte et celle-ci s'ouvrit de quelques centimètres sans attendre de réponse.

— MJ, tu dors ? murmura Peter.

— Non. Entre. – Il était content que son neveu l'arrache à ses pensées noires, tout au moins pour quelques minutes.

— Tu ne peux pas dormir, MJ ? demanda-t-il inutilement. Moi non plus.

— Et alors ?

— Kilima House me manque, dit-il tout simplement.

MJ serra les mâchoires. Lui aussi, Kilima House lui manquait et, surtout, sa propriétaire, mais il ne voulait pas en parler. Aussi, il se leva, contourna la table pour se mettre devant son neveu et changea de sujet :

— Peter, je voudrais te parler. Depuis que je t'ai vu en train d'aider cette gazelle... – Il s'arrêta quelques secondes avant de se lancer à l'eau – j'ai la sensation que tu ne veux pas être avocat.

Pendant un moment, il sembla qu'il allait le nier, mais finalement, comme s'il comprenait qu'il n'avait plus de raison de le cacher, son neveu lança un profond soupir et avoua :

— J'ai rêvé d'être vétérinaire depuis que j'en ai vu un soigner la patte du chien de mon voisin quand j'avais huit ans, mais tu sais bien ce qu'en pense maman. – Il haussa les épaules, résigné. Elle veut que je suive tes pas et moi, je... je veux juste qu'elle se sente en sécurité.

Il n'eut pas besoin d'en dire plus. La mère de Peter lui rappelait un peu la sienne ; c'était ce genre de femme dépendante qui s'accrochait à son enfant d'une manière qui était presque malsaine. Comme Njeri lui avait dit une fois en utilisant un proverbe de sa tribu : « Chaque homme laisse ses traces », lui, MJ, était décidé à ce que son neveu ne marche pas par obligation sur les traces d'un autre.

— Ces derniers jours, j'ai tiré quelques ficelles et... en bref : si tu veux, tu peux compter sur une place au *Royal Veterinary College* de l'Université de Londres.

— Le *Royal*... – Peter avait l'expression ahurie de quelqu'un qui vient de recevoir un coup sur la tête. Le *Royal Veterinary College* est la meilleure école vétérinaire du monde !

MJ haussa les épaules avec une apparente indifférence.

— Je sais, c'est pourquoi j'ai pensé que ce serait un avantage pour toi d'étudier là-bas.

— Je ne peux… je ne peux pas y croire. C'est… c'est un… rêve ! – La voix du jeune garçon se brisa et Peter se racla la gorge plusieurs fois, essayant de le cacher.

— Crois-le, ton rêve peut devenir réalité. Qu'en dis-tu ?

Peter secoua la tête et, faisant une grimace, se jeta dans les bras de son oncle et l'embrassa de toutes ses forces. Immédiatement, les bras de MJ l'entourèrent et il lui rendit son étreinte.

— Merci, MJ, merci ! – Sa voix se brisa dans un sanglot. Honteux, il cacha son visage dans la chemise de MJ et ajouta d'un ton passionné : Je te promets que je ne te décevrai pas !

— Je sais bien que tu ne le feras pas. – MJ lui laissa quelques secondes pour se ressaisir un peu. Puis il lui donna quelques petites tapes maladroites dans le dos et l'écarta un peu tout en faisant semblant de ne pas voir que son neveu se hâtait de sécher ses larmes d'un geste discret. – Je parlerai demain à ta mère pour la tenir au courant des nouveautés.

Peter hocha la tête et, au bout d'un moment, dit, un peu plus serein :

— Maman veut que je passe quelques jours avec elle avant d'aller en Angleterre. J'en profiterai pour la rassurer s'il lui reste quelques doutes une fois qu'elle aura parlé avec toi.

MJ remarqua une sensation de vide au creux de l'estomac. Sans s'en rendre compte, il s'était habitué à la présence de Peter. En vérité, il s'était beaucoup attaché à lui et, apparemment, il allait aussi disparaître de sa vie.

— Tu vas me manquer, dit-il simplement. – Et c'était vrai.

Peter esquissa un sourire timide.

— Tu vas me manquer également, MJ. Je ne pourrai jamais te rendre…

Il le coupa net d'un geste de la main. Cependant, vu la façon nerveuse avec laquelle il se frottait une de ses oreilles, MJ remarqua que son neveu voulait lui dire autre chose.

— Il y a un problème ?

— Non. Eh bien, oui. Non. En fait, oui. C'est seulement que… – Il se tut et se mordit la lèvre inférieure.

— Allez, lâche-le. Je promets de ne pas me fâcher.

Peter le regard, dubitatif.

— Tu es sûr ?

Son oncle haussa les épaules.

— Je vais au moins tenter.

Peter inspira fortement et décida de se lancer :

— Je crois que… tu devrais parler avec Béka ou… ou lui écrire. Tu es amoureux d'elle et elle de toi. Astrid s'en est aussi rendu compte. En fait, nous l'avons tous remarqué. Nous ne sommes pas idiots. Qui, d'ailleurs, ne tomberait pas amoureux de Béka ! Il faudrait être aveugle ou… ou stupide. Parce que Béka n'est pas seulement très belle. Elle est amusante et bonne. C'est… c'est la meilleure. Tu devrais lui parler ou… ou lui écrire, répéta-t-il à bout de souffle, et il s'arrêta d'un coup, les poings serrés.

Un silence gênant se fit que MJ brisa au bout d'un moment.

— Bien. Au moins, tu l'as dit. Tu peux aller te coucher à présent, dit-il sèchement.

— Tu… tu es en colère ?

— Non.

— C'est bien, bonne nuit, MJ, et encore merci.

— Bonne nuit, Peter.

Tu es amoureux d'elle et elle de toi.

MJ tourna ces mots dans sa tête. Serait-ce vrai ? Béka aurait-elle des sentiments pour lui ? Quelque chose de plus que du pur désir physique ? Une petite étincelle d'espoir commença à se frayer un chemin dans son cœur.

Tu devrais lui parler ou… ou lui écrire.

La voix de Peter résonna dans sa tête. C'était un bon conseil ; Il n'avait pas été capable de parler à Béka en face, mais il pouvait lui écrire. Il s'était toujours mieux exprimé par écrit. Après tout, se rappelle-t-il, A.F. Aaldenberg et Matt Jarrett sont la seule et même personne. Un secret que, seuls, lui et son éditeur connaissent.

Tout à coup, son cœur commença à battre à toute vitesse. Oui, il lui écrirait, décida-t-il. Il lui raconterait tout. Depuis le début. Sans lui cacher le moindre détail. Il mettrait son âme à nu devant elle ; une idée qui ne lui serait pas passée par la tête quelques mois auparavant. Faire une telle chose impliquait d'être exposé à la moquerie et au mépris des gens, et MJ était un homme très fier, mais en vérité, à l'heure actuelle, son orgueil était la dernière chose qui comptait pour lui. Il était prêt à tout faire pour vérifier si ce qu'avait dit Peter était vrai : s'il existait la moindre chance que Béka ressente pour lui une petite partie de ce qu'il ressentait pour elle. Décidé, MJ ouvrit l'un des tiroirs de son bureau, sortit un cahier bleu en spirale tout neuf et un stylo et, après en avoir mordillé le bout quelques secondes d'un air pensif, il commença à écrire.

Béka, les mains sur les hanches, regarda les rangées interminables de tamariniers aux premières lueurs du jour. Les cosses brunes pendaient en grappes sur les branches des arbres, prêtes à être récoltées.

— On commence, petite *miss* ? demanda Ahmed, le vieux contremaître, un Arabe au visage ridé qui était arrivé à Kilima

House du temps de son grand-père, alors qu'il n'était encore qu'un enfant. On remarquait qu'il attendait impatiemment la réponse tandis que plusieurs douzaines de journaliers, avec de grands ciseaux à la main et des filets empilés à leurs pieds, le regardaient, attendant les ordres.

— Allons-y, acquiesça-t-elle de la tête.

Enfin, le moment dont elle avait rêvé durant des années était arrivé. Cependant, Béka ne ressentit pas la moindre émotion en y pensant. Trente-huit jours s'étaient écoulés depuis que MJ avait fait ses bagages et avait quitté Kilima House avec Peter. Et depuis, c'était comme si quelqu'un avait remplacé son cœur par un morceau de bois sec ; elle était incapable de s'émouvoir pour quoi que ce soit.

Comme elle l'avait fait durant chacun de ces jours, elle se concentra sur son travail. Rentrer, éreintée, à la maison à la tombée de la nuit était l'unique façon de pouvoir s'endormir, même si parfois, cela ne suffisait pas. Le lit dans lequel elle avait dormi toute sa vie lui paraissait froid et énorme sans la présence de MJ près d'elle. Les nuits s'étiraient, interminables, peuplées de souvenirs de mots chuchotés, de rires partagés et de caresses passionnées. Parfois, un cri la réveillait et, en portant ses mains sur ses joues trempées, elle comprenait que c'était sa propre gorge qui avait émis ce gémissement déchirant. Maudit menteur, murmurait-elle alors, pleine de rage, tout en frappant violemment l'oreiller ; mais c'était inutile, rien que de savoir qu'il avait tout planifié avec une froideur inhumaine faisait que cela diminuait le désir de l'avoir à ses côtés nuit et jour.

Masochiste, elle suivait des yeux Hamisi et Makori qui se promenaient souvent main dans la main, sans cesser de rire et d'échanger des petites confidences à l'oreille, comme le font les amoureux depuis le début des temps. La vision de l'heureux couple lui remplissait la bouche du goût amer de la bile et, au lieu de se réjouir pour son meilleur ami, qui avait tant souffert, elle était envahie d'un profond sentiment d'envie pour ce bonheur qu'ils ne pouvaient ni ne voulaient dissimuler. Un horrible sentiment qu'elle n'avait jamais ressenti auparavant, qui la faisait se voir comme un être méprisable et la faisait se sentir encore plus malheureuse, si tant est que c'était possible.

Aussi, ce matin-là, comme tous ceux qui l'avaient précédé, elle travailla côte à côte avec les journaliers, donnant des conseils, emportant les camions chargés à l'entrepôt et les ramenant vides, aidant à ramasser les filets dans lesquels tombaient les tamarins mûrs que les travailleurs, montés sur de rustiques échelles en bois, coupaient avec leurs ciseaux. Elle faisait seulement une pause pour manger une assiette de *wali wa nazi*, du riz au lait de coco, que Njeri, Hamisi et d'autres femmes du village avaient cuisiné dans d'énormes pots en fer.

Elle revint à la maison au coucher du soleil, si fatiguée qu'elle goûta à peine au dîner et ne répondit aux questions d'Astrid que par monosyllabes distraites tout en déplaçant les légumes d'un côté à l'autre de son assiette avec sa fourchette, avec tant de concentration qu'elle ne remarqua pas le regard préoccupé que cette dernière et Njeri échangèrent.

— J'ai failli oublier ! – Njeri se frappa le front avec sa main. Tu as reçu un paquet de Nairobi, il n'y a pas de nom d'expéditeur, mais il se peut…

Elle s'arrêta brusquement et Astrid lui adressa un regard accusateur ; il était évident qu'elle pensait qu'elle avait commis une erreur et, à en juger par son expression coupable, Njeri devait penser la même chose.

— Un paquet… ? dit Béka sans trop d'intérêt ; apparemment, elle était la seule qui n'avait rien remarqué de bizarre. C'est sans doute plus de factures. Bon, je vais me coucher.

— Je l'ai laissé sur ton bureau, cela semble impor…

— Je regarderai demain, je suis morte, l'interrompit Béka, faisant un geste d'au revoir de la main. Bonne nuit.

— Bonne nuit, répondirent Astrid et Njeri avec des mines de circonstance.

— Elle est anéantie, murmura Astrid dès qu'elle l'entendit monter l'escalier.

— Ils semblaient si heureux… — Njeri lança un profond soupir. Monsieur Jarrett a mal commencé, mais je reconnais qu'à la fin, je l'appréciais beaucoup.

— En plus, il est beau, dit Astrid avec une expression rêveuse.

Njeri regarda l'adolescente, les sourcils froncés

— Ce n'est pas le plus important.

— Mais ça aide. Ça aide aussi quand ton principal créancier est follement amoureux de toi.

— Ça non plus, ce… – Njeri dut reconnaître que, même si cela semblait un peu intéressé, la jeune fille avait raison, parce qu'elle ferma la bouche sans terminer sa phrase. – Bref, je crois qu'ils faisaient un beau couple, et cela me fait beaucoup de peine que ça se soit terminé ainsi.

— Je pense qu'on devrait…

— Non ! l'interrompit Njeri fermement.

— Mais tu ne sais même pas ce que j'allais dire, protesta Astrid, indignée.

— Bien sûr que je le sais, et c'est non. – Le doigt de Njeri la pointa, menaçant. La relation entre Béka et MJ ne te regarde pas, aussi qu'il ne te vienne pas à l'esprit de mettre ton nez dans cette affaire.

— OK, c'est bon. Ça ne vaut pas la peine de le prendre comme ça, bon sang, je voulais seulement aid…

— Béka n'a pas besoin d'aide. C'est une femme adulte, capable de prendre ses propres décisions, aussi, n'en parlons plus. Va te coucher, il est tard.

Astrid ouvrit la bouche, mais une fois de plus, son interlocutrice la coupa sèchement.

— Allez. Au lit !

L'adolescente obéit avec un reniflement furieux.

Béka ouvrit les yeux. Elle n'avait pas bien dormi et, comme ça lui arrivait ces derniers jours, elle avait du mal à sortir de son lit. Pour une personne pour qui la naissance d'un nouveau jour avait toujours été l'anticipation d'une merveilleuse aventure, un tel manque d'enthousiasme commençait à devenir préoccupant.

— C'est seulement une question de temps, essaya-t-elle de se convaincre elle-même. Bientôt, je l'oublierai.

Elle prit une douche et s'habilla rapidement, et quand elle passa près du bureau, elle remarqua l'enveloppe couleur kraft qui se trouvait dessus. Elle la prit sans plus de curiosité que ça et chercha l'expéditeur : il n'y en avait pas. Elle ouvrit le rabat et regarda à l'intérieur. Un cahier. Elle le sortit, perplexe ; c'était un simple cahier à spirales avec une couverture bleu ciel. Son cœur commença à s'emballer ; elle ne connaissait qu'une personne qui possédait ce genre de cahier autour d'elle.

Elle caressa la couverture bleue avec des doigts tremblants sans oser l'ouvrir. Qu'aurait-il écrit ici ? Un tas de raisons pour expliquer la grande erreur qu'avait été ce bref interlude sexuel ? Un récit exhaustif de tout l'argent qu'elle lui devait ? Une… ?

— Vibéka Darby, tu es une idiote ou quoi ? Si tu veux savoir ce qu'il t'a écrit, tu n'as qu'à ouvrir ce fichu cahier.

Elle inspira profondément et l'ouvrit ; la première page était blanche. Impatiente, elle la tourna si brusquement que la partie intérieure se détacha à moitié de la spirale. Instantanément, ses yeux se heurtèrent à une image vaguement familière : celle d'une calligraphie masculine serrée, presque illisible et tachée qui remplissait la page de haut en bas. Elle lut la première phrase et ferma le cahier d'un coup.

Avec un regard fou, elle chercha sa capeline dans toute la pièce, jusqu'à ce qu'elle la trouve sous son lit avec Suri lovée à l'intérieur. Avec peu de délicatesse, elle obligea l'animal à la lui rendre, la mit sur sa tête jusqu'aux sourcils sans la moindre cérémonie et descendit l'escalier à toute allure, le cahier dans la main. Elle croisa Njeri dans le hall et lui cria :

— Que personne ne me dérange ! Ça m'est égal si la plantation est en feu ou si un troupeau d'éléphants menace le jardin de roses. Je ne suis là pour personne !

Njeri porta une main à son cœur tout en la suivant du regard. Béka marcha à longues enjambées dans le jardin et s'arrêta près des deux palmiers plantés par son grand-père, qui profitait alors de ses longues siestes au frais. Elle monta agilement dans le hamac, et Njeri suivi le balancement de la toile aux couleurs vives avec une profonde émotion dans ses yeux sombres.

Deux heures plus tard, avec le cahier bien serré contre sa poitrine et les joues trempées de larmes, Béka souriait, le regard perdu dans l'immense ciel bleu.

23

MJ regardait, l'air tourmenté, la photo qui occupait tout l'écran de l'ordinateur. Il était planté là, depuis plus d'une demi-heure, malgré un tas de travail qui l'attendait. Il passa le bout de ses doigts sur ses joues et remarqua sa rugosité ; cela faisait trois jours qu'il ne s'était pas rasé. Il savait qu'il avait l'air épouvantable, sans rasage et avec des yeux noirs creusés. En vérité, ces derniers quarante-deux jours, il avait à peine fermé l'œil. Les matinées avaient été occupées par le travail du cabinet et les nuits, il les avait passées à écrire sans trêve dans le cahier bleu ciel, jusqu'à ce que la lumière grisâtre des premières lueurs de l'aube le prévienne que c'était sa dernière occasion de dormir une heure ou deux avant de retourner au bureau.

Dès qu'il eut mis un point final à l'histoire, il mit le cahier dans une enveloppe kraft sans prendre la peine de le corriger et il l'envoya à Kilima House, mais même comme ça, il n'avait pas récupéré sa fatigue. Tout au contraire. L'attente de tout type de réponse le tenait éveillé et il en avait perdu l'appétit. Il était si concentré sur son écran d'ordinateur qu'il ne sentit pas la porte s'ouvrir et lorsqu'il entendit un joyeux aboiement, il dit sans lever les yeux :

— Pas maintenant, Whisky. Je n'ai pas envie de jouer.

Peter était allé à Mombasa dire au revoir à sa mère et passer quelques jours avec elle avant de partir pour l'Angleterre et, le premier jour après son départ, quand MJ avait laissé le chiot à la maison pour aller au bureau, la femme de ménage l'avait appelé pour lui dire que l'animal n'arrêtait pas de hurler tout le temps qu'elle avait passé à nettoyer et qu'elle avait le cœur brisé rien que de penser à le laisser complètement seul jusqu'à ce qu'il rentre. Tout en jurant et malgré le fait qu'il ne lui restait plus que deux heures avant une réunion très importante, MJ avait appelé un taxi et était allé le chercher. À partir de ce jour, il l'emmenait toujours au bureau, où il avait installé un petit coin spécial pour que le chiot puisse s'amuser avec ses jouets.

— Eh bien, soit tu es un très bon photographe ou je suis réellement photogénique.

En entendant cette voix connue juste près de son oreille, il tourna la tête en sursaut. Vibéka Darby était penchée par-dessus son épaule en train d'examiner une des centaines de gros plans qu'il avait fait tirer lors du safari, dont la contemplation masochiste le tourmentait fréquemment. Sur l'instant, il décida qu'elle était une vision, fruit du manque de sommeil et de la nostalgie. Cependant, le parfum familier de bois de santal mélangé avec l'odeur inimitable de sa peau lui fit reconsidérer cette conclusion. Depuis quand les visions étaient-elles accompagnées d'odeurs et… ? Il tendit la main et effleura du bout de l'index le bras brun… et bien en chair.

MJ sc leva d'un bond du fauteuil ergonomique.

— Béka ? Qu'est-ce… qu'est-ce ce que tu fais là ? – Il était si stupéfait qu'il ne fut pas conscient qu'il bégayait.

— Makori devait venir en ville pour acheter des trucs et j'ai décidé de l'accompagner.

MJ était encore sous le choc et il avait du mal à comprendre ce qu'elle disait, mais il fit un effort pour se concentrer.

— Tu es venue avec Makori ? répéta-t-il comme un idiot.

— Hamisi et lui se marient dans deux semaines et je veux leur offrir quelque chose de spécial. Makori est dehors, en train de divertir ta secrétaire qui, apparemment, le trouve très séduisant, et j'ai profité de l'heureuse circonstance pour me faufiler dans ton bureau et te faire une surprise, termina-t-elle avec un rire malicieux.

— Je n'arrive pas à croire que tu es ici…

MJ écarta une mèche de cheveux sombres de son front avec des doigts tremblants et secoua la tête pour tenter de remettre ses neurones en place.

— Tu vois, cela fait quelques jours que j'ai reçu par courrier un cahier mystérieux…

Pour qu'elle ne remarque pas son tremblement, MJ mit ses mains dans les poches du pantalon bleu marine de son costume et hocha la tête.

— Ah, ça… dit-il comme s'il n'y attachait pas trop d'importance.

— Oui, ça.

Cela sautait aux yeux qu'elle se moquait de lui et il la trouva absolument irrésistible.

— Et… l'histoire t'a plu ?

Il ne savait pas très bien ce qu'il disait, il ne pouvait que la dévorer des yeux. Elle était différente. Non seulement parce que, au lieu de son pantalon kaki, de son t-shirt et de ses bottes, elle portait une robe d'été et des sandales qui lui donnaient un air frais et très féminin. Ce n'était pas non plus parce que ses cheveux blonds tombaient en une cascade d'ondes douces dans le dos… Le beau visage resplendissait et les yeux violets, qui avaient toujours été spectaculaires, avaient maintenant une lueur ardente qui le happait, l'empêchant de détourner le regard.

— À vrai dire, cela m'a fait rire et pleurer. J'étais désespérée, furieuse, j'ai repris espoir et, pendant ce temps, je n'ai pas arrêté de tourner les pages à toute vitesse pour savoir ce qui allait se passer après. On ne peut pas demander plus à une histoire.

L'enthousiasme se transmettait dans tous ses gestes. C'était comme s'il brûlait de l'intérieur. MJ, ébloui, ne pouvait l'expliquer autrement.

— Je vois… – il s'éclaircit la gorge. Bref, je suis heureux que cela t'ait plu.

— Cela ne m'a pas plu. J'ai adoré ! Très bien. Aussi bien qu'un roman d'A.F. Aaldenberg.

— Ah, se contenta de répondre MJ, le visage inexpressif. Il avait toujours les mains dans les poches, conscient que s'il les sortait, il l'écraserait contre sa poitrine et ne la laisserait jamais s'échapper.

— Je dirais qu'il a le style inimitable de mon écrivain préféré.

— Tu dirais ça ?

— Ah oui.

— Tu as peut-être raison.

— Je sais très bien que c'est le cas. Alors, tu vas le publier ? – Et sans lui permettre de la contredire, elle ajouta, pleine d'enthousiasme : Tu dois le faire ! Je sais bien que ce n'est pas ce que tu écris habituellement, mais je suis sûre qu'il aura autant de succès que les autres. Peut-être même encore plus. C'est fantastique, vraiment, je ne pouvais pas m'arrêter de lire !

MJ posa son index sur la bouche souriante, dans une tentative de contenir cet enthousiasme débordant.

— Cette histoire, je l'ai écrite pour toi. Je voulais que tu saches sans te cacher un seul détail, embarrassant ou non, quels ont été mes sentiments depuis que je t'ai rencontrée. Je ne sais pas si j'aimerais que d'autres la lisent.

Béka tourna la tête de quelques centimètres pour pouvoir parler.

— C'est idiot ! Bien sûr qu'ils doivent la lire, tu ne peux pas garder une histoire comme ça dans un carton. Au besoin, tu changes un peu les noms et…

— Vraiment, devons-nous parler de ça maintenant ? – Il l'interrompit impatiemment. Je crois qu'il y a quelque chose de plus important à dire en ce moment.

Béka leva le nez d'un air offensé.

— Eh bien, je ne vois pas ce que ça peut être, en vérité.

— Non ? À vrai dire, c'est très simple : maintenant que tu as découvert mon secret le mieux gardé, tu dois tenir ta parole.

Pour la première fois depuis qu'elle était entrée dans son bureau, ce fut elle qui parut déconcertée. Il la vit froncer ses sourcils délicats.

— Ma parole ?

— Tu as dit que tu te marierais avec A.F. Aaldenberg sans hésiter.

— C'est ce que j'ai dit ? – Un afflux de sang inonda le beau visage, et MJ comprit avec satisfaction que les choses avaient changé et qu'à présent, c'était lui qui dominait la situation.

— Oui. Je m'en souviens très bien. Apparemment, l'idée d'être la première personne au monde à lire mes romans te paraît éblouissante. Je ne sais pas si c'était la meilleure raison du monde pour s'embarquer dans un mariage, mais ce n'est pas moi qui mettrais… – Il haussa les épaules dans une prétendue indifférence.

— Arrête de dire des bêtises, tu veux ? – Béka parla d'un ton sec, mais la rougeur subite de ses joues trahissait sa nervosité.

MJ croisa les bras sur sa poitrine et lui adressa un regard désapprobateur.

— Donc, tu as menti ?

Elle le regarda, indignée.

— Ça, ce n'est pas mentir. C'était une petite exagération. Comment allais-je deviner que toi, précisément, allais justement devenir mon écrivain préféré ? C'est fou.

— Tu l'as dit. – MJ paraissait, plus que jamais, un enfant obstiné.

— C'était une façon de parler. Je ne sais pas ce que nous faisons à parler de mariage. On a couché plusieurs fois ensemble, mais il ne faut pas non plus exagérer. Par ailleurs, comment pouvons-nous nous marier. Ta vie est ici et la mienne à Kilima House ; cela ne changera pas. Je suis seulement venue pour faire la paix et te dire que, de mon côté, tout cela est oublié et que je ne t'en veux pas.

— « L'homme est maître de son silence et l'esclave de ses paroles », dit MJ avec sévérité, comme s'il n'avait pas écouté une seule parole de ce discours.

Ce fut au tour de Béka de hausser les épaules.

— L'homme peut, mais pas la femme.

En l'entendant, MJ serra fortement les mâchoires.

— Ah, non ? Et pourquoi ne sait-on pas ça ? Est-ce que les hommes et les femmes ne sont pas égaux ?

Son interlocutrice grogna, exaspérée.

— On va discuter maintenant de féminisme ?

Fatigué que personne ne s'occupe de lui, le chiot commença à aboyer.

— Pas maintenant, Whisky ! Je suis en conflit avec une personne très têtue.

— Ah, l'avocat est de retour ! Et sache que je ne suis pas têtue, c'est toi qui te comportes d'une façon absolument irrationnelle.

La porte du bureau s'ouvrit à ce moment-là, mettant fin de manière brutale à la discussion.

— Pardonnez-moi, MJ, je ne me suis pas rendu compte que… – Sa secrétaire passa la tête par la porte avec une expression d'urgence.

— Non, ne t'en fais pas, Anne. Tout est sous contrôle.

La femme le regarda, hésitante.

— Sûr ? J'ai entendu des cris.

— Il ne se passe rien. C'est seulement que Mlle Darby est un peu secouée. – Il ignora le regard outré de Béka.

La secrétaire secoua la tête avec désapprobation et les grandes boucles d'oreille en or, qui se détachaient des boucles luxuriantes de sa coiffure afro, brillèrent avec un éclat menaçant identique à celui qui apparaissait dans ses yeux sombres.

— OK. Je m'en vais. J'espère, Mademoiselle Darby, que c'est la dernière fois que vous vous faufilez dans le bureau de MJ sans me laisser le temps de vous annoncer.

Béka hocha la tête, d'un air contrit.

— Oui, je vous le promets. Je suis désolée, Anne.

— Hum. – La femme ressortit en lui adressant un dernier regard féroce.

— Je reconnais que j'ai été davantage effrayée que quand la lionne m'a attaquée, dit Béka avec un soulagement évident, dès que la porte fut fermée.

— En effet, Anne me défend comme une lionne son petit ; aussi, fais attention à ce que je ne la rappelle pas une autre fois.

Béka leva les yeux au ciel.

— Vraiment, MJ, il y a des fois où tu te comportes comme un gamin.

— Ne m'appelle pas MJ.

— MJ, MJ, MJ.

— Qui est celle qui, à présent, se comporte comme une gamine ?

D'un pas, MJ élimina la distance qui les séparait et la serra entre ses bras tout en emmêlant ses doigts dans les boucles dorées et il écrasa sa bouche contre la sienne sans la moindre délicatesse.

« Oh, oui », se dit-il, les yeux fermés, sans cesser de dévorer la douceur de cette bouche provocatrice comme un affamé qui aurait perdu l'espoir de recevoir à nouveau de la nourriture. Le plus curieux, c'est que Béka, non seulement ne protesta pas pour ce traitement si peu délicat, mais qu'elle entoura son cou de ses bras et lui retourna son baiser avec la même passion. Au bout de plusieurs minutes, MJ murmura d'une voix rauque contre ses lèvres :

— Alors, tu vas continuer à m'appeler MJ ? Parce que je peux continuer à te punir toute la journée…

— C'était vraiment une punition ? – Le désir battait indéniablement dans la voix féminine.

— On dirait que tu n'en as pas eu assez… – MJ reposa ses lèvres sur les siennes et continua « à la punir » un peu plus.

— Oh, Matt… soupira Béka, heureuse, au bout d'un bon moment, ses bras encore enroulés autour de son cou et le visage caché dans le creux de sa gorge.

— Ça me plaît comme ça, dit MJ, et il ajouta immédiatement : quand nous marions-nous ?

— Hum. Je ne sais pas quoi te dire, vraiment. – Béka l'embrassa dans le cou. Je viens de t'expliquer nos problèmes d'intendance. Je ne crois pas aux relations à distance.

— Ces derniers jours, j'ai pensé à beaucoup de choses. Hier encore, même si, à ce moment-là, je n'avais pas beaucoup d'espoir que les choses s'arrangent entre nous, j'ai offert à William, mon second, de le nommer associé et de m'acheter ma part du cabinet. Il a seulement failli danser de joie.

Béka s'écarta de lui et le regarda, bouche bée.

— Tu vas arrêter d'être avocat ?

— En effet. J'ai l'intention de me consacrer à l'écriture à temps complet et Kilima House est un lieu qui m'inspire.

Béka ferma la bouche et avala sa salive avant de dire :

— Tu es sûr que tu ne le regretteras pas après ?

MJ haussa les épaules.

— Je suis devenu avocat pour montrer à mon père que je pouvais être aussi bon, voire meilleur que lui, mais écrire est ma véritable passion.

— C'est la dernière chose à laquelle je m'attendais… – Une fois de plus, Béka secoua la tête, déconcertée.

MJ la serra à nouveau contre lui et l'obligea à appuyer sa tête contre sa poitrine.

— J'aime te surprendre. – Il pencha la tête pour l'embrasser dans les cheveux et il remarqua que Béka souriait. Alors… ?

— Je ne sais toujours pas quoi te dire, tu ne m'as pas encore raconté tous tes secrets.

MJ la serra fortement et respira avec délice le parfum familier de ses cheveux.

— Cela sonne comme une excuse, tu connais mon seul secret.

— Ce n'est pas le seul ; il y en a un autre qui me tourmente depuis des jours.

En entendant cela, MJ la saisit par les bras, l'écarta de quelques centimètres et planta ses yeux dans les siens avec un froncement de sourcils.

— De quoi parles-tu ?

Béka baissa les yeux dans une attitude soumise, si manifestement fausse, qu'il fut sur le point d'éclater de rire et dit à voix basse :

— C'est bien, si tu le prends ainsi… – À ce moment-là, elle leva les yeux vers lui avec un regard espiègle, et son extraordinaire beauté lui fit retenir son souffle une fois de plus.

— Je veux que tu me dises que signifient les initiales A.F.

— Ah, c'était ça.

— Oui, c'est ça.

— Si on négociait…

Une fois de plus, Béka leva les yeux au ciel et murmura :

— Revoilà l'avocat véreux, je savais bien qu'il ne pouvait pas être loin.

Sans broncher, MJ lança son ultimatum.

— Je ne te dirai mon secret que si tu promets de te marier avec moi.

Elle le regarda, les sourcils froncés.

— Ça ne te fait pas peur que je me marie avec toi seulement pour avoir été la première personne à lire ton dernier manuscrit ?

MJ fit semblant de penser quelques instants et secoua la tête négativement.

— Pas trop, en fait.

Béka entrouvrit les yeux avec une expression calculatrice.

— Et si je te disais que je le ferai à condition que tu oublies la fameuse dette pour laquelle tu me menaces depuis que je te connais ?

Une fois de plus, MJ fit comme s'il y pensait et finalement haussa les épaules.

— Je suis avocat. Je peux comprendre les décisions pragmatiques.

— Vraiment, ça te serait égal que je sois une répugnante mercenaire ? – Béka semblait scandalisée.

MJ claqua la langue comme si une telle conclusion commençait à le fatiguer.

— Tu n'as pas encore compris que j'accepterais n'importe quelle condition si tu promets d'être ma femme ?

Béka le regarda encore une fois, la bouche ouverte, jusqu'à ce qu'elle s'en aperçoive et la ferma d'un coup. Soudain, ses yeux se remplirent de larmes.

— Comme c'est beau… murmura-t-elle en faisant une moue.

MJ fronça les lèvres d'un geste arrogant, tandis que, du bout de son pouce, il séchait une larme avec une infinie tendresse.

— Bien. Puisque, maintenant, tu connais le prix que tu vas payer, tu continues à vouloir savoir que signifient les initiales A.F. ?

Elle hocha la tête, les yeux embués de larmes. MJ se pencha, déposa un baiser rapide sur la bouche tremblante et, remarquant la douce pression en réponse, dut fournir un effort surhumain pour s'écarter d'elle de nouveau.

— A.F. sont les initiales de Atticus Finch, mon avocat littéraire préféré.

Entendant cela, Béka se frappa le front avec la paume de sa main :

— Mais bien sûr ! Que je suis stupide, j'aurais dû l'avoir deviné.

Incapable de contenir une seconde de plus le désir de la toucher à nouveau, MJ lui entoura la taille avec ses mains.

— Le fait est que tu ne l'as pas fait, aussi tu devras payer le prix…

Béka posa ses mains sur sa poitrine ; MJ était sûr qu'il pouvait sentir la vitesse endiablée avec laquelle son cœur battait. Sans lever les yeux de la chemise faite sur mesure, son impitoyable tortionnaire repassa avec son index les initiales brodées sur sa poitrine. Une caresse des plus innocentes qui, cependant, provoquait des ravages dans une zone très spécifique du corps masculin.

— N'est-ce pas un prix très élevé, Monsieur l'avocat ? dit-elle, câline. Après tout, je n'ai fait preuve que d'un peu de curiosité.

MJ fit un effort pour se contrôler et essaya de parler calmement :

— Je crains, Vibéka Darby, qu'après ma brillante présentation, le jury ait émis son verdict et il est sans appel. Le juge te condamne à la prison à perpétuité sans possibilité de remise.

— Oh, non !

— Oh, oui !

Béka leva son visage souriant vers lui et appuya sa bouche contre la sienne. MJ la serra contre lui et lui retourna son baiser avec la même voracité, sentant que, avec cette femme à son côté, la vie le dédommagerait enfin de toute souffrance passée.

Épilogue

— Aujourd'hui, c'est le grand jour ! – fut la première chose que dit Béka en se réveillant alors qu'elle s'étirait avec sensualité. Le mouvement fit que la légère chemise de nuit en coton se tendit un peu plus sur le ventre gonflé par une grossesse de presque huit mois.

— Laisse-moi dormir encore un peu… grogna MJ qui regardait discrètement jusqu'au dernier de ses mouvements entre ses paupières entrouvertes.

— Pas question, en plus – elle jeta un œil sur l'horloge qui était sur la cheminée, nous allons recevoir la visite dans trois, deux, un…

La porte de la chambre s'ouvrit brusquement et une petite fille d'environ quatre ans, aux cheveux si blonds qu'ils paraissaient blancs, et vêtue d'un pyjama court, entra en courant, suivie de près par un petit bâtard avec une tache blanche sur l'œil. La fillette sauta sur le lit et atterrit juste entre les deux.

— Réveillez-vous, le coucou a sonné !

Béka et sa fille étaient arrivées à l'accord qu'elle ne pouvait entrer dans la chambre de ses parents que lorsque le petit coucou de l'horloge qui se trouvait dans sa chambre, programmé à six heures trente du matin, serait sorti. Avant qu'ils ne parviennent à cet accord non négociable, la petite avait été sur le point de les surprendre à quelques reprises dans une situation plutôt compromettante.

À ce moment-là, quelque chose d'autre atterrit aussi sur le matelas, mais ce n'était pas Whisky qui, prudent comme d'habitude, s'était assis sur son train arrière au pied du lit et les regardait avec sa langue rose pendante et l'air d'un fier patriarche.

— Abby Jike Jarrett Darby, sors maintenant même Bili de notre lit !

Les grands yeux, d'une curieuse nuance presque jaune, la regardèrent avec un air de reproche.

— S'il est tout seul, il est triste.

— Ne me dis pas…

MJ la saisit par les bras, la souleva en l'air jusqu'à la mettre pratiquement la tête en bas et l'embrassa sur le bout de son petit nez, ce qui arracha à sa fille un rire contagieux.

— Allons, petit monstre, obéis à ta mère, dit-il et il la remit doucement sur le matelas.

— Bili, viens, dit la petite fille sans cesser de rire.

Le babouin jaune, qui avait beaucoup grandi au cours de ces années, se laissa prendre et avec la même agilité que le singe qu'elle tenait dans ses bras, Abby descendit d'un bond, du lit, ouvrit la fenêtre, sortit l'animal, la referma et revint s'installer entre les deux.

— Je ne sais pas à qui me fait penser cette enfant ? dit MJ sans s'adresser à quelqu'un en particulier.

— Aucune idée de qui ça peut être. – Avec un sourire, Béka attrapa la petite entre ses bras et lui donna un baiser claquant sur la joue, ce qui, une fois de plus, déclencha une série de rires contagieux.

— Je peux toucher le bébé ?

Sa mère saisit la main de l'enfant et la posa sur son ventre. À ce moment-là, le petit Oliver donna un coup de pied et la fillette retira sa main précipitamment.

— Il m'a frappé !

— Ce n'est pas vrai, il t'a souhaité bonjour.

La petite fronça ses sourcils presque invisibles.

— Tu es sûre ?

— Sûre. Vas-y, dis-lui bonjour, toi aussi.

D'un geste méfiant, Abby posa sa main sur son ventre. Au bout d'un moment, elle décida de prendre un peu plus de risques, aussi, elle approcha sa bouche jusqu'à effleurer le tissu de la chemise de nuit et cria :

— Bonjour, Oliver ! Ne sois pas brutal !

Assis sur le matelas avec les jambes croisées et sans sa chemise de pyjama, MJ regardait, ravi, les deux femmes de sa vie. Cela faisait vraiment plus de six ans qu'il avait vendu ses parts du cabinet et qu'il avait emménagé pour vivre à Kilima House ? Six ans depuis que, au cours d'une cérémonie simple mais inoubliable, célébrée dans la plus stricte intimité, entourés seulement des personnes les plus importantes de leur vie et du parfum des merveilleuses roses dont le vieux Mucanda prenait tant de soin, Béka et lui avaient promis de se donner l'un à l'autre et d'être fidèles, dans la joie et dans la tristesse, dans la santé et dans la maladie, tous les jours de leur vie ? Six ans durant lesquels, en dehors de rares occasions, il s'était levé tous les matins et s'était couché tous les soirs au côté de cette femme, de nouveau enceinte, qui, actuellement, chatouillait son adorable fille ?

Cela faisait six ans qu'il s'était complètement consacré à sa véritable passion : l'écriture et durant lesquelles il avait publié tant d'autres histoires. La première, celle qu'il avait écrite à Béka pour tenter de lui expliquer ses sentiments et qui, comme elle-même l'avait prédit, était devenue un succès encore plus grand que celui de la célèbre série mettant en vedette le sagace Cicéron Smith. En fait, son éditeur n'arrêtait pas de l'importuner, mêlant supplications et menaces, pour qu'il écrive la seconde partie et, même s'il essayait de gagner du temps, à vrai dire, il l'avait déjà commencée ; mais il ne savait pas encore s'il la publierait un jour. Pour le moment, il aimait comme jamais l'écrire et, quand son deuxième enfant naîtrait, il pensait l'offrir à sa femme et lui laisser entre ses mains la décision de la publier ou non.

Dans cette seconde partie, il racontait la vie à Mbinguni Duniani, le Paradis sur la Terre, la version littéraire de Kilima House. Il parlait de sa nouvelle prospérité grâce aux abondantes récoltes annuelles de tamariniers ; il parlait de la tribu qui vivait près de la propriété et des souriants bambins qui travaillaient main dans la main près de leurs parents pour faire paître le bétail ; il parlait des battements de l'Afrique, de la couleur exceptionnelle de ses cieux sans fin ; de la vie qui bouillait dans cet océan d'herbes jaunies qu'était la savane…

Cependant, tout n'avait pas été idyllique dans ce paradis. Dans cette seconde partie, il parlait aussi de nombreuses choses bien plus dures : de la cruauté extrême de certains événements qui avaient eu lieu dans cette même savane ; de la violente tempête qui s'était abattue il y a trois ans, et des inondations qui avaient suivi. Une inondation qui avait arraché plusieurs *manyattas* et tué des douzaines de têtes de bétail. Un jeune garçon du village avait été également emporté et était mort noyé malgré les efforts désespérés de Makori et de lui, qui avaient risqué leur propre vie pour tenter de le sauver. Il n'avait pas oublié non plus l'épisode de la mort de Jike, quelques mois après leur premier anniversaire de son mariage. Cette nuit-là restait encore gravée dans la mémoire de MJ…

Peter venait de retourner en Angleterre après avoir passé avec eux les vacances de Pâques et ils étaient en train de dîner avec Astrid dans la véranda. Malgré la tombée du jour depuis plusieurs heures, la chaleur était suffocante et l'atmosphère avait cette tension particulière qui précède une pluie torrentielle. Soudain, Makori avait surgi de l'obscurité comme une apparition, les faisant tous sursauter. Rien qu'à le voir, sa femme s'était levée, comme poussée par un ressort. Même à la lumière des lanternes, MJ remarqua qu'elle était devenue très pâle.

— Que s'est-il passé ? demanda-t-elle d'une voix tremblante.

Makori planta ses yeux dans les siens, et MJ eut l'impression qu'il essayait de lui insuffler des forces avec ce regard.

— C'est Jike.

Il n'y eut pas besoin d'ajouter quoi que ce soit. Les lèvres de Béka tremblèrent. Cependant, elle dit d'une voix ferme :

— Mène-moi à elle.

Sans rien dire, MJ se leva, fit signe à Astrid – qui, pour une fois, se soumit sans protester – de les attendre ici et les suivit jusqu'au vieux 4x4 garé à quelques mètres de la maison. Même les phares du véhicule ne semblaient pas capables de trouer l'impénétrable obscurité de cette nuit sans lune, mais Makori les conduisit sans hésiter jusqu'aux rochers qui servaient de refuge à la lionne. Il laissa les phares allumés et descendit de la voiture ; Béka et lui l'imitèrent. Ils n'eurent pas à marcher beaucoup. À quelques mètres de l'acacia sous l'ombre duquel se réfugiait l'animal aux heures les plus chaudes de la journée, les puissants projecteurs des lanternes révélèrent un spectacle dantesque. Le corps de la lionne gisait dans une énorme mare de sang avec la tête quasiment tranchée. Le faisceau lumineux de la lanterne que Béka tenait sans sa main éclaira un dernier éclat jaune des yeux sans vie.

— Jike !

Sa femme tomba à genoux près de la lionne. MJ alla la serrer dans ses bras, mais Makori lui saisit le bras et l'arrêta. Il le regarda, les sourcils froncés, mais le *morani* se contenta de faire non de la tête. MJ serra les mâchoires et, rempli d'impuissance, regarda Béka enlaçant l'énorme tête sans cesser de pleurer.

— Deux chasseurs blancs et un rabatteur. – La voix de Makori résonna dans la nuit comme un coup de canon. Je dirais des Américains, vu les traces des bottes. Quand ils ont essayé de récupérer leur trophée, ils se sont rendu compte que Jike n'avait ni dents, ni crocs.

Béka passa le dos de sa main sur ses joues et déglutit bruyamment.

— Des braconniers à la recherche d'une décoration de plus pour le salon de leur maison, dit-elle à voix basse. Pauvre Jike, ajouta-t-elle sans cesser de lui caresser la tête, toi qui n'as jamais fait de mal à personne, tu as été une proie trop facile.

Elle déglutit de nouveau. Au bout d'un moment, elle dit d'une voix un peu plus ferme :

— On va l'enterrer dans son lieu de vie, au pied de l'acacia.

Makori acquiesça et alla chercher la pelle qu'ils emportaient toujours dans le 4x4. Lui et MJ creusèrent à tour de rôle pendant que Béka tenait encore la lionne dans ses bras. Le sol était très dur et ils mirent du temps à obtenir une profondeur suffisante pour que les charognards ne la déterrent pas. Presque une heure et demie plus tard, trempés de sueur, ils jugèrent que c'était suffisant. Béka se passa les mains sur ses joues pour sécher ses larmes et se releva. Le pantalon, la chemise et même son visage étaient tachés de sang. À eux tous, ils réussirent à traîner le corps rigide et à le faire tomber dans la fosse. Ils la recouvrirent de terre et ajoutèrent une couche de lourdes pierres sur la tombe.

— Elle sera bien, là, dit Makori.

Ils retournèrent à la maison en silence. MJ prépara la baignoire, dévêtit Béka en jetant les vêtements souillés sur le sol et l'aida à entrer dans le bain. Elle était en état de choc et se laissa faire en pleurant en silence. MJ lui lava le sang de ses mains et de ses joues, l'enveloppa dans une serviette et la porta dans ses bras jusqu'au lit. Puis il s'étendit à côté d'elle.

— Je suis tellement désolé… lui murmura-t-il à l'oreille d'une voix rauque.

Béka ne répondit pas, s'accrocha simplement à lui de toutes ses forces et commença à l'embrasser tout en pleurant. Aussitôt, les bras de MJ l'entourèrent et il la serra contre sa poitrine. Il détestait se sentir impuissant pendant qu'elle souffrait, il voulait absorber sa douleur, la délivrer d'elle ; il était prêt à faire n'importe quoi, à sacrifier ce qu'il fallait pour lui éviter la moins souffrance, mais il savait bien que ses bons désirs n'étaient pas suffisants. Rempli de rage en se sentant inutile, il la caressa et l'embrassa durant des heures, lui murmurant à l'oreille combien il l'aimait. Béka répondait à ses caresses en silence et se serrait contre lui comme si, en effet, elle pensait que le pouvoir de ses baisers et de ses étreintes serait capable de la libérer de cette terrible douleur. Presque à l'aube, quand ils s'unirent enfin l'un dans l'autre sans cesser de se regarder dans les yeux, MJ sut sans aucun doute que quelque chose, encore plus intense et transcendant que ce qu'ils avaient partagé jusqu'alors, venait de se passer entre eux.

Neuf mois plus tard, naquit leur petite fille et, en voyant l'étrange nuance jaune de ses yeux, il ne leur resta aucun doute sur l'instant précis où elle avait été conçue. Abby Jike. La vie, la mort… la mort qui donnait place à la vie ; en définitive, le cycle sans fin qui ne s'arrêtait jamais.

— Où vas-tu ? – La voix de Béka le ramena au présent.

— Muruthi m'attend. – Sa fille sauta du lit.

Muruthi était le fils de Makori et de Hamisi ; il avait cinq ans et Abby et lui étaient inséparables. Le passé se répétait avec différents protagonistes. Le couple avait aussi deux petites filles plus jeunes, mais leur frère et son amie les ignoraient complètement. Tous deux, avec d'autres enfants du village, allaient à l'école missionnaire où Hamisi, l'enseignante la plus populaire, venait d'être élue à l'unanimité pour diriger le modeste centre. Njeri, qui continuait à vivre avec eux à Kilima House malgré les propositions de mariage qu'elle recevait régulièrement, depuis des années, de la part d'admirateurs endurcis qui lui rendaient souvent visite en lui apportant des chocolats et des fleurs, était très fière de sa nièce. On voyait la jolie femme dans sa cuisine, entourée à toute heure d'enfants bruyants et affamés et, quand Peter et Astrid – qui étudiait l'agronomie à Nairobi et, en dehors de quelques escapades sporadiques à Copenhague pour rendre visite à sa mère, passait aussi la majeure partie de son temps libre avec eux – venaient à Kilima House en vacances, leur bonheur était alors total.

— Tu ne t'approches pas de l'étang, compris ? cria Béka, mais elle ne reçut pas de réponse, parce que la tornade blonde était sortie de la pièce à toute vitesse, suivie de près par son inséparable Whisky. – Cette enfant est une sauvage.

— Comme sa mère, dit MJ.

— Oui, mais ce n'est pas la même chose que ce soit toi, la sauvage plutôt que ta fille. Je t'assure qu'elle est bien pire.

— Sois rassurée, malgré son âge, Muruthi est digne de confiance.

Béka soupira.

— Je sais, Muruthi est déjà un petit *morani* et il sera un *morani* aussi grand que son père, mais… Enfin, en changeant de sujet – les yeux violets brillèrent d'un éclat gourmand –, où est mon manuscrit ?

MJ la regarda avec un air de reproche.

— Tu sais quoi ? Je commence à penser que, effectivement, tu m'as épousé pour être la première à lire mes histoires.

Sa femme haussa les épaules.

— Bien sûr que je l'ai fait. Je ne t'ai jamais trompé. A.F. Aaldenberg est et sera toujours mon écrivain préféré.

MJ glissa sa main dans le creux de sa chemise et la posa sur le ventre gonflé, remarquant un mouvement sous sa paume.

— Je commence à être jaloux de ce maudit recueil, murmura-t-il tout en se penchant pour embrasser l'un de ses seins, plus gonflés à cause de la grossesse, au-dessus de la fine toile de coton.

Béka attrapa sa tête entre ses mains et l'écarta un peu.

— Oh, non ! Cette fois, tu ne vas pas me distraire avec tes trucs.

— Non ? demanda MJ tout en la regardant, tandis que sa main voyageait en commençant à explorer des territoires plus conflictuels, lui arrachant une exclamation.

— C'est un sale coup ! protesta-t-elle, le souffle coupé.

— J'aime les sales coups, ronronna-t-il, ça doit être un instinct qui a survécu à mon époque d'avocat véreux.

Sa femme leva les yeux au ciel.

— Oh, c'est bon. Tu es impossible.

Puis il approcha son visage du sien et l'embrassa avec une passion que les années passées n'avaient pas réussi à refroidir. Quelques minutes plus tard, elle écarta sa bouche de la sienne, arrachant une protestation retentissante d'un MJ à moitié étourdi de désir.

— Mais dès que nous aurons fini, ce manuscrit sera à moi, compris ? dit-elle en le regardant sévèrement.

— Je te le promets. Le manuscrit, le sang qui coule dans mes veines, le cœur qui bat dans ma poitrine… tout ce que tu me demandes, mais peu importe ce que tu veux de plus, ne t'arrête pas maintenant ! supplia MJ, dont toute trace de fierté avait disparu.

— C'est si facile de te convaincre…

Sa femme claqua la langue avec un prétendu dédain. Puis elle l'attira de nouveau vers elle et la chambre fut remplie par le bruit étouffé de leurs baisers et des mots murmurés entre les gémissements, avec le barrissement lointain d'un éléphant et le vacarme que faisaient les oiseaux et les singes entre les branches du jaracanda, tandis que les rideaux se balançaient au rythme de la douce brise de l'aube.

Merci !

Merci d'avoir lu

« *Différente est la couleur du ciel au Kenia* »,

j'espère que vous avez aimé !
Vous voulez savoir quand sortira mon prochain libre ?
Vous pouvez vous abonner à ma Newsletter sur
www.isabelkeats.com (je ne vous informerai que sur
les futures parutions), me suivre sur twitter @IsabelKeats,
ou me faire un « like » sur ma page Facebook.

Vos avis sont très utiles
pour aider d'autres lecteurs à découvrir mes livres.
J'apprécie tout type d'avis, aussi bien positif que négatif.

Mes autres romans en français :

Tu me rends fou

Entre une obsédée du contrôle et un impulsif chronique, l'amour trouvera-t-il sa place ?

Ali est une vraie Miss Maniaque ! Elle ne jure que par les petits-déjeuners hyper-protéinés, les joggings aux aurores et la propreté. Mais derrière ses obsessions et son anatomie de rêve, se cache une jeune femme qui cherche désespérément à mettre de l'ordre dans ses sentiments. Ali n'est pas heureuse, du moins pas encore.

Konrad, c'est plutôt Monsieur Cata, avec son quotidien sans horaires ni règles, et ses impulsions jamais refrénées, en amour comme ailleurs. Par chance, il est doté d'une prodigieuse créativité qui lui permet de bien vivre sans se priver. Konrad croit être un homme heureux, mais c'était sans compter Ali…

Si les contraires s'attirent, la rencontre entre ces deux personnalités que tout oppose se révèle explosive !

Un roman qui nous rappelle combien il est merveilleux de tomber amoureux, et qui nous encourage à oser prendre le chemin du bonheur !

La concierge est dans le hall

Détruite après avoir découvert que son mari et fiancé depuis l'enfance lui était infidèle, Inès Santaolalla divorce et décide de faire un virage à 180° dans sa vie. Alors que sa sœur et sa mère pensent qu'elle travaille dans une agence de sa banque à New York, à l'instar de l'héroïne du roman de Muriel Barbery qu'elle admire, elle accepte l'emploi de concierge dans un immeuble de la rue Lagasca à Madrid, une sorte de monde parallèle peuplé d'êtres tous plus extravagants les uns que les autres. Inès est convaincue que cette sombre conciergerie, en plus d'être un endroit idéal pour soigner ses blessures encore saignantes de son mariage, sera le cadre parfait pour terminer le roman qu'elle écrit depuis plusieurs années. Cependant, Inès ne s'attendait pas à ce que le propriétaire du 6e droite, un séduisant docteur, fasse tout ce qui est en son pouvoir pour qu'elle puisse à nouveau faire confiance aux hommes et à l'amour.

Dans un coin perdu du monde

Max ressent le besoin de s'éloigner de la vie sociale trépidante de Manhattan et de trouver un coin solitaire pour composer la bande sonore qu'on lui a chargé de créer et quel meilleur endroit pour cela que le petit village près de Teruel où vivait sa grand-mère, qu'il n'a jamais connue ?

En effet, à Santa Olaria de la Mata, il ne semble pas y avoir trop de distractions ; la moyenne d'âge des habitants qui se résument à une douzaine à peine est d'environ soixante-dix ans. Il n'y a pas internet et on ne capte pas la télévision. Par ailleurs, le village reste généralement isolé durant les mois les plus durs de l'hiver. La dernière chose à laquelle Max s'attend est de trouver l'amour de sa vie dans ce coin perdu du monde, mais quand il se rend compte du danger qu'il court, il est déjà trop tard pour y échapper.

Qui pourrait imaginer qu'il trouverait l'amour dans un endroit de nulle part ?

J'espère que vous les aimerez aussi !

Notes sur l'auteure

Isabel Keats est une femme ordinaire qui eut un jour l'envie d'écrire. Mère de famille nombreuse (le chien inclus), elle a la chance de trouver quelque chose de plus précieux que l'or : du temps libre, même si ce n'est pas autant qu'elle le voudrait. Elle aime les histoires romantiques, les fins heureuses l'enchantent, si bien que, pour résumer, elle écrit des ouvrages romantiques, parce que, actuellement dans sa vie, c'est ce qu'elle préfère lire.

Isabel Keats — lauréate du Prix HQÑ digital avec ***Empezar de nuevo***, finaliste du Ier Prix du Roman Court Harlequin avec son roman ***El protector*** et finaliste également du IIIe Festival du livre romantique Vergara-RNR avec ***Abraza mi oscuridad*** — est le pseudonyme derrière laquelle se cache une licenciée en Publicité madrilène, mariée et mère de trois petites filles. Actuellement, elle a publié plus d'une douzaine d'œuvres, entre romans et récits ; certains d'entre eux ont été traduits en anglais, allemand, italien et portugais et, à présent, en français.

Vous trouverez davantage de renseignements sur l'auteure sur : www.isabelkeats.com

Printed in France by Amazon
Brétigny-sur-Orge, FR

22838278R00182